COLLECTION FOLIO

Dominique Mainard

Pour Vous

Gallimard

Cet ouvrage a précédemment paru
aux Éditions Joëlle Losfeld

L'auteur a bénéficié, pour la rédaction de cet ouvrage,
du soutien du Centre national du livre.

Dominique Mainard est traductrice et romancière. Après plusieurs recueils de nouvelles dont *Le second enfant* récompensé du Grand Prix Prométhée de la nouvelle en 1994, elle signe plusieurs romans et recueils de nouvelles, parmi lesquels *Le grenadier* (1997), *La maison des fatigués* (1999), *Le grand fakir* (2001), *Leur histoire* (2002), récompensé du Premier Prix du roman Fnac et du prix Alain-Fournier, et *Le ciel des chevaux* (2004). *Pour Vous* a reçu en 2009 le prix des Libraires.

– Claude – OCTOBRE 2010

Pour L., qui sait pourquoi.

L'homme qui songe est un dieu,
l'homme qui pense un mendiant.

HÖLDERLIN

1

« Ma petite fille, disait-il, ma petite fille », et c'était une litanie qui n'en finissait pas, qui durait des heures parfois, accompagnée de larmes ou de rires. Je répondais : « Oui, papy », avec patience, parce que j'étais payée pour le faire, et mon sourire ne quittait pas mes lèvres même quand il me fallait dix fois, vingt fois, le rattraper pour l'empêcher de s'aventurer sur la pelouse et de cueillir les roses parce que alors le gardien me reprochait de ne pas être capable de veiller sur mon grand-père et que, s'il était absent, le vieillard s'écorchait les mains jusqu'au sang sur les épines. Chaque fois je m'étonnais qu'un homme qui passait sa vie dans un fauteuil roulant puisse être si rapide lorsqu'il s'agissait de s'approcher de quelques fleurs.

« Agathe », disait-il, et il caressait mes joues, mon menton, tandis que je dissimulais la répulsion que m'inspirait la peau de ses doigts, calleuse, si calleuse. « Agathe, tu n'as pas changé, sais-tu que tu as toujours le sourire que tu avais enfant ? Le même sourire précisément. Avec cette fossette, là. »

Quand le soleil commençait à baisser, je l'installais à nouveau dans son fauteuil roulant et nous prenions le chemin du retour, sa main glissée au creux de mon coude comme si je l'aidais à avancer sur ses jambes vacillantes, alors que le petit moteur du fauteuil ne cessait de vrombir, *rrrrr, rrrrr*. Nous quittions le parc des Grands Platanes par le portail côté nord, nous remontions l'avenue et nous arrivions enfin dans sa rue ; sa petite-fille nous ouvrait, le visage reposé de son absence et déjà las de son retour.

« Comment a-t-il été ? » demandait-elle, et je répondais chaque fois : « Parfait, très sage, je crois qu'il a aimé prendre l'air. »

J'aidais le vieil homme à sortir de son fauteuil et il restait planté au milieu du salon, l'air absent, frottant machinalement ses chaussures encroûtées de boue sur le tapis persan. Il regardait sans paraître s'émouvoir ou même s'étonner ses petites-filles, son unique petite-fille devrais-je dire, il remuait les lèvres sans un mot et moi seule sans doute lisais *Agathe, Agathe*, une dernière fois, sur sa bouche parcheminée. Sa petite-fille se tournait vers la commode en soupirant, repoussait ses cheveux bruns qui n'avaient que peu de ressemblance avec ma rousseur, elle prenait l'enveloppe dans un tiroir et me la tendait en disant :

« Voilà, Delphine, je vous remercie.

— De rien, madame, répondais-je en mettant l'enveloppe dans mon sac. À dimanche prochain, alors ?

— Oui », acquiesçait-elle en jetant un regard vers la fenêtre comme s'il avait été possible déjà de prédire le temps du week-end suivant, « sauf s'il pleut, bien sûr. Il me crotte déjà suffisamment la maison quand il fait beau. »

Lorsque je m'en allais, le vieil homme restait les bras ballants ; il n'avait pas un geste vers moi, lui qui ne cessait de m'embrasser et de me cajoler quand nous étions seuls au parc. Il se contentait de me suivre des yeux comme si la double présence de ses petites-filles le paralysait, et moi je disais poliment : « Au revoir, monsieur Edgar », en lui tendant une main qu'il prenait rarement, puis je partais dans le soir.

Une fois tourné le coin de la rue, j'ouvrais l'enveloppe afin de vérifier le montant du chèque. J'avais rarement la patience d'attendre d'être rentrée à l'agence, mais Agathe Coindreau ne se trompait jamais et c'est pour cette raison – et parce qu'elle n'avait jamais tenté de discuter mes tarifs – que j'avais accepté de promener son grand-père chaque dimanche après-midi même si, à dire vrai, je n'avais jamais grand-chose d'autre à faire que m'occuper de mes clients.

J'étais au square, avec M. Edgar, quand j'ai vu Jones la première fois. Je ne savais pas qui il était, alors, et je n'ai pas deviné non plus qu'il n'était pas là par hasard mais parce qu'il m'avait suivie depuis l'agence en passant par le pavillon où j'étais allée chercher le vieillard dans son fauteuil roulant. M. Edgar s'était assis sur un banc pour fumer l'une des trois cigarettes que sa petite-fille lui autorisait pendant nos promenades du dimanche, l'un des rares instants calmes de l'après-midi, et je m'étais installée à côté de lui avec un magazine quand j'ai entendu des pas. J'ai levé la tête et j'ai vu s'approcher un jeune homme, les mains dans les poches, une cigarette aux lèvres.

« Vous avez du feu ? » a-t-il demandé.

C'est moi qu'il regardait même s'il s'adressait au vieillard qui fumait, les yeux dans le vague, les mains abandonnées au creux des cuisses. M. Edgar n'a pas répondu et j'ai sorti de la pochette que sa petite-fille me confiait le briquet, un briquet bleu, je m'en souviens, puis je l'ai tendu au jeune homme. Quand il s'est penché, j'ai vu que ses cils étaient très longs et non pas noirs ou bruns mais d'un curieux gris cendré, comme si l'âge ou les chagrins les avaient blanchis à la place de ses cheveux, qui étaient bruns et luisants de gel. L'une de ses joues était grêlée. La flamme a jailli, trop grande, elle a failli le brûler, mais il n'a pas eu un mouvement de recul. Quand sa cigarette s'est embrasée, il m'a regardée à nouveau, a murmuré : « Merci », puis s'est éloigné.

J'avais déjà compris que j'allais le revoir, qu'il avait certainement une boîte d'allumettes ou un briquet dans la poche et que me demander du feu n'avait été qu'un prétexte. Je l'avais compris à la façon dont il m'avait regardée, qui n'était pas celle dont un homme qui s'ennuie dans un parc regarde une femme. J'ai pensé à un enquêteur, je craignais toujours qu'un client déçu ne fasse ouvrir une enquête policière ou privée, et je l'ai suivi du regard tandis qu'il descendait l'allée. L'ombre était mouvante sous les branches et un instant j'ai cru le voir entouré de dizaines de papillons mauves, puis j'ai songé : Non, ce sont des mouches bleues, métalliques, ces mouches qui annoncent la mort. Quelques instants plus tard, les insectes, si c'en était, ont disparu. Ce n'était peut-être qu'un jeu d'ombre et de lumière, mais toute l'histoire était déjà là.

M. Edgar, qui avait fumé sa cigarette jusqu'au mégot, jusqu'à s'en brûler les doigts, s'était remis à chuchoter « Agathe, Agathe », et pour le faire taire j'ai pris un bonbon dans mon sac, j'en ai ôté le papier et je le lui ai glissé entre les lèvres, et sans doute étais-je plus inquiète que je ne l'aurais admis puisque j'en ai pris un moi aussi. Il était au cassis, un parfum que je n'aime pas, mais je ne l'ai pas jeté, je l'ai sucé jusqu'à ce qu'il ait entièrement fondu et que l'heure soit venue de quitter le parc et de rentrer à la maison.

M. Edgar Coindreau / Mlle Agathe Coindreau

Parc des Grands Platanes, 14 h 30 - 17 heures.
Trois cigarettes. Quatre minutes de marche.
A réclamé des bonbons, lui en ai donné deux, selon les consignes de sa petite-fille. Pas d'autre incident à signaler.
(Après une hésitation, j'ai écrit Jeune homme a demandé du feu, puis j'ai barré soigneusement ces mots en me disant qu'il s'agissait d'une simple anecdote et j'ai conclu en inscrivant :)
Temps : deux heures trente.
70 euros.

2

Dans mon bureau, Marja pleurait, les mains posées sur les genoux, sans un geste pour essuyer ses larmes. Elle pleurait souvent ainsi et chaque fois je m'étonnais de voir cette femme solide réduite en enfance ; elle avait quarante ans et moi à peine cinq ans de moins, mais je me sentais toujours le devoir de la consoler. Cette fois encore j'ai sorti de mon tiroir les mouchoirs parfumés au lilas que je réserve en général aux clients, je lui en ai tendu un, mais elle n'a pas fait mine de le prendre.

« Il m'a dit que j'étais une prostituée, mademoiselle, a-t-elle gémi. Une prostituée, vous vous rendez compte ? »

Je me suis levée un peu lourdement à cause de mon ventre qui me semblait avoir grossi en quelques jours et dont je n'avais pas encore l'habitude. J'ai fait le tour du bureau, j'ai saisi les accoudoirs du fauteuil de Marja et je l'ai fait pivoter face à moi. Elle avait la peau laiteuse, un long nez à l'arête aiguë et des lèvres ourlées, un visage parfois aristocratique et parfois vulgaire, et le corps vigoureux de ce qu'elle était avant de me rencontrer, ouvrière ou femme de ménage, comme je l'avais été moi aussi ; son tailleur en velours ne parvenait pas à masquer l'épaisseur de ses bras et de ses cuisses.

« La prochaine fois que nous aurons ce genre de demande, j'enverrai quelqu'un d'autre, ai-je dit. Et souvenez-vous de ce que je vous ai appris : peu importe de quels noms ils vous traitent, ce sont eux les mendiants, ils ont cent fois plus besoin de ce que nous leur donnons que nous n'avons besoin de le leur donner. Vous comprenez ? »

Elle a hoché la tête, a essayé d'ajouter quelque chose, mais un sanglot lui a coupé la voix et elle a porté la main à sa bouche comme si c'était un bruit obscène.

« Il y a autre chose, a-t-elle poursuivi enfin avec réticence. C'est Titouan. Je n'en peux plus, mademoiselle. Vous m'avez promis que ce serait bientôt fini, mais quand ? Vous savez ce qu'ils m'ont raconté, aujourd'hui ? Ils m'ont dit que mon fils avait les oreilles sales et que je ne m'en étais pas aperçue. Ils avaient l'air de penser que j'étais une mauvaise mère. Une prostituée, une mauvaise mère, et quoi d'autre ? »

J'ai deviné qu'elle allait recommencer à pleurer, et j'ai répondu dans l'espoir qu'elle se reprenne :

« Vous savez très bien que les Soignes ont signé un contrat, Marja. Dans quatre mois, ils ne pourront plus prétendre à la garde de Titouan. Allons, ai-je ajouté avec impatience, ce n'est pas la peine de vous mettre dans des états pareils. Que ce soit pour les Soignes ou pour votre client. Vous croyez que ça se passe autrement quand c'est moi ? Vous croyez que je suis épargnée ? Je vous assure qu'on m'a dit des choses bien pires. »

Et c'est vrai, j'ai été traitée de prostituée, de voleuse, de menteuse, quand le rêve s'interrompt et qu'apparaît aux clients ce qu'ils appellent une tromperie, une tricherie, alors qu'un instant plus tôt c'était la vérité de leur désir – quand ils voient devant eux non plus celle qu'ils croyaient être leur mère, leur sœur, leur amie ou leur amante, mais une inconnue dont les gestes et les paroles leur paraissent tout à coup dénués de sens. J'ai beau leur dire : « Vous avez signé un contrat, monsieur ou madame, relisez votre contrat, tout est écrit là », ils sont pris d'une colère ou d'un chagrin pareil à celui de Marja, et cet instant est dangereux, en effet.

Marja a eu un faible sourire derrière sa main toujours levée et s'est essuyé le nez avant de laisser retomber son bras.

« Oh, je sais bien, mademoiselle, a-t-elle dit. Je n'arrive pas à imaginer comment vous pouvez supporter ça, depuis le temps. Une gentille jeune femme comme vous, en plus. »

J'ai souri sans répondre. Je savais que ses mots exprimaient autant d'admiration que de mépris, de respect que de méchanceté. Je ne suis pas une gentille jeune femme, Marja, lui avais-je dit un jour, et dans son regard, j'avais lu qu'elle ne me considérait pas ainsi en effet mais plutôt comme une patronne compétente et insensible, une guérisseuse dénuée de tendresse pour ses malades, et c'est ainsi que me voient la plupart des clients.

Au début – j'ai commencé à travailler à seize ans –, beaucoup choisissaient de blâmer la fausse innocence de mon âge et il m'est arrivé d'être giflée comme une gamine, réprimandée comme une enfant vicieuse et douée d'une imagination effrayante, alors que la veille encore ces mêmes clients me suppliaient : « Je n'en peux plus, est-ce que vous croyez que vous pourriez, est-ce qu'il vous serait possible de » (la liste des services qu'on me demande est interminable et d'une variété infinie), ce à quoi je répondais : « Ne vous inquiétez pas, je m'occupe de tout. Ce sera tant de l'heure et tant de plus s'il y a des suppléments. »

Aujourd'hui encore, quand l'illusion se dérobe, ils me sermonnent comme si j'avais volé un bijou dont je ne soupçonne pas la valeur. « Vous ne savez pas ce que vous faites, accusent-ils. Ne vous avisez pas de recommencer. Vous avez de la chance que je ne porte pas plainte. » Les plus vertueux me disent : « Vous n'avez pas de cœur. Comment osez-vous profiter de la misère des gens ? Regardez-moi si vous en avez le courage », mais je peux m'exécuter sans baisser les yeux. Je pense : Vous me l'avez demandé, vous m'avez suppliée, vous m'avez implorée. Vous m'avez payée pour *ça*.

Pour vous envoyer pendant trois mois des lettres et des dessins supposément faits par votre fils de six ans, que sa mère a emmené et que vous n'avez plus le droit de voir, des lettres et des dessins copiés sur ceux que vous avez pu garder, avec beaucoup de jaune et de rouge, comme il aimait, et les mêmes fautes d'orthographe.

Pour enregistrer mot à mot, après cent essais de

voix, les répliques de la dernière conversation que vous avez eue avec votre femme la veille de sa mort, en laissant des blancs pour vos mots à vous, des mots si anodins ; la dernière phrase que vous avez prononcée et à laquelle elle n'a pas répondu car elle s'était endormie était une question : « Est-ce que tu as pensé à fermer la fenêtre de la cuisine ? »

Pour dîner avec vous chaque samedi parce que vous êtes incapable de supporter votre solitude de divorcé, un repas sans fantaisie servi à la table de la cuisine, puis un film à la télévision, et parfois la nuit à vos côtés dans le lit conjugal, vêtue du pyjama que votre femme a oublié ou n'a pas voulu emporter.

Vous prêter, ou devrais-je dire vous louer, un enfant à aimer deux après-midi par semaine parce que vous n'avez pas réussi à en avoir et qu'il vous est trop douloureux de ne pouvoir donner le biberon, changer les couches et lire une histoire, et que vous êtes prêt à payer pour vous offrir l'illusion que cet enfant-là est le vôtre.

3

Ces clients étaient les Soignes, et l'enfant était celui de Marja. Les Soignes étaient venus à l'agence un an plus tôt et, après cent détours, ils m'avaient avoué avoir chez eux depuis des années une chambre d'enfant remplie de jouets, une chambre dont le silence leur était devenu insupportable, m'avaient-ils dit, ces ours, ces poupées, ces soldats de plomb prenant la poussière leur donnaient le sentiment non de n'avoir pas eu d'enfants, mais d'en avoir eu un et que cet enfant était mort. Ils étaient passés à tout hasard, avaient-ils ajouté, sans doute ne pouvais-je pas leur proposer le service dont ils avaient besoin – quel nom donner à ce service, d'ailleurs –, mais quelqu'un leur avait dit qu'on trouvait presque tout chez *Pour Vous*, et ils avaient voulu tenter leur chance.

Ce jour-là, Marja était sortie. Je m'étais levée et je m'étais dirigée vers le bureau où se trouvait une photographie de son fils.

« Mais bien sûr, avais-je dit, je vous comprends, une maison sans enfants est un cimetière. Vous n'êtes pas les premiers à me demander cela. » Je mentais.

« J'ai sans doute une solution pour vous. Est-ce que cet enfant vous plaît ? Regardez-le bien. C'est un adorable bambin. » J'avais ajouté qu'il avait six mois alors qu'il avait un an, mais il était petit pour son âge et c'était un bel enfant, avec une bouche en forme de cœur et de longs cheveux bouclés de fillette.

Ils avaient accepté aussitôt. Mme Soignes avait regardé longuement la photo et les larmes lui étaient montées aux yeux mais, au contraire de Marja, elle les avait séchées aussitôt du bout des doigts, et elle avait demandé : « Combien ? »

De tous mes contrats, c'est celui qui me rapporte le plus mais c'est aussi le plus délicat, le plus scandaleux, je le sais, aux yeux de ceux qui s'offusquent de mes petits arrangements avec la vie. Ce n'est pas seulement une affaire d'adultes, il ne s'agit pas juste de mentir à un homme, les yeux dans les yeux, parce qu'il vous l'a demandé ; il y a cet enfant que l'on se passe de bras en bras et qui pleure parfois. J'ai eu de la chance que Marja soit mère célibataire, qu'elle ait des dettes et besoin du travail somme toute peu fatigant et bien payé qu'elle a chez *Pour Vous*. Je n'aurais sans doute pas pu trouver une autre volontaire, même en faisant le tour des squares, des crèches et des maternelles, à l'heure de la sortie, et des cafés où les mères qui s'ennuient vont l'après-midi avec leur nourrisson endormi dans sa poussette.

D'ailleurs, en dépit de sa bonne volonté, de ses problèmes d'argent et de sa complaisance, Marja a été difficile à convaincre. Quand je lui en ai parlé pour la première fois, elle est devenue pâle et a secoué la tête.

« C'est impossible, mademoiselle, a-t-elle murmuré. Je ne sais pas comment vous pouvez me demander une chose pareille. Vous croyiez vraiment que j'allais accepter ?

— Écoutez-moi, Marja, ai-je dit. Ce ne sera que quelques heures, pas plus de deux fois par semaine, et vous pourrez choisir vous-même les jours qui vous conviennent. Est-ce qu'il ne vous arrive jamais de mettre Titouan à la crèche ? Vous n'avez qu'à considérer cette femme comme une nounou. À cette différence près : c'est vous qui serez payée.

— Mais ça n'a rien à voir. Elle va faire semblant d'être la maman de Titouan. Je ne veux pas de ça. Je préférerais encore démissionner. » Puis elle s'est mise à crier : « Et s'ils l'enlèvent, et s'ils disparaissent ? Vous ne savez pas de quoi sont capables les gens qui ne peuvent pas avoir d'enfants. Je pourrais aussi bien ne jamais revoir mon fils. »

J'ai répondu calmement :

« Mais non, Marja. Ils ont juste envie de s'occuper d'un bébé deux ou trois heures par semaine. Pensez plutôt à leur chagrin de n'avoir pas d'enfants, justement. Est-ce que vous n'aimeriez pas leur offrir ce plaisir-là ? »

Alors elle a posé sur moi des yeux emplis de rage et je me souviens de m'être demandé si c'était là son vrai visage, finalement, et non celui de madone ou de putain qu'elle présente aux uns et aux autres avec la sensibilité des plantes qui se tournent invariablement vers le soleil, si c'était réellement elle, cette dureté mise à nu ; je me souviens de m'être dit : Serions-nous si semblables en fin de compte ? Elle a inspiré profondément, puis a répliqué d'une voix changée, plus profonde, vibrante :

« Comment est-ce que vous pourriez comprendre, vous n'avez pas d'enfant, vous ne savez pas ce que c'est qu'être mère. » (Je n'étais pas encore enceinte.) Et, comme emportée par son élan, elle a ajouté : « D'ailleurs, vous n'avez pas vraiment eu de parents non plus, si je me rappelle bien, alors non, vous ne pouvez pas comprendre. »

Car il m'était arrivé de me confier à elle, un peu, mais c'était toujours trop. J'ignore ce qu'elle a lu sur mes traits pour s'interrompre, s'efforcer de reprendre contenance et murmurer :

« Je ne sais pas ce qui m'a pris, mademoiselle, je n'aurais pas dû dire cela, excusez-moi. »

Nous sommes restées un instant silencieuses et immobiles l'une et l'autre. Je la regardais, je voyais les ailes de son nez rougir, se gonfler la peau délicate autour de ses yeux, et juste avant qu'elle se mette à pleurer, j'ai dit : « Je vous paierai double toutes ces heures-là, et vous aurez un après-midi de congé par mois en plus. »

Elle a enfoui son visage dans ses mains et j'ai su que j'avais gagné. Malgré tout, il m'a fallu négocier interminablement avec eux, faire accepter aux Soignes que Marja serait toujours présente là où ils emmèneraient le bébé, au square, au parc, dans leur maison de campagne. Un jour, ils l'ont emmené au bord de la mer et Marja, qui n'était jamais partie en vacances, en est revenue presque souriante, le nez brûlé de coups de soleil. Elle m'a raconté qu'ils lui avaient acheté un seau et une pelle, des brassards bleus en forme de canard, elle m'a parlé de la joie de son fils dans l'eau et sur le sable, puis son visage s'est fermé et elle est partie sans me dire au revoir.

Je sais ce qu'elle pense. Elle a conscience que j'ai ouvert à son fils les portes d'un monde qu'elle ne peut pas lui offrir et qu'il le lui reprochera un jour, et je la comprends, naturellement, mais je ne peux pas envisager de mettre un terme au contrat signé avec les Soignes : ils me paient cinq fois le tarif habituel, ce que je n'ai pas dit à Marja, bien sûr.

Puis, peu à peu, les Soignes ont exigé des clauses particulières. Marja a le droit d'être dans l'appartement mais pas dans la pièce où ils se trouvent avec l'enfant, elle n'a pas le droit de les empêcher de le déshabiller et de le rhabiller dès son arrivée avec les vêtements qu'ils lui ont achetés, et à présent, à deux ans, Titouan pleure quand Marja lui remet le blouson gris qu'elle a acheté chez un soldeur. Un jour, elle m'a confié, le visage défait, les avoir entendus l'appeler Maxime ; quand elle les a interrogés, ils ont répondu sèchement que c'était le prénom du père de M. Soignes et qu'il n'y avait rien dans le contrat qui les empêchât d'appeler l'enfant comme ils le souhaitaient.

« C'est sans importance, Marja, ai-je dit, il sait bien qu'il s'appelle Titouan et pas Maxime, il n'oublie pas qu'il est votre fils et pas le leur, ne vous inquiétez pas. »

Mais je n'en étais pas tout à fait sûre moi-même, et l'espace d'un instant j'ai eu envie de lui dire avec cruauté, en réponse à sa petite méchanceté : Les enfants et les mères se perdent, Marja, c'est ainsi, il faut vous y faire, il arrive que les mères n'aiment plus leurs enfants, et il arrive aussi que ce soit le contraire.

Parfois, Marja amène ses deux aînés au bureau, quand ils sont malades ou que leur nounou est en vacances, mais elle évite de le faire en ma présence. Je crois qu'elle a peur que ne me vienne l'idée de les confier à des couples sans enfants, eux aussi. Le garçon a quatre ans et la fillette six. Un jour, la petite m'a demandé en me toisant avec sévérité : « Pourquoi est-ce que tu prêtes notre frère, madame ? »

J'ai répondu en souriant : « Parce que c'est mon métier de rendre les gens heureux. »

Et personne ne peut affirmer que je n'y arrive pas puisque les clients sont toujours plus nombreux. Chaque jour, il en vient de nouveaux et je les accueille avec mes mouchoirs au lilas, un sourire de compassion aux lèvres, en prononçant ces mots :

« Dites-moi ce dont vous avez besoin, madame, monsieur. Je peux tout entendre. Allons, ne pleurez pas. Prenez un mouchoir. Dites-moi ce que je peux faire pour vous. »

M. et Mme Soignes / Mme Marja et Titouan Jeska

Lundi / mercredi / vendredi, trois heures, horaires variables. 150 euros l'après-midi. Suppléments : 30 euros de l'heure.
Repas et cadeaux non inclus.
Plaintes de la cliente quant à l'état de propreté de l'enfant. Prime à la mère, Marja Jeska : 20 euros.

4

Je ne sais pas s'il est vrai que je devrais avoir honte de ce que je fais. Je ne sais pas s'il est vrai que je n'ai pas ou plus la moindre idée de ce qu'est la réalité, comme on me l'a reproché parfois ; on m'a traitée de marchande de rêves et c'était indifféremment un compliment ou la pire des injures. Aux yeux de mes clients, je suis quelqu'un qui console et soigne ou qui vend la plus toxique des drogues. Mais la vie m'a appris qu'il n'y a rien de moins réel que ce qu'on nomme la réalité et qu'une mort, une trahison, une souffrance cessent d'exister du moment qu'on arrive à s'en distraire.

Pourtant, il faut bien que cela s'arrête un jour. Personne n'a la force de vivre des mois ou des années durant dans un monde imaginaire, personne n'a non plus suffisamment d'argent pour me payer, voilà, c'est dit, et ils doivent bien finir par l'accepter. Je le leur explique avec le mélange de froideur et de douceur qui m'a toujours semblé être le mieux à même de les ramener à la raison : une anesthésie, une simple anesthésie, voilà ce que je leur offre, et non un sommeil qui les porterait sans souffrance jusqu'aux portes de la mort. Je comprends, murmurent-ils, naturellement, bien sûr. Mais en fait ils ne comprennent pas, ils continuent à m'appeler bien après la fin du contrat, pour me donner des nouvelles, disent-ils, me répéter à quel point je les ai aidés, ce dernier au revoir dont ils avaient été privés et que j'ai mis en scène pour eux, ce souvenir que j'ai inventé et dont ils ont fini par oublier qu'il n'a jamais réellement existé. Ils n'arrivent pas à trancher le lien, et après quelques semaines je ne décroche plus, je laisse leur voix s'égarer sur le répondeur, leurs messages sont de plus en plus courts, je ne rappelle jamais, et un jour ils arrêtent de téléphoner ; ou bien ils ne supportent pas mon silence et prennent rendez-vous pour un autre au revoir, un autre souvenir. À ceux-là, je pourrais dire sans ménagement : Ça ne cessera jamais, ça n'en finira jamais, vous aurez toujours besoin d'autre chose, mais je ne suis pas sûre que la vérité les consolerait et, en outre, *Pour Vous* se nourrit de leur détresse ; je ne l'attiserais pas, mais s'il était en mon pouvoir de l'apaiser définitivement, je ne suis pas convaincue que je le ferais.

Certains clients, les plus curieux ou les plus mal à l'aise, ceux qui essaient de gagner du temps en réclamant une tasse de café ou en recomptant leurs billets, me demandent comment j'ai commencé. Malgré la gratitude qu'ils éprouvent à ce moment-là – avoir trouvé quelqu'un à qui acheter l'illusion, le rêve, le vent, pourrais-je dire, dont ils ont besoin –, ils ont du mal à croire qu'un tel endroit puisse exister.

Ils se demandent s'il s'agit d'une affaire de famille et si, de mère en fille et depuis des générations, nous nous transmettons cette connaissance des blessures de l'âme, la recette du baume que nous appliquons sur les douleurs et qui les soulage à défaut de les guérir. Ma grossesse qui commence à se deviner les intrigue plus encore ; leur regard se porte à ma main gauche où j'ai enfilé un anneau d'argent pour éviter les questions, détourner les soupçons, mais aucun n'ose m'interroger : Et votre mari, que pense-t-il de tout ça ? Que pense-t-il du fait que vous vendiez vos pensées, votre voix, votre visage, votre épaule, votre corps parfois ?

Aux clients curieux, donc, je souris poliment en leur servant la tasse de café qu'ils ont réclamée ou en prenant les billets qu'ils me tendent enfin. « Eh bien, j'ai compris qu'il y avait une véritable demande, dis-je, un véritable besoin plutôt, oui, les gens ont parfois besoin d'un peu de répit, voire d'un peu de rêve. Aujourd'hui, on ne nous parle que du travail de deuil mais il peut être nécessaire de passer par d'autres chemins. Le jour où je me suis aperçue qu'il n'existait rien de la sorte, j'ai créé ce lieu, cette agence, *Pour Vous*. »

J'ai tout de suite eu beaucoup de clients – parfois, je les appelle *patients* mais est-ce vraiment le mot, *patients*, puisque ceux qui viennent me voir n'ont justement pas eu la patience nécessaire pour que le temps fasse son travail, qu'il épuise, émousse, filtre le plus gros de la douleur ou du désir. À l'époque où j'ai commencé, j'avais déjà de l'ambition mais pas les moyens d'employer ne serait-ce que les sans-domicile qui rôdent aux alentours des brasseries en espérant ramasser des restes de sandwiches et des fonds de cannette de bière. J'ai économisé ce que je gagnais en me faisant passer parfois pour une fugueuse de treize ans, parfois pour une amoureuse de dix-huit ans en guêpière noire, et j'ai diversifié mes offres de prestation dès que je l'ai pu. Depuis une dizaine d'années, j'engage régulièrement des extras à l'heure ou à la journée, par petite annonce ou en les choisissant parmi les désœuvrés qui traînent dans les cafés du quartier ; peu importe leur âge, même les vieux peuvent m'être utiles quand un client cherche l'illusion d'un grand-parent disparu. Certains le font pour l'argent, d'autres pour le plaisir, même si cela semble difficile à croire. Je les rémunère quand même afin de ne pas leur être redevable, mais ils me paieraient volontiers pour participer à ces jeux de rôle – c'est ainsi qu'ils les appellent – car leur solitude en est tout autant distraite que celle du client. Voici deux ans, j'ai pu embaucher Marja à plein temps afin qu'elle s'occupe du secrétariat et des missions les plus simples, mais je continue à faire appel à des âmes perdues pour consoler d'autres âmes perdues. Oui, j'ai ma petite entreprise, et j'en suis fière. Chaque soir, je consulte le classeur où j'ai collé les photos de mes employés d'un jour ou réguliers et noté leurs caractéristiques et leurs attributions, mon personnel, me dis-je parfois, et c'est un mot étrange également pour ce que nous faisons les uns et les autres, *personnel*.

Souvent, les clients veulent savoir ce que demandent les autres. Ils veulent savoir s'il y a beaucoup de requêtes semblables aux leurs, pour se sentir un peu moins seuls, avoir un peu moins honte de ce qu'ils n'arrivent pas à considérer autrement que comme une faiblesse malgré leur fanfaronnade. Ils m'interrogent à mots couverts et je souris en posant la main sur la table, paume tournée vers le haut, comme si je prenais la leur dans la mienne pour les réconforter, les rassurer – mais je ne me permets pas ce genre de contact, pas encore –, et je réponds : « Mais oui, bien sûr, énormément, vous n'avez pas idée. Nous sommes tous pareils, comment pourrions-nous vivre les uns sans les autres, comment pourrions-nous ne pas avoir besoin parfois d'une main tendue ? »

5

Ce que je ne raconte pas aux clients curieux, c'est que rien ne serait arrivé sans Mme Derovitski, ni *Pour Vous*, ni la grossesse, ni ce qu'il me faut bien appeler l'amour, mais je me trompe peut-être ; j'étais le genre d'enfant qui vend son pain au chocolat et jusqu'à son amitié, et si je n'avais pas été aussi mauvaise à l'école j'aurais sans doute vendu au plus offrant le droit de recopier mes devoirs. Mais c'est Mme Derovitski qui m'a donné la clef, ou devrais-je dire le droit, d'être ce que je suis aujourd'hui. A-t-elle deviné que j'étais une élève douée ou nous sommes-nous simplement bien trouvées, comme cela arrive souvent ? Sans elle, j'aurais peut-être cru que la seule chose monnayable en ce monde est le sexe et non les sentiments ; sans elle, j'en serais peut-être venue à arpenter les trottoirs la nuit dans les villes.

Je n'en ai parlé qu'une fois, à Marja, un jour de lassitude, peu de temps avant de tomber enceinte, et ce n'était peut-être qu'une tentative de l'amadouer, de lui dire à demi-mot : « Voyez, Marja, les choses ne sont pas toujours ce qu'elles semblent être, ce qu'achète l'argent n'est pas forcément sordide.» L'après-midi avait été dur et j'avais fermé la porte à clef et baissé les stores, puis je l'avais invitée à venir prendre un verre dans mon bureau. «Nous l'avons bien mérité», lui ai-je dit, et j'ai pris deux coupes dans le minibar habituellement réservé aux clients, fidèle complément des mouchoirs au lilas. «Du porto, lui ai-je demandé, du muscat?» Elle m'a répondu timidement: «Je préfère de l'eau-de-vie, mademoiselle, si vous en avez, ou du cognac.» J'avais du whisky et je lui en ai servi un verre, elle l'a bu très vite puis m'a regardée d'un air gêné et je l'ai resservie sans rien dire. Elle s'était assise dans un fauteuil, abandonnée, les genoux écartés et le chemisier ouvert de deux boutons de trop. Une fois de plus, j'ai pensé avec déception qu'elle était vulgaire, je me suis inquiétée pour les clients mais c'était sans compter ce talent étrange qu'elle avait pour la métamorphose et qui lui permettait de passer de la femme de ménage à la bourgeoise. Elle possédait autre chose aussi, un don pour l'écoute qui n'avait rien à voir avec l'intelligence et transformait son visage au nez fin, aux yeux trop rapprochés, en masque de bonté et d'humanité. C'est ainsi qu'elle me regardait ce soir-là et, au bout du deuxième verre, je me suis surprise à lui parler de Mme Derovitski. Je lui ai raconté les petites annonces scotchées dans les boulangeries, les papeteries, les boucheries quand j'ai commencé à travailler, à quinze ans, je lui ai parlé des longues journées de ménage, de repassage, des centaines de vitres lavées, des milliers de livres époussetés, des dizaines d'enfants dont j'ai oublié le visage. J'ai veillé sur des personnes âgées que leurs enfants traitaient comme des étrangers indésirables et promené des chiens que leurs maîtres gâtaient comme des princes. J'ai travaillé dans des hôtels de luxe et des appartements si petits et décrépits que je me demandais pourquoi ceux qui y habitaient avaient besoin d'une femme de ménage et où ils trouvaient l'argent pour me payer ; j'ai travaillé partout et chaque fois qu'on me l'a demandé, j'ai été dame pipi dans des soirées privées et j'ai couché avec un homme que sa femme venait de quitter et qui m'avait engagée pour mettre toutes ses robes et ses chaussures dans des sacs-poubelle et les déposer dans la rue. Quand je suis remontée à l'appartement pour la cinquième et dernière fois, en sueur, il était assis sur le grand lit au matelas nu et il pleurait. Il m'a lancé un regard implorant et, quand je me suis approchée pour prendre les billets qu'il avait préparés et posés à côté de lui, il a glissé un bras autour de ma taille pour m'attirer vers lui avec douceur. « S'il vous plaît, a-t-il chuchoté, s'il vous plaît. » Avec la même douceur, il a appuyé sa joue sur mon ventre et, de l'autre main, m'a caressé les jambes. Il m'a semblé naturel de m'allonger sur le matelas près de lui ; je savais presque avec certitude qu'il allait me payer pour cela aussi mais ce n'était pas de la vénalité, pas plus que de la compassion, un mélange des deux peut-être, pourquoi en fait-on toute une histoire, ai-je songé tandis qu'il s'activait en moi. Après avoir joui, il s'est redressé, en sueur lui aussi à présent, il a rabattu ma jupe et repoussé une mèche sur ma joue, puis, très naturellement, il a tiré de son portefeuille posé sur le chevet d'autres billets et m'a interrogée du regard.

Quand j'ai incliné la tête, il les a ajoutés aux autres et m'a tendu le tout. « Merci, Delphine, a-t-il dit, je n'aurais jamais pu y arriver sans vous. »

Mais Mme Derovitski. C'est elle qui m'a téléphoné après avoir trouvé dans sa boîte aux lettres l'annonce écrite à la main sur des bouts de papier que je distribuais dans les immeubles de mon quartier, *Jeune fille honnête et consciencieuse propose tous travaux de ménage de cuisine de garde d'enfants* – on m'appelait parfois pour du soutien scolaire et que pouvais-je dire, certainement pas que j'avais quitté l'école à quinze ans. Je m'inventais des journées trop remplies ou un soudain départ pour une ville de province et je pleurais de colère et de faim une fois le téléphone raccroché. Je n'ai pas oublié l'écolier – dix ans à peine – dont la mère m'a prise au dépourvu en me demandant un soir de lui faire réviser sa leçon de mathématiques. L'enfant m'a regardée un long moment tandis que la méchanceté montait dans ses yeux, et avant que j'aie pu le retenir, le menacer ou lui promettre je ne sais quoi, il a sauté de sa chaise et s'est rué à la cuisine, et je l'ai entendu dire d'une voix précipitée, haletante de joie mauvaise : « Maman, maman, la dame ne connaît pas sa table de multiplication ! » Je n'ai jamais su ce que la mère a répondu car j'ai empoigné mon sac à main et quitté l'appartement sur la pointe des pieds, aussi rapidement que l'enfant avait couru à la cuisine. Je n'ai même pas refermé la porte d'entrée pour ne pas faire de bruit, je n'y suis jamais retournée pour être payée et ont suivi d'autres jours de faim et de colère. Parfois je m'imagine sonnant à leur porte, et l'enfant ouvrant – aujourd'hui c'est un jeune homme, bien sûr, et je lui vois un visage boutonneux mais éclairé du même regard de joie mauvaise –, je m'imagine lui tendant l'une des cartes sur papier gaufré que j'ai fait imprimer l'an dernier, *Pour Vous, Delphine M., présidente-fondatrice*, je m'imagine lui sourire suavement et lui dire : Tiens, surtout ne la perds pas, quelque chose me dit que tu auras souvent besoin de moi, quelque chose me dit que la vie ne va pas être tendre avec toi. Cette pensée me laisse heureuse, réconfortée quelques minutes mais cela ne dure pas, bientôt une tristesse inépuisable et lancinante comme un robinet qui goutte m'envahit, rien n'efface jamais ce qui a eu lieu, sous mes faux ongles nacrés les vrais sont toujours rongés jusqu'au sang.

Mme Derovitski m'a appelée un soir, dix minutes précisément avant le début du film, et j'ai deviné aussitôt qu'elle avait calculé précisément combien de temps devait durer notre conversation, comme un filet de sûreté dont elle aurait mesuré longueur et largeur avec une précision de couturière. Cela n'a pas été aussi simple, car elle était déjà un peu sourde ; elle répétait d'une voix ténue et distinguée : « J'ai juste besoin de quelqu'un pour m'accompagner faire mes courses, la semaine dernière je suis tombée, voyez-vous, j'ai glissé, il avait plu, le trottoir était mouillé et mon cabas était trop lourd, j'ai juste besoin de quelqu'un pour m'accompagner faire mes courses, je me débrouille très bien pour tout le reste », et j'ai fini par articuler : « D'accord, je viendrai chez vous demain à huit heures. » Elle m'a donné son adresse de la même petite voix distinguée et incertaine, et nous avons raccroché au moment même où s'élevaient les premières notes du générique.

Le lendemain, à huit heures moins cinq, j'ai sonné à l'interphone d'un immeuble bourgeois. La petite voix de Mme Derovitski a dit : « Qui est-ce ? », puis renonçant presque aussitôt : « Montez, c'est au cinquième. » J'ai pris l'ascenseur minuscule aux parois grillagées. Devant la glace, j'ai lissé mes cheveux du plat de la main – ils étaient longs à cette époque – et essuyé les bavures de crayon sous mes yeux. Mme Derovitski m'attendait sur le pas de sa porte. Elle avait dû être grande mais s'était tassée avec le temps, ses cheveux étaient teints en un gris presque lilas et roulés en chignon sur sa nuque, elle portait des vêtements beaux mais démodés – plus tard je m'apercevrais qu'elle ne s'habillait que de cachemire et de fourrure –, et des bagues trop grosses tournaient sur ses doigts maigres. Elle m'a considérée un instant avant de me laisser entrer et j'ai lu dans son regard un mélange de satisfaction et de déception ; je n'ai compris que longtemps après, quand elle a entrepris de me changer, de s'occuper de moi, comme elle disait, alors qu'elle m'avait engagée pour faire le contraire : je n'étais pas *elle,* mais j'étais presque *elle.* L'appartement était grand, décoré de moulures et d'immenses miroirs, et j'ai pensé avec satisfaction que ce n'était pas une petite vieille pauvre avec qui il me faudrait lutter âprement mais qu'elle me paierait correctement, même si c'était difficile à savoir, les plus riches n'étaient pas toujours les plus généreux. Elle avait déjà son manteau, une fourrure bleutée comme ses cheveux, elle a pris un cabas posé près de la porte et m'a dit : « Eh bien, en route, mademoiselle, je n'aime pas arriver trop tard au marché. » J'ai rétorqué poliment – j'avais l'habitude – qu'il serait peut-être bon de discuter d'abord des termes de mon embauche mais elle a eu un sourire désarmant d'orgueil et de tristesse et a dit : « Vous me direz juste combien vous voulez, ma petite. »

Elle marchait mal, bien entendu, elle n'était pas tombée parce que le trottoir était mouillé, et cela a probablement signifié sans que j'en prenne conscience le tout début de *Pour Vous*, son ébauche, car lorsqu'elle a déclaré : « Vous voyez, mademoiselle, je pourrais me débrouiller seule, ce n'est qu'une mesure de précaution, ma fille a insisté », j'ai répondu sans réfléchir : « Mais c'est vrai, vous vous débrouilleriez parfaitement toute seule », et nous avons feint l'une et l'autre d'ignorer ma main glissée sous son bras.

Plus tard, j'ai compris que sa fille n'avait pas insisté, n'avait même rien suggéré, que sa fille qui habitait à quelques centaines de kilomètres de là ne lui rendait jamais visite et ne téléphonait jamais. Quand j'ai senti ses jambes si frêles, je me suis dit avec plus de déception que de tristesse qu'elle n'irait pas bien loin, ou plutôt que ce travail somme toute facile et bien payé n'irait pas très loin, mais je me trompais, car il a duré trois ans et, durant ces trois années, Mme Derovitski m'a appris tout ce que je sais aujourd'hui.

Mme Derovitski

Marché rue Daguerre, 8 heures - 11 heures.
Un steak haché, une barquette de céleri rémoulade, une demi-baguette, une livre de beurre, un litre de lait, trois poires Williams. Puis promenade de vingt minutes. Achat de magazines et de livres.
Temps : trois heures.
200 francs.

6

À l'époque, je faisais aussi le ménage dans les bureaux d'une entreprise, mais en nocturne seulement et, comme Mme Derovitski n'avait besoin de moi que le matin, j'arrivais sans peine à concilier les deux emplois, même si j'étais si fatiguée que je m'endormais dans le bus. J'étais contente de réussir à m'assoupir malgré les voix et les cahots puisque les bureaux étaient situés en banlieue et que j'avais à peine le temps de rentrer chez moi qu'il me fallait déjà repartir. Mme Derovitski me payait si généreusement que j'aurais pu abandonner le travail de femme de ménage, mais j'avais besoin d'amasser de l'argent et, chaque soir ou presque, je comptais et recomptais la paie que Mme Derovitski me donnait en liquide et que je cachais sous l'évier dans un tupperware. Je ne faisais aucune différence entre ces deux emplois, je n'étais ni paresseuse ni fière, il ne m'était pas plus difficile de vider les poubelles que de tenir le bras d'une vieille dame.

Très vite, Mme Derovitski s'est confiée à moi. Peut-être pressentait-elle que je serais la dernière personne à partager son existence de cette façon si intime, ou peut-être simplement si quotidienne. Il n'est qu'une seule chose qu'elle m'ait tue avec une obstination orgueilleuse, et c'était son incapacité croissante à se débrouiller seule des tâches de la vie ; mais je comprenais son silence, sa volonté de survie presque animale, et le jour où je l'ai vue la pommette bleuie par une mauvaise chute, je n'ai rien dit, j'ai juste prétexté avoir besoin de tampons pour aller acheter à la pharmacie un tube d'arnica qu'à mon retour j'ai posé sans un mot sur la tablette au-dessus du lavabo. Mais pour le reste elle me parlait beaucoup, et très vite j'en ai su davantage sur elle que quiconque, je crois, son mari, ses amis, sa fille aussi sans doute.

À part ma présence, une seule chose remplissait sa vie : les romans d'amour et surtout, comme elle l'avouait en riant, les mauvais romans d'amour. Elle disait en avoir pris le goût en lisant le Harlequin qu'une de ses domestiques avait oublié sous le lit de la chambre où elle la logeait ; elle l'avait ouvert par curiosité en pensant le jeter avec les cotons tachés de lait de toilette que la fille avait laissés sur le lavabo et la paire de bas roulés en boule dans un tiroir, mais deux heures plus tard elle était toujours assise sur le lit au milieu des draps sales, le livre entre les mains. Elle avait tout oublié de la domestique, de l'obligation de faire le ménage dans la chambre, de passer une annonce pour recruter une autre employée. Elle s'était aperçue avec effroi qu'il était très tard et elle avait quitté la chambre en emportant le livre qu'elle avait caché dans la bibliothèque du salon, derrière les encyclopédies que son mari ne lisait jamais. Elle l'avait terminé en deux jours et s'était aussitôt mise en quête d'un autre. Elle ne savait où aller et c'est au hasard d'une promenade dans des rues où elle ne s'aventurait jamais qu'elle avait vu un étal devant une librairie de livres d'occasion, et sur cet étal des romans dans lesquels elle avait immédiatement reconnu ce qu'elle cherchait – la même couverture rose, les mêmes lettres tout en volutes, le même papier trop mince qui tachait les doigts. Elle en avait acheté huit ou neuf, le cœur battant, pour un prix dérisoire, et l'employé les lui avait tendus dans un sac en papier marron comme s'il s'était agi d'une baguette de pain ou d'une livre de raisin.

Elle n'avait jamais avoué cette passion à personne, pas plus à son mari qu'à ses amies. Elle se doutait qu'ils n'auraient pas compris, et elle-même n'aurait su expliquer la place que ces romans occupaient dans sa vie : c'était une femme cultivée, elle n'aurait jamais lu de livres aussi mauvais si elle n'en avait trouvé un par hasard dans la chambre d'une domestique. Non, elle n'aurait su dire ce qui lui plaisait tellement dans ce sirop doucereux, elle ne savait pas pourquoi ces histoires avaient le pouvoir d'éveiller en elle quelque chose dont elle ignorait même l'existence, une sorte de double, le fantôme d'une femme simple et passionnée. Je ne comprenais pas non plus, je veux dire que je ne comprenais pas pourquoi ces livres à l'eau de rose avaient le pouvoir de l'émouvoir autant. Il m'a fallu longtemps pour comprendre qu'en un sens toutes les histoires d'amour, vulgaires ou non, se ressemblent. C'est Mme Derovitski elle-même qui me l'a dit un jour ; peut-être venait-elle de surprendre de l'ennui sur mon visage car elle a murmuré en souriant : « Vous devez me trouver bien sotte, n'est-ce pas ? » Et avant que j'aie eu le temps de nier, par politesse, elle a poursuivi : « Vous verrez plus tard, Delphine, si les petits cochons ne vous mangent pas », c'était une de ses expressions préférées, « toutes les histoires sont les mêmes, qu'elles soient belles ou laides. »

À la mort de son mari, Mme Derovitski a dû vendre les chambres de bonne, mais elle a continué à acheter des romans sentimentaux. Elle en avait une dizaine d'avance quand elle m'a engagée ; sans doute est-ce parce que sa vue commençait à baisser qu'elle a fini par m'en parler. Après être allée au marché, elle aimait s'allonger sur le canapé, enveloppée dans un plaid, et m'écouter lui faire la lecture. Elle s'est très vite aperçue que je lisais mal et que je n'écrivais guère mieux, et elle m'a payé des cours du soir. Elle a fait davantage : pour chaque heure de cours, elle me versait l'équivalent de ce que j'aurais gagné en travaillant. « Je ne veux pas vous entendre vous plaindre que c'est du temps perdu, Delphine, disait-elle sévèrement, il faut savoir lire et écrire, cela fait partie de votre travail, considérez que c'est un ordre. » C'est grâce à Mme Derovitski que j'ai vraiment appris à lire et à écrire, et que la suite de cette histoire est devenue possible.

Puis, au fil des semaines, elle m'a montré comment lire dans un murmure bas et feutré qui sans doute était l'écho de sa voix intérieure. Je ne lui lisais au début que quelques pages, puis davantage, et enfin plusieurs chapitres d'affilée. À un moment ou un autre, elle rouvrait les yeux et me disait en souriant : « Merci, Delphine, c'est bien, cela suffira pour aujourd'hui. » Alors je glissais un marque-page dans le livre car, si je ne me souvenais jamais de l'endroit où je m'étais arrêtée, Mme Derovitski, elle, semblait le garder précisément en mémoire, et quand je me trompais, elle m'interrompait avec impatience : « Non, Delphine, non, disait-elle, vous avez déjà lu ce passage-là hier. »

Les derniers mois, je m'en souviens, elle m'a demandé de lui relire l'un des tout premiers romans, une lubie de vieille femme, a-t-elle dit en riant, cela ne me dérangeait pas, j'avais tout oublié de l'histoire depuis longtemps mais pas elle, de toute évidence, ses yeux étaient embués et ses mains tremblaient sur le plaid, et parfois ma voix s'enrouait de fatigue avant qu'elle ne dise : « Très bien, Delphine, merci, c'est assez. »

Voilà donc en quoi a consisté mon travail pour Mme Derovitski au début : tenir son bras tandis qu'elle avançait sur les trottoirs glissants de la ville, et lui lire les romans d'amour dont elle n'avait révélé l'existence à personne d'autre qu'à moi.

7

Un jour, juste avant les vacances de Noël, alors que j'avais dû travailler doublement à l'entreprise pour effacer les traces du pot de fin d'année, les petits-fours écrasés sur la moquette et les ronds de verre sur les bureaux, Mme Derovitski m'a dit :

« Vous travaillez trop, Delphine, vous êtes toute pâle et maigrichonne, il faut vous reposer, et vous soigner aussi, regardez vos cheveux, regardez vos mains ! »

J'ai rougi. Je savais que Mme Derovitski était souvent plus fraîche que moi bien qu'elle ait quatre-vingts ans et moi seize, j'avais un bouton de fièvre sur la lèvre et les cheveux sales, les peaux rongées tout autour des doigts, souvent je les grignotais avec tant d'acharnement que du sang tachait ma bouche. Avant que j'aie pu lui dire : « Je suis désolée, madame, je n'ai pas beaucoup de temps en ce moment », elle a tapé dans ses mains avec enthousiasme et, comme si elle venait d'y penser, elle s'est exclamée :

« Ma coiffeuse vient cet après-midi, elle pourrait s'occuper de vous, est-ce que vous êtes libre quelques heures, Delphine ? C'est moi qui vous l'offre, allons, ne discutez pas, ce sera votre cadeau de Noël.

— Ce n'est vraiment pas la peine, madame », ai-je murmuré.

J'étais gênée soudain, moi qui n'ai pourtant aucun scrupule à accepter quoi que ce soit – j'accepterais une pièce dans la rue si on me la tendait, je sais que je pourrais mendier sans hésitation si j'en étais un jour réduite à ça, bien que je préfère travailler, naturellement. C'était autre chose : j'étais gênée à l'idée que cette femme qui avait l'habitude de laver et de coiffer les cheveux de Mme Derovitski même quand ils ne semblaient pas en avoir besoin, ils étaient toujours vaporeux et de ce délicat gris lilas, un casque soyeux retenu sur sa nuque par un précieux peigne en écaille, cette femme allait devoir laver les miens qui étaient sales et crissaient comme de la mauvaise herbe sous les doigts. J'en étais gênée comme d'une indécence et Mme Derovitski a dû le comprendre car elle m'a pris la main, m'a regardée avec une expression que je ne lui connaissais pas et m'a dit comme elle m'aurait confié un secret :

« Ne vous inquiétez pas, Delphine, tout va bien se passer. Puis-je vous dire quelque chose ? Faites-le pour moi, Delphine. »

Je l'ai regardée à mon tour. Ses yeux étaient emplis de prière et d'une sorte d'exaltation ; peut-être est-ce à cet instant que j'ai compris que les choses ne sont jamais aussi simples qu'elles semblent l'être et que Mme Derovitski avait un plan qui dépassait de loin ce dont je l'aurais crue capable – ses pâles, ses piètres mensonges. Sa détermination, sa volonté inflexible, ce sont des choses que je comprenais bien en revanche et, à contrecœur, j'ai dit : « D'accord, si vous y tenez. »

La coiffeuse m'a lavé les cheveux sans paraître remarquer qu'ils étaient sales et rêches. Je l'entendais confusément par-dessus le bruit de l'eau qui me coulait dans les oreilles discuter avec Mme Derovitski et suggérer : « Peut-être des reflets cuivrés ? » J'ai senti l'odeur d'ammoniaque de la teinture et j'ai gardé les paupières baissées même quand la coiffeuse m'a aidée à me relever et qu'elle m'a assise sur un tabouret devant la glace de la salle de bains. J'entendais sa respiration toute proche et les ciseaux qui cliquetaient autour de mon visage. Je n'ai levé les yeux qu'une fois mes cheveux séchés – j'avais failli m'assoupir dans le souffle chaud du sèche-cheveux – et j'ai vu une fille inconnue dans l'immense miroir encadré d'or, ses cheveux coupés à la hauteur des épaules, lisses, d'un roux non plus terne mais lumineux. J'avais toujours mon bouton de fièvre et mes cernes mais j'avais l'air de tout autre chose, à présent, j'avais l'air riche et presque heureuse. Dans la glace, j'ai vu Mme Derovitski s'approcher ; elle paraissait contente de la transformation, elle souriait et, me serrant timidement l'épaule, elle m'a dit : « Vous êtes très belle, Delphine. Joyeux Noël. »

Au mois de janvier, j'ai perdu mon travail dans les bureaux. Quand Mme Derovitski l'a appris, elle a augmenté mon salaire. Elle avait peur, je crois, que je ne sois obligée de prendre un autre emploi qui m'aurait empêchée de venir la voir tous les matins.

Chaque jour, j'arrivais à huit heures moins cinq et nous allions faire les courses au marché de la place voisine. Nous achetions juste le nécessaire pour le déjeuner et le dîner. Souvent même, au moment où je m'apprêtais à partir, elle me glissait dans les mains une escalope enveloppée de papier d'aluminium, une demi-baguette de pain ou une barquette de framboises, murmurant : « Je vous en prie, Delphine, sinon je serai obligée de les jeter », et c'était vrai, il m'était arrivé de trouver des restes dans la poubelle, maladroitement cachés sous des prospectus. Parfois, quand nous parcourions les allées du marché, retardant le moment d'acheter le morceau de brie ou de beurre frais par lequel nous achevions toujours nos courses, repoussant l'instant de rentrer, surtout s'il faisait beau, je me disais : Il suffirait d'aller au marché tous les deux jours, ou même tous les trois jours, elle mange si peu ; je me disais : Tout cet argent qu'elle dépense pour faire le tour de la place avec trois courses dans son cabas, mais je ne lui en parlais pas, naturellement, je craignais surtout qu'elle n'en vienne elle-même à cette conclusion et qu'elle m'annonce : « Je crois que vous pouvez ne venir que trois fois ou même deux fois par semaine désormais, Delphine, ce sera bien suffisant. » Mais elle ne l'a jamais fait.

Je dois parler des vêtements aussi. Au mois de janvier ou de février peut-être, me voyant grelotter dans mon vieux manteau après l'une des rares chutes de neige de l'hiver, elle m'a demandé :

« Est-ce que vous accepteriez une de mes vieilles fourrures, Delphine ? Enfin, je dis vieille, mais je l'ai à peine portée. Elle vous irait bien, surtout avec votre nouvelle couleur de cheveux. »

C'était un manteau fauve un peu trop grand pour moi et qui sentait la naphtaline mais j'ai accepté, bien sûr, jamais je n'avais possédé un vêtement de cette valeur, et surtout Mme Derovitski avait la même prière dans le regard, comme s'il ne s'agissait pas seulement de me réchauffer mais de quelque chose de beaucoup plus égoïste et qui ne concernait qu'elle. Elle m'a offert une écharpe, puis des bottines et une bague, trois fois rien, a-t-elle affirmé, une pierre semi-précieuse, un anneau plaqué or, comme si elle redoutait soudain d'éveiller ma méfiance, comme si elle hésitait encore à mener son plan à terme.

Un vendredi matin, elle m'a accueillie froidement. Je l'ai sentie préoccupée tandis que nous faisions nos courses et j'ai pensé avec appréhension que c'était peut-être la fin de ces quelques mois de travail, je me suis dit : J'espère qu'elle ne me demandera pas de rendre le manteau ou les bottines, mais c'est tout le contraire qui s'est produit puisque au moment où je m'apprêtais à partir elle m'a demandé en hâte :

« Est-ce que vous êtes libre demain après-midi, Delphine ? J'ai un engagement et je souhaiterais que vous m'accompagniez, si c'est possible, naturellement. »

J'ai dit oui sans même demander de quoi il s'agissait et elle a ajouté :

« Ne venez pas le matin, ce n'est pas la peine, reposez-vous plutôt », et elle m'a souri pour la première fois de la journée.

Je pourrais dire que j'ignorais ce qui allait se passer, mais si c'était vrai, aurais-je mis tant de soin à me préparer, aurais-je porté le manteau en fourrure bien que l'air ait été ce jour-là d'une douceur faussement printanière, aurais-je porté les bottines, la bague et un foulard que je m'étais acheté pour Noël, aurais-je eu le cœur dans la gorge et une appréhension que je n'avais jamais ressentie, même quand l'homme m'avait pénétrée sur son matelas pour se consoler du départ de sa femme ?

Lorsque Mme Derovitski a ouvert, elle m'a considérée avec attention et à son expression j'ai compris que je ne m'étais pas trompée, que j'avais bien fait d'attacher mes cheveux et de nouer le foulard avec une nonchalance étudiée, comme je l'avais souvent vue faire. Elle était déjà prête, elle n'a eu qu'à tendre le bras pour prendre sa fourrure – un manteau que je n'avais encore jamais vu, presque de la même teinte que le mien, et, nous contemplant dans la glace de l'ascenseur, j'ai pensé que nous avions l'air d'être de la même espèce, deux loutres, deux martres, deux visons dorés, je n'avais jamais demandé en quoi était le manteau, une grande et une plus petite, serrées l'une contre l'autre. Elle a regardé plusieurs fois sa montre alors que nous attendions le bus, je lui ai demandé à quelle heure était son rendez-vous et elle a répondu : « Trois heures », d'une voix brève. Quand le bus est arrivé, elle s'est assise en soupirant tandis que je restais debout. Je sentais les regards des passagers sur nous ; nous étions très endimanchées et Mme Derovitski s'était beaucoup parfumée, elle tenait d'une main le col de son manteau qu'elle avait relevé sur son visage, on ne voyait que ses yeux et encore les a-t-elle tenus fermés pendant presque tout le trajet. Nous sommes descendues dans un quartier plus bourgeois encore que le sien, après moins d'un quart d'heure de route. À nouveau elle a regardé sa montre et elle a paru se détendre, elle a murmuré : « C'est bien, nous sommes juste à l'heure. »

Nous avons marché quelques dizaines de mètres sous les platanes nus, puis nous sommes entrées dans un immeuble où un portier nous a accueillies. Dans l'ascenseur, Mme Derovitski m'a regardée d'un air implorant et j'ai soutenu son regard en silence, mais j'aurais déjà pu, je crois, prendre sa main et murmurer : « Ne vous inquiétez pas, tout va bien se passer. »

Quand nous sommes arrivées au troisième, la porte s'est ouverte avant même qu'elle ait eu le temps de frapper. Une vieille femme s'est avancée pour l'embrasser puis, se tournant vers moi, m'a prise dans ses bras et m'a embrassée avec le même élan, sans la moindre hésitation, en s'exclamant :

« Entrez, entrez, cela me fait tellement plaisir de vous voir, donnez-moi votre manteau, et vous aussi, Paulina, cela fait si longtemps que j'avais envie de rencontrer la fille de Roza, quand êtes-vous arrivée, est-ce que vous allez rester longtemps ? »

Mme Derovitski était très pâle. Elle a dit tout bas en abandonnant son manteau entre les mains de notre hôtesse comme elle se serait défaite d'une dépouille :

« Allons, laisse-la un peu tranquille, tu étourdis cette enfant avec toutes tes questions. »

Dans le salon, la table était dressée avec de la belle porcelaine, et autour étaient assises cinq vieilles femmes dont deux étaient venues avec leurs filles, qui m'ont détaillée d'un regard méfiant. Peut-être avaient-elles deviné aussitôt que je n'étais pas, que je ne pouvais pas être la fille de Mme Derovitski, tout au plus sa petite-fille, à cause de mon âge mais surtout parce que je n'avais qu'un vernis de sophistication, le plus naïf des observateurs s'en serait aperçu même si j'avais appris beaucoup de choses au contact de Mme Derovitski, à tenir mes couverts, à parler, à sourire. Je me suis assise auprès d'elle et voyez-vous, c'est étrange, le plus difficile au cours des heures suivantes a été de ne pas la servir comme j'en avais l'habitude, de ne pas lui verser son thé et son lait, de ne pas lui tendre l'assiette de viennoiseries dès qu'elle avait fini sa brioche comme la domestique que j'étais, puisqu'en réalité je n'étais rien d'autre. J'ai répondu à leurs questions du mieux que je pouvais, non, je n'habitais pas chez ma mère, j'avais préféré pour ne pas la déranger prendre une chambre dans un petit hôtel du coin, l'hôtel Colette, s'est-elle empressée de préciser. Je ne savais pas encore combien de temps j'allais rester, peut-être allais-je m'installer définitivement, je l'ignorais, j'ai interrogé Mme Derovitski du regard et elle est venue à mon aide en expliquant : « Cela dépend de son mari, il travaille tant… » Trois heures se sont écoulées ainsi. J'ai bu du thé, mangé une brioche, au bout d'un moment elles se sont lassées de m'interroger et se sont mises à bavarder. Elles ont même parlé en polonais et l'une d'elles a dû me poser une question car toutes se sont tournées vers moi, mais Mme Derovitski a eu un petit rire et a dit : « Pensez-vous, elle a oublié sa langue maternelle. »

Il faisait nuit quand nous sommes parties. J'ai embrassé les vieilles femmes et, sur le pas de la porte, l'hôtesse m'a soufflé : « Je suis contente que vous soyez revenue, elle a l'air tellement heureuse. »

Dans l'ascenseur, nous sommes restées silencieuses sous la lumière blanche de l'ampoule. Mme Derovitski a attendu que nous ayons traversé le hall et que nous soyons dans l'obscurité de la rue pour me dire d'une voix précipitée :

« Pardonnez-moi, Delphine. J'aurais dû vous demander la permission, mais je n'ai pas osé. J'avais tellement peur que vous refusiez…

— Oh non, j'aurais accepté, madame. Mais ça aurait été plus simple si vous m'en aviez parlé. Vous auriez pu me dire ce que je devais leur raconter.

— Oh, pour ça, a-t-elle répondu, et à sa voix j'ai su qu'elle souriait enfin, ne vous inquiétez pas. Vous avez été parfaite. »

Et pendant les deux années suivantes, j'ai été Paulina. Nous avons changé de commerces, nous n'allions plus à l'ancien marché mais à un autre, dans un quartier voisin, même s'il fallait marcher plus longtemps, et partout j'étais Paulina, j'étais Paulina dans les boutiques et Paulina chez les amies de Mme Derovitski où elle m'emmenait de plus en plus souvent. Je n'avais jamais été aussi bien payée et ma garde-robe s'étoffait, elle ne cessait de m'offrir des vêtements et c'était autant pour me rendre crédible, je le savais, que pour me faire plaisir ou acheter mon silence, sans doute savait-elle comme moi que j'aurais pu lui soutirer toute sa fortune en menaçant de la trahir, mais elle n'avait d'autre choix que de me faire confiance.

« Voilà, ai-je dit à Marja ce soir-là, c'est l'histoire de Mme Derovitski ; c'est ainsi que tout a commencé, c'est à cette époque-là que j'ai compris qu'il y a beaucoup de gens seuls et tristes qui sont prêts à payer pour avoir quelqu'un à leurs côtés, n'importe qui, une fille, une mère, une maîtresse. »

Je ne lui ai pas raconté la suite, qui ne regarde que moi. J'ai vu Mme Derovitski pour la dernière fois un jour de décembre. Le lendemain, j'ai sonné et frappé vainement à la porte, et quand j'ai fini par entrer avec les clefs qu'elle m'avait confiées, j'ai trouvé l'appartement désert et silencieux ; il n'y avait qu'un fauteuil renversé au milieu du salon, reposant sur le côté. J'étais là depuis une minute à peine, me demandant où pouvait bien être Mme Derovitski qui ne sortait jamais sans moi, quand on a frappé. J'ai ouvert en espérant absurdement que ce soit elle – mais pourquoi alors n'aurait-elle pas utilisé ses clefs –, ce n'était que la concierge, une petite femme au visage pointu, pointue de la tête aux pieds, un héron empaillé, avais-je dit un jour tout bas à Mme Derovitski, qui en avait ri. La concierge avait les lèvres plissées et me dévisageait avec méfiance, bien que nous nous soyons croisées cent fois dans l'escalier.

« Je vous ai vue passer devant ma loge », a-t-elle dit, puis elle s'est tue.

« Est-ce que vous savez où est Mme Derovitski ? Elle n'est pas là, elle n'est nulle part », ai-je dit, et j'ai désigné le fauteuil renversé où Mme Derovitski n'était pas, comme celui d'une reine détrônée.

« Mme Derovitski a eu une crise cette nuit, a répondu la concierge d'une voix mesurée. Elle a réussi à se traîner jusqu'à la porte et à appeler ; un voisin m'a prévenue et j'ai téléphoné aux pompiers. Elle est à l'hôpital. On ne sait pas si elle va vivre ou pas. Ils ont dit que, de toute façon, elle restera sûrement paralysée et qu'il n'est même pas sûr qu'elle retrouve la tête », et disant cela elle s'est frappé la tempe avec un doigt.

« À quel hôpital est-elle ? » ai-je demandé, et elle a croisé les bras, alors, une ébauche de sourire aux lèvres.

« Eh bien, c'est curieux que vous me posiez cette question, mademoiselle Paulina – c'est bien votre nom, n'est-ce pas –, a-t-elle répliqué, parce que je vous ai appelée ce matin pour vous le dire. Mme Derovitski m'avait donné votre numéro un jour, au cas où il lui arriverait quelque chose. Vous ne vous souvenez pas que je vous ai téléphoné ? Vous m'avez dit que de toute façon votre mère ne reviendrait pas chez elle, que ça faisait longtemps qu'elle aurait dû partir en maison de retraite. »

Je n'ai pas su quoi répondre. J'ai vu une sorte de triomphe, d'indignation vertueuse naître et se déployer sur le visage de la concierge, comme si elle savourait à l'avance la victoire de la vérité, de l'honnêteté laborieuse ; j'ai soutenu son regard, mais je savais déjà que je ne serais pas de taille à lutter.

« Vous m'avez aussi dit que vous ne pourriez pas être là avant demain, ou même le week-end prochain, a-t-elle poursuivi. Mais je vois que vous êtes arrivée plus tôt, c'est bien, je m'étonne juste que vous ne soyez pas allée directement à l'hôpital. »

J'ai inspiré profondément et je lui ai fermé la porte au nez. Heureusement qu'elle est restée sur le seuil, me suis-je dit, heureusement qu'elle n'est pas entrée, mais après un instant de silence stupéfait elle a tambouriné, tant de bruit pour un si petit poing, et elle a crié :

« Je vous préviens, je vais appeler la police ! Je ne sais pas qui vous êtes, mais je vais appeler la police ! »

Elle l'a répété deux ou trois fois, puis j'ai entendu ses talons descendre l'escalier et j'ai reculé de quelques pas. J'ai pensé que je n'avais que deux ou trois minutes et j'ai parcouru l'appartement des yeux comme s'il était encore possible que Mme Derovitski surgisse de la salle de bains, embaumant la poudre de riz. J'ai relevé le fauteuil, je l'ai remis à sa place devant la table basse et je me suis dirigée vers la chambre. Je n'y étais pas entrée souvent et j'ai eu l'impression de découvrir le lit massif, immense, en bois sombre, comme le reste des meubles. Un petit crucifix en étain terni était cloué sur le mur ; j'ai souri en pensant : Quelle drôle d'idée vous avez eue là, madame Derovitski, si vous croyiez en quelque chose, ce n'était certainement pas en Dieu, et j'ai regretté à cet instant-là de n'avoir pas le temps de chercher et d'emporter les romans à l'eau de rose. Je savais qu'elle n'aurait pas aimé que d'autres les trouvent cachés derrière les encyclopédies.

Les draps et la couverture étaient froissés et

arrachés comme si on s'y était battu et j'ai imaginé Mme Derovitski luttant contre la mort, parvenant à s'enfuir, à se traîner jusqu'à la porte et à crier de cette petite voix qu'elle n'entendait sans doute même pas puisqu'elle était devenue complètement sourde, *À moi, au secours*. J'ai pensé qu'elle ne reviendrait jamais, même si elle retrouvait la tête, même si elle réclamait son bel appartement et ses tapis d'Orient, et pourtant j'ai fait le lit, très vite, j'ai lissé le drap du dessous et celui du dessus pour effacer toute trace de lutte, tiré la couverture, regonflé l'oreiller, « Voilà, vous avez bien dormi cette nuit, ce n'était qu'un mauvais rêve », ai-je dit à mi-voix. C'était la dernière chose, la dernière illusion que je pouvais offrir à Mme Derovitski, même si je savais qu'elle ne la verrait jamais.

J'étais incapable de séparer ma tristesse de la crainte que m'inspirait la perte de mon travail, Que vais-je faire maintenant, me disais-je, retourner passer l'aspirateur dans des bureaux, vendre des chaussures ou servir des cafés, et je n'ai pas hésité longtemps avant de mettre dans ma poche les bracelets et les bagues en or posés sur la table de chevet. « Vous comprenez, madame Derovitski, ai-je dit à voix haute d'un ton d'excuse, c'est juste pour me donner le temps de voir venir. » Puis je suis sortie de la chambre, j'ai posé mes clefs sur la table du salon et j'ai quitté l'appartement.

Mme Derovitski a survécu moins d'un an à l'hôpital et à la maison de retraite. Je ne suis pas une voleuse, je l'ai dit, et je n'aurais pas emporté les bagues si j'avais su qu'elle avait depuis longtemps pris des dispositions pour me léguer une somme d'argent que je n'aurais jamais imaginé posséder un jour. C'est un notaire qui m'a téléphoné quelques mois plus tard pour me demander de passer à son cabinet. Je ne savais même pas que Mme Derovitski était morte ; je n'avais cherché à joindre ni ses amies, ni sa fille, ni la concierge, pour éviter de devoir m'expliquer au sujet de la fausse Paulina, d'avoir des ennuis en somme, et c'est là, dans le cabinet de cet homme en costume sombre qui me regardait lire la lettre que Mme Derovitski m'avait laissée, que j'ai eu l'impression de lui dire au revoir. Elle me remerciait, elle me disait qu'elle avait toujours été très contente de mes services, et aussi qu'elle m'avait beaucoup aimée. J'ai plié la lettre et je l'ai mise dans mon sac avec le chèque que m'avait donné le notaire. J'ignore ce qu'il avait entendu dire mais je voyais bien qu'il me considérait comme une profiteuse sans scrupule, une intrigante qui s'était servie de la détresse d'une vieille femme pour gagner son affection et s'assurer un confortable pactole. Il ne m'a pas tendu la main lorsque je suis partie, mais cela m'était égal. C'est d'ailleurs lui que je suis retournée voir, puisque je ne connaissais pas d'autre notaire, quand j'ai acheté cet appartement de cinq pièces en rez-de-chaussée où se trouvent à la fois mes bureaux et mon logement, et où j'habite depuis quinze ans maintenant. C'est lui aussi qui s'occupe de gérer les contrats de *Pour Vous*. Je lui verse cinq pour cent de mon chiffre d'affaires et j'ai parfois envie de lui dire : « Vous voyez, monsieur, vous auriez aussi bien pu me serrer la main, après tout. »

J'ai eu de la chance : l'appartement était à vendre meublé. Je n'ai pas demandé pourquoi, cela m'était égal que le propriétaire soit mort ou que la décoration et les meubles lui évoquent tant de mauvais souvenirs qu'il avait préféré les laisser. J'ai hérité de tout, du lit, de la vaisselle et des fauteuils, il restait même une lampe à abat-jour dans le salon et une brique de lait pasteurisé dans le frigidaire. Côté habitation, je n'ai rien changé, j'ai juste lavé les rideaux et les draps, il n'y a que du côté de l'agence que j'ai dû acheter des tables, des chaises, du matériel de bureau. J'ai feuilleté des magazines et choisi sur modèle, l'ambiance feutrée, les coussins sur les chaises, le carillon à la porte, le paillasson sobre et discret, sur lequel il est écrit *Bienvenue* en italique.

Voilà, tout a commencé ainsi, j'ai été la petite-fille d'une inconnue, puis la sœur, la maîtresse, l'amie, la confidente de centaines d'autres, et aujourd'hui je porte un enfant dont je ne suis pas vraiment la mère. Cette agence est un vaste sac où l'on trouve de tout, une boîte de Pandore, selon les termes d'un client, et il n'est rien en effet dont nous ne fassions commerce, la vie, l'amour, la mort.

Il me faut avouer ceci : je pensais que tout était verrouillé, inviolable, je me croyais faite d'un autre bois, d'une autre chair. Je n'avais jamais aimé, j'entends par là aimer comme aiment les clients qui viennent me voir. J'avais connu des hommes, mais aucun n'avait compté. Peut-être était-ce le spectacle des larmes et des colères de mes clients qui m'avait prévenue contre toute passion, peut-être avais-je simplement, ainsi que me l'avait dit Marja dans un moment de colère, le cœur trop sec.

J'ai été orgueilleuse, ou bien j'ai été naïve. Je n'avais jamais pensé être un jour aussi désarmée que celles qui viennent essuyer leurs larmes dans les mouchoirs mauves de l'agence et, surtout, je n'avais jamais pensé en venir à être ma propre cliente – comme un épicier plongeant la main dans ses bocaux de bonbons, un trafiquant piquant l'aiguille dans sa veine pour goûter aux paradis dont il fait commerce. Mme Derovitski, qui aimait les proverbes, aurait sans doute dit qu'on est toujours puni par là où l'on a péché.

Mme Derovitski

Legs en remerciement de services divers : 685 000 francs.

8

J'aimerais pouvoir dire que j'ai eu un pressentiment, qu'il m'est resté au réveil le vague souvenir d'un rêve ou d'une peur oubliée, que j'ai dû me hâter jusqu'aux toilettes pour vomir, que je me suis ouvert le front en tombant sur un coin de table, mais il ne s'est rien passé de tout cela ; mon corps était le simple tiroir docile que j'avais fait de lui, j'avais faim et il faisait frais pour une matinée de printemps. Quand j'ai ouvert les volets de ma chambre, j'ai vu la ficelle nouée à l'un des barreaux de la fenêtre, une ficelle bleue toute simple, attachée avec un double nœud et une boucle, mais même cela n'avait rien d'inhabituel. J'ai saisi l'une de ses extrémités et j'ai tiré dessus pour la dénouer ; elle n'était pas très grande, une vingtaine de centimètres peut-être, et elle maintenait un bout de papier enroulé autour du barreau. Le papier est tombé au creux de ma paume et quand je l'ai déplié j'ai vu qu'il y était écrit, d'une main maladroite, le mot HOMME. C'était un signe du passage de Yarol.

Yarol venait à l'agence une ou deux fois par semaine, quand il parvenait à échapper à la surveillance de sa mère. Chaque fois, il attachait à l'un des barreaux de ma fenêtre un ruban de couleur, et un ou deux mots tracés sur du papier quadrillé, MENDIANT, PENSE, DIEU. Un jour, ces mots mis bout à bout me permettraient d'accéder à son site Internet, m'avait-il dit – la maison, comme il l'appelait. Je n'étais pas pressée, je savais que je ne le visiterais sans doute jamais, je n'avais pas le temps et, pour tout dire, cela m'ennuyait. Je me doutais qu'il ne choisissait pas ces mots au hasard, mais je ne comprenais pas ce qu'il voulait dire, ni même s'il essayait de dire quelque chose. Il était dyslexique, une forme légère de dyslexie, m'avait dit sa mère, il y avait peu de mots qu'il parvenait à orthographier correctement, et peut-être étaient-ce ceux-là qu'il choisissait. Quoi qu'il en soit, je ne lui avais jamais demandé : Que veux-tu dire, Yarol ? Je me contentais d'accepter ces mots comme le caillou ou la feuille que vous offre un enfant, et je les glissais sous un presse-papiers en verre pour ne pas les perdre.

Je ne sais pas comment il entrait dans l'arrière-cour puisque la porte cochère était toujours fermée ; je ne sais pas non plus comment il avait deviné laquelle était ma fenêtre, il y en avait six, toutes pareilles, et Yarol n'était jamais venu chez moi, je veux dire dans mon appartement. C'était toujours moi qui allais chez lui, ou plutôt dans l'hôtel particulier où habitait sa mère divorcée ; peut-être alors avait-il réussi à s'introduire dans l'arrière-cour un soir et m'avait-il vue aller et venir de la chambre au salon, la télévision allumée, toujours seule. Cela ne me dérangeait pas, je n'avais rien à cacher, si Yarol ou quelqu'un d'autre avaient envie de m'observer, ils pouvaient le faire à leur guise.

C'était un client depuis huit mois, ou plutôt sa mère était une cliente, une femme riche et une mère épuisée par ce qu'elle appelait parfois les excentricités et parfois la maladie de son fils. Yarol avait seize ans, presque dix-sept. Il avait les cheveux couleur châtaigne et des yeux verts et pâles comme de l'eau. C'était à la fois un génie et un attardé. Ce n'est pas exactement ce que sa mère m'a dit, mais c'est ce que j'ai compris. Inadapté, avait-elle précisé, une forme d'autisme très particulière ; Yarol avait été renvoyé de cinq écoles privées parce que ses résultats étaient trop mauvais, mais il passait ses journées à inventer des jeux vidéo complexes, peuplés de créatures, de décors bizarres, d'épreuves et de rituels. Il ne se contentait pas de créer ses propres jeux, il en piratait d'autres, il se promenait de l'un à l'autre, il y faisait émigrer ses créatures, il bouleversait ces autres mondes. « C'est illégal, m'a dit sa mère un jour, ce sont des hackers, ils se font appeler des hotakus, s'il se fait prendre un jour, il ira en prison. » Mais ce n'est pas cela qui l'inquiétait ; c'est le fait que Yarol n'avait aucun ami, aucune vie sociale : c'est en cela, aux yeux de sa mère, que consistait sa maladie.

Quand elle est venue me voir, qu'elle a signé le contrat et m'a présenté son fils, Yarol a refusé de m'adresser la parole. Cela a duré trois semaines. Il restait assis devant son ordinateur, absorbé dans les jeux vidéo dont j'étais supposée le distraire, ou bien il me suivait les dents serrées dans les musées, les fêtes foraines et les parcs d'attractions où je l'emmenais comme sa mère me payait pour le faire. « Il a besoin de sortir de la maison, m'avait-elle dit. Rien ne l'intéresse à part ses jeux vidéo. J'ai essayé de l'en priver mais il s'est mis dans une telle colère que j'ai été obligée de céder. Je ne peux rien faire, quel adolescent de son âge accepterait de sortir avec sa mère, mais vous avez l'air assez jeune pour être sa grande sœur, ou peut-être une cousine plus âgée. Habillez-vous autrement, emmenez-le au cinéma, emmenez-le dans des soirées, il a seize ans, il a besoin de fréquenter des jeunes de son âge. »

Mais quand j'entraînais Yarol dans les fast-foods près des lycées, il restait le regard perdu dans le vide et pianotait sur la table, et je voyais bien qu'il n'avait pas besoin de son ordinateur pour être ailleurs. Il lui a fallu des semaines avant de s'habituer à moi, commencer à m'attendre dans sa chambre ou dans le jardin, les yeux fixés non pas sur la grille mais juste à côté, comme s'il ne distinguait que ce qui se trouvait à la périphérie de son regard. Il souriait en se frottant la bouche de la main comme il le fait toujours, et quand je lui disais : « Allons manger des frites à la brasserie, Yarol, je sais que vous aimez ça », il mettait les écouteurs de son vieux walkman et me suivait sans cesser de sourire.

Parfois, peut-être parce qu'il devenait beau quand il souriait ainsi, je me demandais ce qui se serait passé si j'avais rencontré Yarol alors que j'avais seize ou dix-huit ans, aurait-il pu aimer la vendeuse d'âme et de corps que j'étais déjà, aurait-il pu me dissuader de l'être, serions-nous devenus l'un et l'autre différents ? Puis je détournais le regard de ses dents façonnées comme de petites pierres ramassées une à une dans un ruisseau, de ses yeux pâles et de ses longs cils, je me souvenais que j'avais trente-cinq ans et que je portais l'enfant d'un homme que je n'avais jamais embrassé, que ma vie était faite, et que la sienne était gravée dans la matière grise d'un ordinateur.

Un jour, il a arrêté son walkman et il m'a dit avec solennité :

« Vous savez, Delphine, je vous ai mise dans mon nouveau jeu vidéo. Vous portez une robe rouge et un chapeau rouge aussi. C'est vous que j'envoie découvrir les autres mondes. Vous êtes mon émissaire. Mon exploratrice. Je vous ai appelée Dinelph. »

Cela m'a mise mal à l'aise, je ne sais pas pourquoi, et j'ai répondu sur le ton de la plaisanterie :

« Je ne suis pas un personnage, Yarol. Je ne suis pas virtuelle. » C'est un mot qu'il utilisait souvent, *virtuel*. « Je n'ai rien à faire dans votre jeu. »

Il a souri, alors, et il a dit :

« Pourtant, c'est votre métier, Delphine, non ? D'aller dans le jeu des autres. De bouger les pions. De déplacer les personnages. Vous voulez savoir comment j'ai appelé ce jeu ? Je l'ai appelé *Yours*. »

Je l'ai regardé, interloquée. Je me demandais comment une idée pareille avait pu lui venir à l'esprit, comment il était possible qu'il ait autant réfléchi au rôle que sa mère m'avait confié, s'il avait écouté nos conversations téléphoniques. Je n'ai pas su quoi dire, et je me suis contentée de demander maladroitement :

« Et vous, Yarol, est-ce que vous y êtes, dans ce jeu ? »

Il n'a pas répondu, il m'a fixée avec son sourire indéchiffrable, puis il a appuyé sur la touche marche de son walkman et il a cessé de s'intéresser à moi.

Je n'ai pas réussi à accomplir ce pour quoi sa mère me payait, à savoir l'aider à se faire de vrais amis. Je l'emmenais pourtant dans des bars, en secret, je l'emmenais aux fêtes d'anniversaire des enfants d'autres clients. Des filles le regardaient – il était joli à sa façon –, il arrivait qu'elles viennent lui parler mais il ne répondait pas, il pianotait sur la table jusqu'à ce qu'elles s'en aillent en haussant les épaules.

Une fois par mois peut-être, sa mère me convoquait dans son bureau qui sentait le cuir et l'encaustique et me disait :

« C'est ennuyeux, Delphine. Je ne peux pas payer quelqu'un pour le sortir toute sa vie, il faudra bien qu'il apprenne à voler de ses propres ailes, essayez de trouver un moyen, s'il vous plaît. »

Je répondais oui, même si je ne savais pas quoi faire. Je ne voyais pas qui pourrait avoir la patience d'attendre que Yarol veuille bien ouvrir sa porte ; je ne croyais pas qu'il ait envie ou besoin que quiconque entre chez lui – personne à part moi, je l'ai dit, mais c'était mon métier d'entrer chez les gens, qu'ils le souhaitent ou non.

Je me suis dépêchée de me brosser les dents et de m'habiller parce que je savais qu'il devait attendre dans la rue. Nous n'avions pas rendez-vous, mais le contrat que j'avais signé avec sa mère spécifiait que je devais veiller sur lui chaque fois que c'était nécessaire, même s'il me téléphonait de l'autre bout de la ville pour que j'aille le chercher. Je l'avais plusieurs fois retrouvé dans des parcs, des bâtiments en démolition où il traînait depuis deux ou trois jours, je n'avais jamais réussi à savoir comment il était arrivé là ni ce qu'il était allé y chercher. J'avais trouvé un taxi et je l'avais ramené chez lui sans qu'il résiste. Au moment des retrouvailles, sa mère l'embrassait parfois et parfois le giflait, mais rien n'aurait pu empêcher Yarol d'être différent et elle le savait sans doute.

J'ai ouvert la porte de séparation et je suis allée remonter les stores des trois fenêtres, puis j'ai tourné la clef dans la serrure et je suis sortie. Il faisait doux, mais la chaussée était couverte de feuilles qui venaient de Dieu sait où puisqu'il n'y avait pas d'arbres dans la rue. Yarol était assis sur le trottoir, habillé d'un pantalon en toile vert et d'une chemise orange, ses cheveux couleur châtaigne si emmêlés qu'ils en semblaient feutrés. Je l'ai appelé trois fois sans qu'il m'entende ; peut-être les voitures masquaient-elles ma voix, peut-être le vieux walkman dont les écouteurs couvraient toujours ses oreilles était-il en marche. Enfin, il a tourné la tête vers moi, il s'est levé et s'est approché, l'air indifférent, comme si je l'avais simplement appelé pour qu'il m'indique le nom d'une rue ou d'un monument proche. Je lui ai serré la main – je lui serrais toujours la main, il me semblait important de conserver cette distance formelle entre nous –, et je lui ai dit :

« Entrez, Yarol. Est-ce que vous voulez que je vous fasse du café ? Du chocolat ? »

Il a hésité, il s'est frotté la bouche et, après un long instant de réflexion, a dit :

« Du café.

— Allez vous asseoir dans la salle d'attente. Je vous apporte une tasse. Avec des biscuits ?

— Des biscuits, oui », a-t-il approuvé, et je suis allée mettre la cafetière en marche.

En attendant que le café passe, j'ai décroché le téléphone de la cuisine et j'ai appelé sa mère. Elle m'a répondu à la huitième sonnerie, d'une voix ensommeillée ou empâtée par les médicaments.

« Yarol est à l'agence », ai-je dit, et je l'ai entendue soupirer. « Il peut rester jusqu'à midi, si vous voulez, mais après il faudra venir le chercher. Je ne peux pas vous le ramener aujourd'hui, j'ai des rendez-vous. »

Elle est restée un instant silencieuse, puis elle a dit :

« Très bien, je me prépare. Je serai là dans une heure. Merci, Delphine. »

Quand j'ai apporté son café à Yarol, il était assis dans le canapé en velours de la salle d'attente. Il n'avait pas touché aux magazines posés sur la table basse, mais il avait arraché une feuille du ficus et la déchirait en minces lanières avec une attention et un soin intenses. J'ai posé la tasse et l'assiette devant lui.

« Votre mère va venir vous chercher, Yarol, ai-je dit. Vous allez rester dans la salle d'attente jusqu'à ce qu'elle arrive, d'accord ? Je dois m'occuper de mon courrier. Je vais dans mon bureau, mais je laisse la porte ouverte. »

Il a hoché la tête et a pris un biscuit, puis il a appuyé sur la touche du walkman et j'ai entendu une musique étouffée s'échapper des écouteurs. Je suis allée dans mon bureau et j'ai commencé à mettre mes dossiers à jour, à répondre aux lettres que j'avais reçues les jours précédents, à fixer des rendez-vous. Il s'est écoulé plus d'une heure avant que la mère de Yarol n'arrive. J'ai vu sa voiture se garer le long du trottoir, je l'ai vue descendre et se diriger vers la porte, une femme brune à la bouche triste, encore belle, qui portait toujours les mêmes diamants en forme de fleurs aux oreilles. Je me suis levée rapidement pour être dans la salle d'attente au moment où elle entrerait, mais cela ne l'a pas empêchée de me lancer un regard de reproche, comme si c'était ma faute que Yarol se soit une fois de plus échappé de bon matin, qu'elle ait été obligée de sortir du lit et de monter dans sa voiture pour aller le chercher. Elle s'est forcée à sourire, a accepté la tasse de café que je lui proposais de boire avec nous. Nous ne nous étions pas vues depuis quelques semaines et elle a eu, comme les autres clients, un regard pour mon ventre devenu très apparent sous le chemisier dont un bouton avait craqué sans que je trouve le temps de le recoudre. Il va falloir que je demande aux Soignes de m'acheter des vêtements de grossesse, ai-je pensé, puisque les miens ne me permettent plus de passer inaperçue.

Quand elle s'était rendu compte que j'étais enceinte, la mère de Yarol m'avait posé quelques questions, avec familiarité, comme une mère peut en interroger une autre, et devant mes réponses évasives elle avait cherché du regard dans mon bureau les photos d'un homme, mon mari, mon compagnon, le père de l'enfant en tout cas, mais je n'avais pas jugé utile de pousser la supercherie jusque-là, malgré l'insistance des Soignes qui répétaient : « Il ne faut surtout pas que quelqu'un se pose de questions, Delphine, il ne faut surtout pas que quelqu'un se doute de quoi que ce soit. »

Elle a bu sa tasse de café sans même s'asseoir, puis m'a adressé un sourire poli et l'a posée sur le bureau. Elle a fait signe à son fils et s'est détournée.

Yarol s'est levé et s'est dirigé vers la porte. Sur le seuil, je lui ai souri et je lui ai tendu la main, mais au lieu de la prendre il a posé un doigt sur ma poitrine, du côté gauche, du côté du cœur. Il m'a à peine effleurée et cela n'a duré qu'une fraction de seconde, sa mère ne s'en est pas aperçue, mais cela m'a surprise, cela m'a fait monter le sang au visage, pour tout dire ; je savais que Yarol n'aimait pas toucher les gens.

« Tout commence aujourd'hui, Dinelph », a-t-il chuchoté.

Je me suis demandé ce qu'il cherchait à me dire, mais sa mère agitait ses clefs de voiture avec impatience à quelques pas et je n'ai pas pu lui poser la question ; de toute façon il avait de nouveau les yeux dans le vague, perdus dans la rumeur sonore qui s'échappait des écouteurs de son walkman, et je n'ai même pas réussi à croiser son regard.

Yarol de Brettes / Mme Cécile de Brettes

Présence en salle d'attente. Café, biscuits. Appel téléphonique à Mme de Brettes. Prêt magazines. Ficus endommagé.
Temps : deux heures.
50 euros.

9

Le client de onze heures est arrivé un peu en avance. Le mardi, Marja ne commençait qu'en fin de matinée et j'étais retournée m'occuper de mon courrier dans le bureau quand j'ai entendu le carillon de la porte d'entrée. J'ai attendu qu'il soit précisément l'heure, puis je suis allée le chercher.

Il était près de la fenêtre, suivant du regard les passants dans la rue, et il a fait volte-face en entendant mon pas. Son visage était anguleux, moins harmonieux d'un côté que de l'autre, la mâchoire plus saillante, l'œil plus effilé, la paupière lourde, il semblait double et aurait pu être laid, mais il ne l'était pas. Je l'ai reconnu aussitôt : c'était l'homme du parc. Une fois encore j'ai pensé papillons, puis j'ai pensé mouches mauves, mouches de l'amour et de la mort, bien qu'il n'y ait pas d'ombres mouvantes dans la pièce, mais c'était ainsi depuis le début de ma grossesse, des idées dénuées de sens me traversaient l'esprit, des bribes de phrases, des mots décousus, comme si le fœtus rêvait et que ses rêves flottaient dans mes pensées comme des algues ou des poissons.

« Madame M. ? a-t-il dit. Je vous ai appelée la semaine dernière…

— Je vous attendais, ai-je répondu. Allons dans mon bureau. »

Dès qu'il s'est assis sous la lumière de la lampe, j'ai vu qu'il n'était pas aussi jeune qu'il m'avait paru l'être ; sa peau était grise, striée de rides, il n'avait peut-être pas plus de trente ans mais la vie l'avait usé. « C'est une vieille âme », aurait dit Mme Derovitski.

Je l'ai scruté en souriant poliment. J'étais attentive au visage de mes clients car il me semblait que j'en apprenais autant en les observant qu'en les écoutant, et puis je prêtais attention à leur voix, chuchotée ou tranchante, péremptoire ou implorante. J'ai noté ses cheveux enduits de gel, sa boucle d'oreille, la peau grêlée sur sa joue droite tandis que la gauche était lisse comme la paume d'une main. Il a soutenu mon regard et, sans me demander si cela me dérangeait, il a sorti un paquet de cigarettes de sa poche et en a allumé une. J'ai poussé le cendrier vers lui. Je n'avais jamais vu des yeux aussi sombres, un visage ainsi partagé entre la jeunesse et la lassitude, et une sorte de ruse, de rouerie désabusée. J'aurais dû commencer à m'en méfier dès cet instant. Si je ne l'ai pas fait, c'est que je connaissais cet homme ; je l'ignorais encore mais je le connaissais, d'une certaine manière, et sans doute en ai-je oublié d'être prudente.

Au téléphone, il s'était présenté sous le nom de Jones. Je l'avais interrogé sur la raison de son appel, comme je le faisais pour tous mes clients, et il m'avait répondu qu'il avait hérité d'une sorte de livre, des feuilles écrites à la main qu'il souhaitait faire taper à la machine et relier, comme un vrai livre, avait-il dit, puis il avait ajouté : « Mais je vous en dirai plus quand nous nous rencontrerons, je pense que vous comprendrez aussitôt. » Je lui avais aussi demandé de quelle façon il avait connu notre agence et il m'avait répondu évasivement qu'elle lui avait été recommandée par l'une de ses connaissances qui lui avait vanté la diversité de nos services, et notre discrétion aussi.

« Dites-moi ce que je peux faire pour vous, ai-je repris. Au téléphone, vous m'avez parlé d'un texte à dactylographier. Vous pouvez être plus précis ? »

Il est resté un instant silencieux, tirant sur sa cigarette ; puis, au moment où les clients perdent généralement pied, où ils se délivrent de leurs secrets dans une détresse qui les enlaidit, il m'a souri. Il m'a semblé que son visage s'unifiait, que ses deux moitiés s'unissaient et j'ai été surprise, à cet instant, du charme qui pouvait s'en dégager.

« Comme je vous l'ai indiqué, ce sont des cahiers, a-t-il dit. Il y en a cinq et ils se suivent dans l'ordre chronologique. C'est une lettre, un témoignage, peu importe. Il y a très exactement deux cent trente-sept pages. Quelqu'un l'a écrit à la main. Pour moi. Quelqu'un qui m'a beaucoup aimé. »

Il me regardait, la cigarette pincée au coin de la bouche, et j'ai baissé les yeux. Mes lèvres sont devenues glacées soudain, c'était curieux, je les ai effleurées de la langue mais elles étaient sèches, pourtant j'avais l'impression qu'on y avait fait courir un glaçon, comme pour les malades qui n'ont pas le droit de boire. Je venais de deviner qui était cet homme. L'histoire à laquelle il faisait allusion, je commençais à peine à l'oublier, je devais me contraindre chaque matin à la chasser de mon esprit comme un animal malade qui se blottit dans les recoins sombres de la mémoire pour y couver son mal, je devais à chaque instant taper du pied pour le faire fuir, *pssh*, *pssh*, va-t'en, va mourir ailleurs, et surtout meurs. Mon cœur cognait dans ma poitrine. J'ai essayé sans grande conviction de me persuader qu'il pouvait s'agir d'autres cahiers, d'une autre histoire, pourquoi n'aurait-ce pas été une femme, une mère, un père, une sorte de testament familial, inoffensif, anodin, cousu de bons sentiments ? La fumée de sa cigarette me donnait mal à la tête. Je me suis levée pour entrouvrir la fenêtre, et en regagnant mon bureau j'ai senti, malgré l'air froid chargé de pluie, l'odeur de sa transpiration et celle de la brillantine. Il a dû comprendre que la fumée me gênait, mais il n'a pas proposé d'éteindre sa cigarette.

« Je voudrais que ce qu'il y a dans ces cahiers soit tapé à la machine, avec une jolie couverture et le nom de l'auteur, a-t-il dit. Comme un vrai livre. En un seul exemplaire. Pour moi.

— Pourquoi ne faites-vous pas plutôt appel à une agence de dactylos ? ai-je dit. Il existe des bureaux spécialisés dans ce genre de choses, vous savez. »

Il a secoué la tête, a regardé sa cigarette qui n'était plus qu'un mégot, et l'a enfin écrasée.

« Je n'ai pas envie de les mettre sous les yeux de n'importe qui, a-t-il répliqué. Certainement pas ceux d'une secrétaire. C'est une sorte de lettre d'amour, je vous l'ai expliqué, et elle est très – comment puis-je dire –, très crue parfois. Très personnelle. Je n'ai pas envie qu'une employée de bureau s'en occupe. »

Il s'est interrompu parce que sa voix fléchissait soudain. Il s'est éclairci la gorge, puis a repris :

« Et pour tout vous dire, j'ai une autre raison de m'adresser à vous. L'homme – c'est un homme, vous l'avez peut-être compris – qui a écrit ces cahiers était malade. Mourant. Parfois, son écriture est illisible. Sur certaines pages, il manque des mots ou alors le texte n'a pas de sens, comme s'il l'avait écrit alors qu'il était à moitié endormi ou délirant. C'est sûrement la maladie, ou alors ce sont les médicaments. Quand j'ai entendu parler de votre agence, de vos services un peu, disons, particuliers, je me suis dit que vous seriez capable de trouver ce qui manque. Que vous pourriez le deviner, l'imaginer, en quelque sorte. Remplir les blancs. C'est de ça que j'ai besoin, plus que de quelqu'un qui taperait les cahiers à la machine. Vous comprenez ? »

Il me parlait d'Adorno. Il me parlait d'Adorno, je ne pouvais plus en douter, et à cet instant j'ai regretté de ne pas avoir détruit les cahiers comme j'avais imaginé le faire, j'ai regretté le moment de faiblesse qui m'avait amenée à les abandonner dans un tiroir en laissant à d'autres le soin de les jeter.

« Je ne pense pas que ce que vous me demandez soit possible, monsieur Jones, ai-je dit. Vous voudriez que j'invente la vie de l'ami dont vous parlez, mais ce n'est pas concevable. Je ne suis pas écrivain, et je ne suis pas voyante. Et quant aux prestations que nous offrons à nos clients, la personne qui vous en a parlé s'est trompée. Ce que nous faisons est banal, très banal…

— Vraiment ? Je ne crois pas, a-t-il repris avec un soupçon d'ironie. Allons, vous êtes trop modeste.

— Nous nous occupons de personnes âgées ou malades, ai-je poursuivi avec obstination. Nous nous occupons d'enfants ou d'animaux de compagnie. Parfois d'affaires un peu plus compliquées, dans le cas de divorces par exemple, ou de deuils. Mais c'est tout. Nous ne sommes pas des magiciens. »

J'ai consulté ma montre et j'ai repoussé mon fauteuil.

« Pardonnez-moi, ai-je dit, j'ai un autre rendez-vous. Je suis désolée, monsieur Jones, nous ne pouvons pas faire affaire. »

Mais il ne s'est pas levé. Il a croisé les jambes, a porté la main à son visage et s'est gratté la joue de ses ongles.

« Vous n'êtes peut-être ni écrivain, ni voyante, ni magicienne, a-t-il repris sans se troubler, mais si vous aviez connu l'homme qui a écrit ces cahiers, si vous aviez passé des mois à ses côtés, si vous l'aviez aidé à les écrire, ça vous permettrait de remplir les passages qui manquent, n'est-ce pas ? »

Il ne m'a pas laissé le temps de répondre, d'ailleurs, en aurais-je été encore capable, je perdais mes moyens au fur et à mesure qu'il approchait de la vérité. Il a plongé la main dans son sac et en a sorti des cahiers attachés par un épais élastique, qu'il a posés sur la table. Les cahiers avaient dû être feuilletés souvent, leurs pages étaient cornées, noircies, leur couverture pelucheuse par endroits comme si on avait arraché les fibres du papier à force de le gommer. Je les ai reconnus aussitôt.

« Je crois qu'ils vous sont familiers », a-t-il conclu.

Il s'est rapproché, a appuyé ses coudes sur la table et a scruté mon visage. Il était si près que je sentais la fumée dans son haleine, et un parfum bon marché, âcre et citronné. J'ai entendu la sonnette de la porte retentir, puis deux coups discrets frappés sur le mur, Marja qui m'indiquait qu'elle venait d'arriver. Jones a dû l'entendre aussi, parce qu'il s'est reculé sur sa chaise.

« Nous voyons des centaines de clients par an, ai-je dit d'une voix mal assurée. Comment pourrais-je me souvenir de tous ? »

Il a eu un petit rire, un haussement d'épaules méprisant. Il ne me croyait pas et je m'en suis voulu de cette dérobade, de n'avoir pas su mentir avec davantage d'aplomb, ni eu le courage de faire face.

« Je vais vous aider, dans ce cas, a-t-il répliqué. L'homme qui a écrit ces cahiers s'appelait Adorno. Il est mort il y a un an. Vous le connaissiez. Vous avez travaillé pour lui. »

Comment a-t-il réussi à retrouver l'agence, me suis-je demandé avec un soudain élan de frayeur, Adorno m'avait juré de faire disparaître toutes les traces qui le reliaient à moi, sans quoi jamais, bien sûr, je n'aurais accepté de faire ce que j'avais fait. J'ai serré les lèvres et j'ai affronté le regard de Jones.

Alors j'ai reconnu son visage, non d'après le souvenir de l'homme du parc mais d'après un vieux polaroid qu'Adorno m'avait montré un jour. Je ne sais pas pourquoi j'ai mis si longtemps à l'identifier ; d'habitude, je mémorisais aussitôt les visages et je ne les oubliais jamais. Sur le polaroid, Jones n'avait que seize ans mais il possédait déjà ces traits asymétriques, cette expression rusée et séductrice. Durant l'année que j'avais passée aux côtés d'Adorno, il ne s'était pas écoulé un jour sans que mon client me parle de lui.

« Vous avez raison. Je l'ai connu, ai-je dit enfin. Et je sais qui vous êtes. Vous êtes l'homme qu'il aimait. Celui qu'il appelait son gigolo. »

Jones a souri, alors, comme si nous étions deux amis qui, après s'être longtemps perdus de vue, se retrouvent dans la foule d'une gare, et son sourire m'a troublée plus encore que son hostilité ; son émotion semblait imprévisible, presque menaçante, Nous ne nous connaissons pas, ai-je eu envie de lui dire, nous ne nous connaîtrons jamais.

« Je regrette, ai-je poursuivi, mais je vous le répète : je ne peux pas vous aider. Les dossiers de mes clients sont confidentiels. Si je vous aidais à compléter les cahiers d'Adorno, ce serait contraire au secret professionnel…

— Vous ne comprenez pas, m'a-t-il interrompue. Adorno voulait que je les lise, vous voyez. C'est pour cette raison et pour cette raison seulement qu'il les a écrits.

— Mais rien ne me le prouve, n'est-ce pas ? » ai-je répliqué.

Il a eu l'air dérouté, presque blessé, comme s'il n'avait pas imaginé que je puisse mettre en doute une telle évidence.

« Eh bien, pour le savoir, il vous suffit de les lire, a-t-il dit enfin. Il vous suffit d'en ouvrir un et de lire les premières pages.

— Ce que je ne ferai pas, précisément à cause du secret professionnel. Je crains qu'il n'y ait pas d'issue à ce problème, monsieur Jones », ai-je dit d'un ton définitif, et j'ai poussé les cahiers vers lui pour signifier que l'entretien était terminé.

Il est resté un instant silencieux, puis la colère a envahi son visage.

« Qu'est-ce que c'est que cette foutaise ? a-t-il rétorqué. Le secret professionnel ? Vous vous prenez pour un médecin, un avocat ? Vous savez très bien que votre agence n'est qu'une mascarade. J'ai enquêté sur vous. Vous ne tiendriez pas une demi-journée si la police s'intéressait à vos activités. Non, non, je crois que vous avez intérêt à être arrangeante avec moi. »

Ses yeux étaient mouillés de fureur et je me suis demandé pourquoi tout chez lui adoptait immédiatement cette intensité, cette violence. À cet instant, j'ai senti des mouvements rapides et furtifs dans mon ventre, comme ceux d'un poisson qui nage en rond dans son bocal, et j'ai eu peur que ce ne soit le début d'une fausse couche. J'ai baissé les yeux pour chercher des gouttes de sang le long de mes jambes ou par terre, mais mes mollets et la moquette étaient propres.

« Et je ne parle pas seulement de ces coucheries, a-t-il poursuivi d'une voix mordante. Je vous surveille depuis des semaines. Cette femme qui vient vous voir et qui n'a pas un coup d'œil pour vous, qui se contente de regarder votre ventre ? Il n'y a pas besoin d'être devin pour savoir à quel trafic vous vous livrez avec elle. Vous me direz sans doute que vous faites une bonne action, ou alors que c'est une espèce de rédemption. Donner la vie, c'est forcément une bonne chose, voilà ce que vous pensez. Je me trompe ?

— Excusez-moi », ai-je dit.

Je me suis levée avec peine et je me suis dirigée rapidement vers la porte. Je suis sortie dans le couloir et j'ai à peine eu le temps d'ouvrir la porte des toilettes et de me pencher au-dessus de la cuvette pour vomir un filet de bile jaune ; j'étais étourdie, c'était la première fois, jamais ma grossesse ne m'avait causé la moindre nausée ou le moindre vertige. Je me suis essuyé la bouche et je suis restée devant le lavabo, les mains sous l'eau froide.

Comment avais-je pu penser que je n'aurais jamais de comptes à rendre, que ce trafic de sentiments ne me coûterait rien de plus que des injures et quelques coups ? Je me suis demandé ce qu'allait exiger Jones, à combien il tenterait de monnayer son silence. J'ai essayé d'évaluer quelle somme je pouvais lui donner sans mettre l'agence en péril. Il avait raison, je ne pouvais pas me permettre qu'il aille à la police. Aucun tribunal n'aurait reconnu l'utilité de *Pour Vous*, même si je pensais quant à moi que nous étions aussi indispensables que les psychologues, les assistantes sociales, les services de téléphone gratuits qu'on peut appeler quand la solitude est trop pesante ; devant la loi nous serions de simples fraudeurs, des escrocs, des profiteurs de misère. Puis j'ai entendu la voix inquiète de Marja derrière la porte.

« Mademoiselle ? a-t-elle murmuré. Est-ce que ça va, mademoiselle ? »

J'ai inspiré profondément, j'ai passé mon index sur le pain de savon pour m'en frotter les dents, puis j'ai ouvert la porte.

« Je vais bien, ai-je dit. J'ai senti quelque chose de bizarre », j'ai eu un geste en direction de mon ventre, « une sorte de contraction, et j'ai eu peur que ce ne soit une fausse couche, mais on dirait que tout va bien. »

Elle a regardé mon ventre à son tour, comme si elle s'attendait à le voir bouger elle aussi sous mon chemisier et ma veste, qu'elle s'attendait à voir s'y propager les anneaux qui troublent la surface de l'eau quand on y jette une pierre, puis ses lèvres ont remué comme si elle comptait, et elle a souri.

« C'est le bébé qui bouge, mademoiselle, c'est normal, vous entamez votre cinquième mois. Félicitations, ça veut dire qu'il est fort. Vous, par contre, a-t-elle poursuivi en relevant les yeux, vous êtes blanche à faire peur.

— Je vais bien », ai-je répété, mais alors que je m'apprêtais à retourner dans mon bureau, elle m'a retenue par le bras.

« Attendez, je vais vous apporter un morceau de sucre. Sinon vous allez faire un autre malaise. »

J'ai patienté dans le couloir, appuyée contre le mur, pendant qu'elle allait dans la cuisine. Je l'ai entendue ouvrir des portes de placard, soulever le couvercle d'une boîte métallique. J'ai fermé les yeux. Je me suis dit que ce serait bien de pouvoir me réfugier dans mon appartement, de l'autre côté de la porte de séparation, d'abandonner dans mon bureau Jones et son expression de vieil enfant roué, il finirait par s'en aller, peut-être renoncerait-il à revenir, et dans le cas contraire je demanderais à Marja de filtrer ses appels, de l'empêcher d'aller plus loin que la salle d'attente.

Marja est revenue avec un verre d'eau rempli à mi-hauteur d'un liquide blanchâtre.

« J'y ai fait fondre deux sucres, a-t-elle déclaré, je faisais toujours ça quand j'étais enceinte de Titouan. »

Elle a attendu que je boive malgré la nausée qui menaçait de nouveau. Je lui ai rendu le verre et j'ai passé la main sur mon visage ; je l'ai senti froid et moite, comme une peau étrangère.

« Est-ce que vous pouvez venir dans mon bureau, Marja ? ai-je demandé. Vous avez raison, je ne me sens pas très bien. Vous pouvez rester le temps que je finisse de m'occuper de ce client ?

— Oh, bien volontiers, mademoiselle », a-t-elle dit, mais elle m'a regardée avec un peu d'étonnement. Jamais je ne lui permettais d'ordinaire d'assister à ce que j'appelais les présentations, à savoir les premiers rendez-vous ; je décidais seule des dossiers dont elle pouvait se charger et il s'agissait généralement des plus simples, ceux dont aurait pu s'acquitter une femme de ménage ou une dame de compagnie.

Quand nous sommes entrées toutes les deux dans le bureau et que Marja est allée se planter derrière mon fauteuil comme un garde du corps, Jones l'a considérée avec surprise, puis m'a regardée. Il a eu un sourire entendu, comme si nous savions tous les deux que cela marquait la fin de notre entretien, que nous ne nous risquerions ni l'un ni l'autre à prononcer le nom d'Adorno en présence de Marja. Il s'est emparé des cahiers et les a glissés dans son sac.

« Je dois m'en aller, mais je pense que nous nous sommes compris, a-t-il déclaré d'un ton dégagé. Continuons à parler de tout ça chez moi. Demain après-midi, c'est possible pour vous ?

— Je vais voir, ai-je dit avec effort. Peut-être à trois heures, quatre heures ? »

J'ai interrogé Marja du regard et elle s'est dirigée vers la porte d'un pas rapide. Je l'ai entendue feuilleter l'agenda posé sur son bureau, puis crier :

« Oui, mademoiselle, vous n'avez pas d'autre rendez-vous à trois heures.

— Eh bien, dans ce cas, à demain trois heures », ai-je murmuré.

Il a hoché la tête et s'est levé. Il s'est penché par-dessus le bureau – à nouveau j'ai senti une bouffée d'eau de Cologne bon marché, citronnée et piquante, et de tabac. Il m'a tendu la main, mais je ne l'ai pas prise, je me suis contentée de lui dire :

« Je vous ai indiqué au téléphone que la première visite était facturée, quelle que soit la suite de notre collaboration avec le client. Ce sera cent euros, s'il vous plaît. »

Il a grimacé un sourire, a cligné de l'œil et a sorti de la poche de son pantalon un porte-monnaie, pas un portefeuille mais un porte-monnaie de femme, décoré de motifs très colorés, et je n'ai pu m'empêcher de penser que c'était Adorno qui le lui avait offert, Adorno qui aimait tant les rouges, les jaunes et les verts vifs. Il en a tiré cinq billets qu'il a posés sur la table, devant moi, en s'inclinant de façon moqueuse. Je me suis levée.

« Je vous raccompagne », ai-je dit.

Il s'était mis à pleuvoir, une pluie de printemps à la fois légère et dense. Des odeurs d'herbe s'élevaient des trottoirs et Jones s'est arrêté sur le seuil pour rabattre la capuche de sa veste sur son front. Il est resté un instant immobile, regardant tomber l'averse. Il n'avait plus l'air menaçant ni sûr de lui, il semblait presque triste au contraire, et à nouveau son visage m'a paru dépourvu de laideur, empreint d'un charme pareil à celui de son sourire. Cet homme n'est donc beau que quand il est heureux ou malheureux, jamais dans l'indifférence, ai-je pensé. Puis il a eu un geste inattendu : il a fait mine de me serrer la main, mais au lieu de cela il s'est penché et, après la caresse du tissu de la capuche, j'ai senti fugitivement ses lèvres sur ma joue. Je me suis souvenue du geste qu'avait eu Yarol plus tôt dans la journée, sa main effleurant ma poitrine, on m'avait touchée deux fois ce jour-là et chaque fois cela avait été la même surprise, la même intimité créée et aussitôt disparue. Puis il s'est détourné et s'est éloigné, un homme sans visage sous la capuche d'étoffe grise.

Il me faut dire ceci : sans doute est-ce à ce moment que j'ai commencé à aimer Jones, à l'aimer, j'entends, de la façon obsessionnelle qu'engendrent la peur et le souvenir d'une passion.

M. Jones

Première consultation. Exposé de la demande : dactylographie de cinq cahiers manuscrits, à déchiffrer, et compléter certains passages manquants.
Temps : vingt-cinq minutes.
Facturation première visite : 100 euros.
Devis encore à établir si le client est accepté.

Sur une feuille volante que j'ai fixée au dossier à l'aide d'un trombone, j'ai noté : Lire les cahiers le plus vite possible. Que sait Jones de ma collaboration avec Adorno à part ce qu'il m'a dit aujourd'hui ?

10

Je suis retournée dans mon bureau. Marja m'a suivie et a retenu la porte que j'allais fermer derrière moi. Elle tenait à la main le verre qu'elle avait à nouveau rempli d'eau sucrée et elle l'a posé sur le bureau.

« Qui est ce client, mademoiselle ? a-t-elle demandé. Ce M. Jones ? Est-ce qu'il est déjà venu nous voir ? »

J'ai secoué la tête.

« Son histoire n'est pas très claire, Marja. Je ne crois pas que nous allons nous en charger. Je ne suis même pas sûre d'aller le voir demain. »

Elle m'a regardée et elle a dû deviner que je n'en dirais pas davantage, parce qu'elle a haussé les épaules.

« Je ne l'aime pas, a-t-elle dit avec simplicité. Je crois que nous ne devrions pas faire affaire avec lui. Buvez ça, mademoiselle. »

Elle a poussé le verre jusqu'à ma main. La seule odeur de l'eau sucrée m'écœurait mais je savais que Marja ne céderait pas tant que je n'aurais pas bu et c'est ce que j'ai fait, en essayant d'oublier le goût douceâtre.

« Je vous remercie, Marja, ai-je dit. Je me sens mieux.

— Vous êtes encore bien pâle, mademoiselle. Vous allez finir par avoir un malaise. Est-ce que vous mangez correctement, au moins ?

— Mais oui. Vous savez bien que Mme Soignes m'apporte quelque chose presque tous les soirs. »

Marja a hoché la tête, mais son regard était sévère. Je savais ce qu'elle pensait. Elle avait été surprise que la grossesse se déroule aussi bien, sans nausées, sans complications, alors qu'elle-même n'avait pu avaler la moindre bouchée quand elle était enceinte. Marja avait des principes, une morale, disait-elle souvent, Marja allait à l'église, et elle avait été bouleversée quand je lui avais fait part de mon projet. Si elle m'avait retrouvée un jour en sang sur le sol de l'agence, elle en aurait sans doute eu de la peine mais elle aurait pensé, je crois, qu'il s'agissait d'une sorte de punition divine.

Car il n'y avait pas de mari, il n'y avait même pas de père. Il n'y avait aucune grenouillère dans mes placards, aucune peluche, aucun hochet. Il n'y avait que mon désir de transformer *Pour Vous* en une agence plus importante, et le plan que je cachais dans un tiroir de mon bureau et où j'avais tracé avec l'aide d'une règle et d'une calculatrice l'agencement des pièces et la décoration dont j'avais envie. Depuis longtemps je voulais quitter ce quartier pour un autre, j'imaginais des bureaux semblables aux appartements de mes clients, des plafonds hauts, des cheminées, des tapis, des fenêtres donnant sur un parc. Pour cela il fallait de l'argent, beaucoup d'argent, plus que je n'en avais – même si j'en avais déjà beaucoup, l'argent du diable, aurait dit Marja si elle avait su ce que j'avais dû faire pour le gagner –, mais en voyant combien les Soignes avaient envie de s'occuper de Titouan quatre heures par semaine, j'avais compris qu'il y avait beaucoup à gagner pour qui pensait, comme moi, qu'un enfant, fût-il de chair et d'os, n'est qu'un rêve comme un autre.

J'y avais réfléchi longtemps. Je n'avais rien trouvé qui puisse me décourager ou me rebuter. J'avais l'habitude que mon corps me serve à gagner de l'argent et l'habitude aussi de contourner les lois, et ce que j'envisageais n'avait rien d'irréalisable ; ce ne serait rien de plus contraignant qu'une gêne de quelques mois. Mme Soignes était à peine plus âgée que moi, nous étions châtain-roux toutes les deux et nous nous ressemblions un peu, la même taille, le même visage passe-partout, il lui suffirait de se couper les cheveux et de refaire ses papiers d'identité pour que je puisse me faire passer pour elle.

Un matin, j'ai appelé Marja dans mon bureau et je lui ai dit :

« La prochaine fois que vous verrez les Soignes, dites-leur que je voudrais leur parler, s'il vous plaît. »

Elle m'a interrogée du regard, a hésité à sourire. Je crois qu'elle s'imaginait que je voulais mettre fin au contrat qui l'obligeait à prêter son fils. Alors je lui ai expliqué de quoi il s'agissait – oui, dans quelques semaines, dans quelques mois, elle n'aurait sans doute plus besoin de confier Titouan aux Soignes – mais au lieu d'en être soulagée, elle a eu les larmes aux yeux et j'ai compris qu'elle perdait une grande partie du respect qu'elle avait pour moi, du respect sinon pour mon intelligence, du moins pour l'idée qu'elle s'était faite de ma moralité.

« Ce n'est pas possible, mademoiselle, a-t-elle dit d'une voix altérée. Non, vous ne pouvez pas faire une chose pareille.

— C'est beaucoup plus simple que vous le pensez, Marja, ai-je répondu. Ce n'est pas comme si j'allais donner mon bébé. Je me contenterai d'être enceinte à la place de Mme Soignes. Je suis en bonne santé. Je ne vois pas pourquoi je ne le ferais pas. Mais j'aimerais savoir que je peux compter sur vous. »

Elle m'a considérée avec froideur, elle a secoué la tête, puis a murmuré :

« Après tout, si cela me permet de ne plus leur prêter Titouan, faites comme bon vous semble, mademoiselle. Je vous aiderai autant que je pourrai. »

Elle s'exprimait avec gravité, comme si mon âme avait été vouée à l'enfer, et j'aurais pu en rire mais je savais que j'aurais besoin de son aide, de sa complicité, ne serait-ce que pour qu'elle ne me dénonce pas, et aussi parce qu'elle était déjà passée par là.

Elle n'a plus abordé le sujet pendant deux jours. Je suppose qu'elle ne réussissait pas à se résoudre à adresser la parole aux Soignes en dehors des *bonjour* et *au revoir* contraints auxquels elle s'obligeait. Puis, le jeudi matin, j'ai compris à ses traits tirés, à la façon dont elle évitait mon regard, que le moment était venu. Elle a attendu l'heure du déjeuner et, en enfilant sa veste pour aller chercher son fils à la crèche, elle m'a dit :

« Je vais parler aux Soignes aujourd'hui. Vous n'avez pas changé d'avis, n'est-ce pas ? Quel soir est-ce que vous êtes disponible ? »

Elle me lançait des coups d'œil furtifs, le menton levé, elle me mettait au défi de revenir sur ma promesse d'offrir aux Soignes un enfant en échange du sien.

« N'importe quel soir, Marja, ai-je répondu. Mais ne leur dites pas ce dont il s'agit, même s'ils vous posent des questions. Je préfère le leur expliquer moi-même.

— Le leur dire, j'en serais bien incapable, a-t-elle murmuré. Comment dire une chose pareille ? », et elle est partie sans m'adresser un regard.

Cela m'était égal qu'elle me juge, ou même qu'elle soit incapable de comprendre. Cela m'était égal qu'elle me pense dénuée de sentiments, qu'elle parle de moi en s'indignant de mon manque de cœur, comme je l'avais entendue une fois au téléphone. Comment dire une chose pareille ? ai-je pensé. Oh, Marja, vous seriez surprise de voir combien il va être facile d'en parler, et combien il est facile de parler de choses bien pires encore.

Et cela a été très simple, en effet. J'ai expliqué aux Soignes ce que je leur proposais en m'aidant des notes que j'avais prises à partir de ce que m'avait raconté Marja de sa grossesse, de ses consultations, de la déclaration de naissance à la mairie, et ils ont accepté aussitôt. Ils ont échangé un regard tandis que je rédigeais le contrat – « vous comprendrez bien que ce n'est que votre parole que vous engagez», ai-je précisé – et il m'arrive de me demander si ce n'était pas leur intention en venant à l'agence, s'ils ne souhaitaient pas cela précisément, trouver une mère porteuse, sans savoir comment le formuler.

Il y a eu un instant de gêne quand nous avons évoqué la conception ; Mme Soignes a semblé perdre pied soudain, a évoqué des cliniques en Belgique où l'on pratique l'insémination artificielle. J'ai répondu calmement que cela me semblait inutile, une perte de temps et d'argent, nous étions entre adultes, il était essentiel d'être le plus discret possible. « N'oubliez pas que ce n'est pas légal, ai-je ajouté. Moins de personnes seront au courant, moins vous signerez de papiers, mieux ce sera, sans compter que ça vous coûtera moins cher. Pourquoi n'en discutez-vous pas ? Vous pouvez me téléphoner quand vous aurez pris votre décision. Prenez votre temps. N'oubliez pas que l'acte ne durera qu'un moment très bref, et seul importe le résultat, je veux dire votre bébé. »

Ils m'ont rappelée le lendemain soir. Ils étaient d'accord, a déclaré l'homme d'un ton un peu contraint, oui, c'était la meilleure solution, la plus discrète en tout cas, il ne nous restait plus qu'à espérer que cela marcherait rapidement. Nous avons pris rendez-vous pour le lundi suivant, le bon moment, je l'avais vérifié en comptant les jours. Ce soir-là, j'ai mis une jupe pour ne pas avoir à me déshabiller, je me suis contentée d'ôter mes sous-vêtements et de m'allonger sur le lit. Mme Soignes m'a apporté un verre d'eau et une serviette-éponge ; elle s'est attardée un instant au seuil de la chambre, puis elle s'est éloignée en refermant la porte et je l'ai entendue pleurer dans la pièce d'à côté.

Nous avons eu de la chance, cela a marché la troisième fois. Ils ont acheté un gâteau pour fêter ça et m'ont servi un fond de verre de champagne, un tout petit fond, a dit M. Soignes, pour ne pas faire de mal au bébé. Je leur ai demandé comment ils souhaitaient l'appeler, que ce soit un garçon ou une fille, car je n'avais pas envie de dire le bébé ou l'enfant, et durant les quatre premiers mois je l'ai appelé Anne-Lise ou Maxime, indifféremment, puis, après la troisième échographie, Anne-Lise. Je n'ai jamais pensé à lui comme à mon enfant. Je crois même que je n'ai jamais pensé à lui comme à un enfant.

Les Soignes ont exigé de m'accompagner à tous les examens, et ce sont eux qui conservent les échographies. Ils m'ont donné une cassette de comptines et une autre où ils se sont enregistrés lisant des histoires, et, comme il est spécifié dans le contrat, je les passe au moins une fois tous les deux jours, le soir, en faisant le ménage ou la vaisselle.

Je sais que Mme Soignes a longtemps hésité quant à Titouan, puis elle a demandé qu'il continue de leur rendre visite jusqu'à la naissance du bébé, peut-être parce qu'elle craignait que je ne fasse une fausse couche, peut-être parce qu'elle espérait ainsi se préparer à l'arrivée d'Anne-Lise dans leur vie. Marja attendait la naissance avec autant d'impatience qu'eux ; de nous quatre, j'étais celle qui s'en préoccupait le moins, je grossissais sans presque m'en apercevoir et les Soignes me versaient tous les mois la somme convenue à la signature du contrat.

Personne, je crois, ne comprenait comment je pouvais être à ce point détachée d'Anne-Lise. Certainement pas Marja, qui aurait dû me manifester de la gratitude mais ne pouvait se défaire d'une sorte de rancœur et de crainte superstitieuse, ni les Soignes, contraints de museler leur indignation, ni même Jones, qui a prononcé le mot «rédemption» – rédemption pour qui, pour quoi? Je n'ai jamais fait autre chose qu'exaucer les désirs d'autrui, que ce soit pour le meilleur ou pour le pire, et qui peut se permettre de juger?

11

Cet après-midi-là, il était prévu que je serve de messagère, comme chaque premier lundi du mois, et j'ai tenu à y aller malgré l'insistance de Marja qui répétait que j'étais blanche comme un linge et que je ferais mieux de me mettre au lit. « Je peux m'en charger, mademoiselle, ne cessait-elle de répéter, je saurais le faire, ce n'est pas sorcier. » J'ai répondu qu'il me faudrait deux heures, trois tout au plus, et que cela me ferait du bien de prendre l'air. C'était simple, en effet : depuis trois ans, je servais d'intermédiaire à un homme et une femme qui étaient mariés chacun de leur côté et s'aimaient depuis des années, mais ne se voyaient pour ainsi dire jamais. Quand Marja avait parcouru leur dossier, elle s'était exclamée : « Comme ils doivent être amoureux ! » car, malgré son âge et le fait que le père de ses trois enfants l'ait abandonnée, Marja croyait encore à ces choses-là. J'avais répliqué : « Vous n'en savez rien, Marja, c'est peut-être ça, c'est peut-être tout à fait autre chose. »

C'est l'homme qui m'avait engagée, un quadragénaire quelconque en costume gris, le cheveu rare, et par conséquent c'est lui qui m'avait expliqué la situation en quelques phrases embarrassées, mais je l'avais interrompu très vite.

« Je n'ai pas besoin de savoir, monsieur. Je me contenterai de suivre vos instructions. Je vous demanderai juste d'être précis. »

Il avait ôté ses lunettes, avait soupiré et avait dit un peu sèchement :

« Je ne pense pas que nous nous reverrons, mademoiselle, mais assurez-vous-en quand même chaque fois auprès de la réceptionniste. »

Je n'en savais pas davantage. Je ne savais pas par exemple pourquoi ils ne se voyaient pas plus souvent, quelles raisons les retenaient, s'ils avaient peur d'être surpris par leurs époux respectifs ou s'ils craignaient au contraire d'être incapables de se séparer s'ils se voyaient une fois de plus. Je l'ignorais et pour tout dire cela m'était égal, même si je lisais sur les traits de cette femme qu'elle ne vivait que pour l'instant où je gravissais l'escalier, qu'elle n'aurait pu exister sans cela. Je me contentais de suivre scrupuleusement les indications qui m'étaient dictées et d'encaisser le chèque, en espérant, comme pour tous mes clients, que leur folie se prolongerait le plus longtemps possible puisque ce n'était que grâce à elle – et celle des autres clients – que *Pour Vous* existait.

Je n'ai revu l'homme qu'une fois, à l'époque où la femme a perdu quelqu'un de proche, un père ou une sœur, je ne l'ai jamais su. Ce jour-là, la réceptionniste m'a dit : « Il veut vous voir, madame », et m'a précédée dans le couloir jusqu'à son bureau. Il ne m'a pas saluée, il a attendu que la réceptionniste ait refermé la porte pour prendre dans un tiroir des gants en peau noirs d'une texture très douce qu'il m'a tendus.

«Vous les emballerez, m'a-t-il dit. Je n'ai pas eu le temps de le faire.»

Puis il est resté longtemps silencieux, tourné vers la fenêtre, et enfin il a dit d'un ton brusque :

«Approchez-vous, je veux vous montrer quelque chose.»

J'ai obéi, les gants encore à la main, et maladroitement il a passé ses bras autour de mes épaules, m'a attirée contre lui et a appuyé sa joue contre la mienne; j'ai senti une odeur d'after-shave et de tabac, et une autre odeur aussi, une odeur féminine qui devait être celle de son épouse. Nous sommes restés ainsi quelques instants, puis il a chuchoté à mon oreille, d'une voix qui m'a semblé être celle d'un autre :

«Je suis tellement désolé, ma chérie, tellement désolé que tu aies de la peine.»

Puis il m'a lâchée brusquement, a reculé d'un pas et dit du ton froid que je lui connaissais :

«Voilà, vous pouvez y aller à présent.»

J'ai emballé les gants dans du papier crépon que j'ai acheté dans une papeterie voisine et j'ai traversé le pont. La femme m'attendait au deuxième étage, avec la même anxiété que d'habitude, bien qu'elle-même soit pâle comme une morte. Elle m'a regardée gravir les marches comme si elle me reconnaissait à peine. J'ai pris sa main, j'y ai glissé le paquet contenant les gants puis, doucement, comme l'homme l'avait fait avec moi, j'ai entouré ses épaules de mes bras, je l'ai attirée contre moi et j'ai pressé ma joue contre la sienne. Son odeur à elle était très différente, une odeur de larmes et de vieillesse soudaine, mais sur sa peau aussi on sentait la fragrance d'un mariage. J'ai murmuré à son oreille les paroles de l'homme en m'efforçant d'en restituer la douceur : « Je suis tellement désolée, ma chérie », ai-je dit, et elle m'a soudain enlacée avec une telle force que j'en ai vacillé, elle s'est mise à pleurer à gros sanglots comme si c'était lui véritablement qui se trouvait là, devant elle, et non moi, sa messagère, comme s'il avait pris la peine de franchir ce pont pour venir la consoler.

À quatorze heures, j'ai traversé le fleuve. Il faisait doux, le soleil était voilé de brume et son éclat sur l'eau n'était pas aveuglant, on aurait dit une ampoule de faible intensité, un abat-jour sur lequel on aurait jeté un foulard. Je suis d'abord allée sur la rive droite, dans le cabinet d'affaires où je savais qu'une enveloppe en kraft m'attendait. La réceptionniste m'a accueillie en souriant, je n'aurais su dire si elle était ainsi avec tous les coursiers ou si elle savait pourquoi j'étais là. C'était un cabinet luxueux, je me disais souvent qu'il me faudrait m'en inspirer pour la nouvelle agence, il y avait chaque mois des fleurs différentes dans la salle d'attente, des arums ou des orchidées dans un beau vase chinois, mais l'enveloppe kraft était toujours identique, portant en son centre une étiquette où était dactylographié *Delphine M.*, sans le nom de ma société, sans doute pour ne pas éveiller la curiosité. Le contenu de l'enveloppe ne variait jamais – un chèque et une liste d'instructions.

Les instructions elles-mêmes étaient presque toujours semblables.

Comme chaque fois, j'ai demandé à la réceptionniste : « Est-ce que M. X. souhaite me voir ? » Et elle a secoué la tête en faisant glisser l'enveloppe kraft vers moi. « Non, pas aujourd'hui », a-t-elle dit. J'ai pris l'enveloppe et la réceptionniste m'a lancé : « À tout à l'heure, madame. » J'ai descendu l'escalier, je me suis arrêtée au pied de l'immeuble et j'ai ouvert l'enveloppe. À l'intérieur se trouvaient un chèque, un écrin de velours et une lettre ; j'ai lu la lettre, puis je l'ai déchirée et j'en ai jeté les morceaux.

J'ai traversé la rue pour franchir à nouveau le pont et, en arrivant sur l'autre rive, j'ai acheté à un fleuriste quatre roses qui ne tiendraient sans doute pas la journée, des roses orange, comme il était indiqué dans la lettre d'instructions. Je suis entrée dans l'immeuble situé en face du pont, presque dans l'alignement du cabinet, je n'aurais pas été étonnée que des fenêtres de l'un on puisse distinguer les fenêtres de l'autre, on aurait pu croire qu'il serait plus simple et moins onéreux d'envoyer des signaux de lumière que d'organiser ce va-et-vient complexe de cadeaux et de messages, mais ils en avaient décidé autrement. J'ai monté les deux étages à pied. La femme m'attendait déjà sur le seuil, et en me voyant son visage s'est éclairé. Je lui ai donné les roses, puis j'ai sorti l'écrin de ma poche et je le lui ai tendu en disant, comme il était indiqué dans la lettre : « Heureux anniversaire, il y en aura beaucoup d'autres. » Elle a pris l'écrin, l'a ouvert en s'abîmant un ongle et a poussé une exclamation de plaisir. Puis elle a dit : « Attendez un instant, je vous prie », a disparu à l'intérieur de l'appartement et est revenue avec un objet emballé dans du papier japonais. Elle m'a regardée et, pour la première fois depuis le jour du décès, elle s'est ouverte à moi. « C'est notre anniversaire de rencontre, vous savez, a-t-elle dit. Six ans aujourd'hui. » Je n'ai pas su quoi répondre. J'ai glissé le paquet dans ma sacoche et répliqué poliment : « Tous mes vœux de bonheur, madame. » À ces mots, elle a semblé se souvenir de ce que j'étais, une simple coursière, elle a même plongé machinalement la main dans sa poche comme si elle y cherchait un pourboire, elle a dit : « Au revoir, madame », et elle a refermé sa porte.

M. X / Mme X

Premier trajet : agence / bureau. Prise en charge d'un objet (écrin). Deuxième trajet : bureau / appartement, achat de quatre roses orange, remise de l'objet. Prise en charge d'un second objet emballé dans du papier. Troisième trajet : appartement / bureau, remise de l'objet.
Temps : cinquante minutes.
80 euros.

12

Je ne suis pas rentrée aussitôt. En dépit de ce que j'avais promis à Marja, je me suis promenée au bord du fleuve en suivant du regard tous les débris que le courant entraînait, des branches, des plastiques, des ballons parfois. Dès que je cessais de suivre ces bateaux des yeux – j'ai toujours appelé « bateau » ce qui flottait sur l'eau –, je pensais à Jones et à sa visite à l'agence, à ses accusations, ses exigences, et l'émotion qui m'envahissait alors était telle que je cherchais rapidement des yeux une autre bouteille vide, une autre flaque de liquide irisé, oui, on pouvait la considérer comme un bateau, me disais-je, et j'ajoutais un chiffre à ma liste. Je n'avais pas l'habitude de ne rien faire et je me sentais fautive, et comme pour justifier ces pas perdus, j'ai acheté une glace à la fraise, puis des cacahouètes enrobées de praline, que j'ai mangées jusqu'à la dernière. J'avais du sucre plein la bouche, plein les doigts, et je suis allée dans un café me laver les mains et boire un lait à la menthe. Il faisait presque nuit et j'avais mal au cœur quand j'ai repris le bus en direction de l'agence.

Les fenêtres étaient éteintes, mais en approchant de la porte j'ai distingué une silhouette sur le seuil. J'ai cru que c'était Marja qui venait de fermer la boutique jusqu'à ce qu'une voix lance :

« Delphine ? Où est-ce que vous étiez, Delphine ? Je vous attends depuis vingt minutes. »

C'était Mme Soignes. Nous n'avions pas rendez-vous mais elle savait que j'étais toujours à l'agence après six heures, à moins que je ne la prévienne du contraire. Elle avait l'air plus contrarié qu'inquiet, comme si je l'avais privée durant quelques minutes d'une présence à laquelle elle avait droit, et elle a enchaîné aussitôt :

« Dépêchez-vous d'ouvrir. Je n'arrive pas à croire que vous ayez marché si longtemps. Est-ce que vous croyez que c'est bon pour l'enfant ? Allons, entrons. »

J'ai fouillé dans mon sac pour y trouver la clef. Je m'en voulais de n'avoir pas surveillé l'heure, d'avoir été prise en défaut par Mme Soignes ; elle n'allait pas manquer de me faire des reproches, de m'accuser de négligence, elle l'avait fait lorsque j'avais glissé sur un plastique, deux semaines plus tôt, et que j'étais tombée en m'écorchant le genou. Elle attendait à côté de moi, tenant à deux mains le cabas dans lequel elle mettait ses récipients emplis de soupe, de tranches de viande, de légumes, le tout encore fumant. J'ai enfin trouvé la clef, j'ai ouvert et j'ai allumé la lumière. Mme Soignes s'est dirigée sans un mot vers la cuisine afin de mettre la table, comme elle le faisait au moins une fois par semaine, pour ce qu'elle appelait notre dîner commun. Elle a sorti les récipients du cabas et s'est occupée de servir la soupe. C'était un gaspacho dont l'odeur douceâtre m'a mis à nouveau le cœur au bord des lèvres, mais j'ai ôté mon manteau et je me suis assise docilement à table. Elle est restée un instant debout avant de s'asseoir en face de moi. J'ai pris une cuillère et je l'ai plongée dans le potage, mais je n'ai pas réussi à la porter à mes lèvres.

«Allons, ne chipotez pas, Delphine, a-t-elle dit sèchement. C'est bien assez que vous ayez pris des risques comme vous l'avez fait. Sans parler de moi. Vous auriez pu m'appeler.»

Au début de la grossesse, les Soignes m'avaient donné un portable avec un abonnement pour que je les appelle au moins une fois par jour, et que je les prévienne en cas de problème.

Mme Soignes avait ajouté des croûtons au gaspacho pour qu'il soit plus nourrissant et j'en ai avalé une gorgée avec peine.

«Ne vous inquiétez pas, madame, ai-je dit enfin. J'ai simplement fait une petite promenade. Je n'ai pris aucun risque.

— J'ai appelé Marja cet après-midi. Elle m'a confié que vous aviez eu un malaise, a-t-elle répliqué. Vous comptiez m'en parler? Est-ce que vous êtes sûre que tout va bien?

— La grossesse devient un peu plus fatigante, c'est tout, ai-je répondu. Anne-Lise a commencé à bouger. Vous pouvez en être fière. C'est une solide petite fille.»

Mme Soignes m'a dévisagée un instant d'un air incrédule; on aurait dit qu'elle ne m'avait jamais fait absolument confiance, qu'elle s'imaginait que j'avais simulé ce ventre gonflé et que j'avais truqué jusqu'aux échographies, puis sa bouche s'est ouverte et elle s'est levée.

« Vraiment ? a-t-elle murmuré. Reculez votre chaise, Delphine. Et soyez gentille de relever votre pull. »

J'ai obéi. Elle a fait le tour de la table, elle s'est plantée derrière moi, et j'ai senti ses mains encore froides se glisser sur mon ventre, j'en ai tressailli et j'ai eu peur qu'elle prenne ce mouvement involontaire pour celui d'Anne-Lise bougeant sous ma peau.

« C'est arrivé une seule fois et ça n'a pas duré longtemps, ai-je dit. Je suis sûre que bientôt ce sera beaucoup plus fréquent. Nous pourrons organiser un rendez-vous si vous voulez, un soir ou un après-midi, pour que vous puissiez la sentir. »

Elle est quand même restée longtemps ainsi, les paumes appuyées sur mon ventre, les doigts écartés, puis elle s'est éloignée à regret et est retournée s'asseoir pendant que je baissais mon pull. Elle avait l'air triste soudain, désenchanté, comme si son enfant s'était cachée d'elle et avait refusé de répondre à son appel.

« C'est long, a-t-elle dit en soupirant. Je n'aurais jamais pensé que ce serait aussi long. »

Il était rare qu'elle manifestât son inquiétude et son insatisfaction autrement que par la colère et je lui ai souri en reprenant ma cuillère, en la plongeant à nouveau dans le potage pour l'apaiser.

« Neuf mois, pas plus long que si c'était vous, ai-je dit.

— Mais ce n'est pas moi, a-t-elle répliqué sombrement. C'est vous. Si c'était moi, je pourrais profiter de tout ça, des rondeurs, des premiers mouvements du bébé.

— Je n'y prends pas plaisir, madame, ai-je répondu. Je suis comme vous, j'attends que ça passe. Je fais mon travail. »

Elle a hoché la tête. Elle a semblé un peu réconfortée, comme si elle avait craint que je jouisse en secret de l'existence de son enfant.

« J'aimerais rester jusqu'à ce que vous vous mettiez au lit, Delphine, a-t-elle dit. J'attendrai que vous vous endormiez, puis je partirai. D'accord ? »

J'ai été un peu surprise, mais j'ai hoché la tête. Elle est restée à la cuisine le temps que je me brosse les dents, que je me lave le visage et que j'enfile un pyjama, puis elle m'a suivie jusqu'à la chambre. Elle a attendu que je me glisse sous les draps et elle s'est assise au bord du matelas.

« Est-ce que vous croyez que je pourrais vous raconter une histoire ? a-t-elle demandé avec un sourire un peu gêné. Ma mère me la racontait quand j'étais enfant. C'était ma préférée, en fait. »

J'ai dit oui à nouveau et elle s'est raclé la gorge avant de commencer. Je l'observais à la dérobée et je songeais que nous nous ressemblions en effet, l'ovale du visage, les cheveux roux et lisses, la bouche fine ; il n'était pas étonnant qu'il m'ait été si facile de me faire passer pour elle à la clinique et dans différents bureaux d'administration. Son histoire parlait d'une princesse qui allait se marier et avoir des enfants, d'ailleurs elle avait déjà une belle robe qu'elle sortait chaque jour de son placard, qu'elle disposait soigneusement sur le dossier d'une chaise et à qui elle parlait comme si c'était sa meilleure amie. Mme Soignes racontait son histoire sans entrain, comme s'il lui était difficile d'oublier que je me trouvais encore entre son enfant et elle ; j'ai fait semblant de m'endormir pour lui faciliter la tâche, et dans l'espoir aussi qu'elle se lasse et s'en aille. Mais elle est restée au bord du matelas, parlant d'une voix de plus en plus étouffée, de plus en plus triste, jusqu'au moment où je me suis vraiment endormie.

Quand je me suis réveillée, la lumière était éteinte ; j'ai posé la main sur la couverture, à l'endroit où se trouvait Mme Soignes un instant plus tôt, et je me suis aperçue que l'étoffe était encore chaude. Je me suis tournée avec peine et j'ai enfoui mon visage dans l'oreiller. J'avais l'impression d'avoir rêvé de l'histoire qu'elle m'avait racontée, puis j'ai pris conscience qu'il s'agissait d'autre chose et les larmes me sont montées aux yeux.

J'avais rêvé du jour où j'avais aidé une jeune fille à choisir sa robe de mariée. Elle ne parlait pas français et c'était son fiancé qui avait appelé l'agence pour, avait-il dit, louer pendant trois heures les services d'une femme de goût qui l'aiderait à faire ses achats. C'était un mariage arrangé mais elle paraissait heureuse, et nous avions discuté avec des gestes et des mimiques avant de tomber d'accord sur une robe de satin brodée de perles. En sortant du magasin, nous avions entendu un coup de freins et un choc sourd, et un homme était tombé presque à nos pieds sur la chaussée. Sa tête reposait sur sa poitrine comme celle d'un oiseau, et il était évident qu'il avait la nuque brisée. Il était allongé sur le côté, les yeux entrouverts, et sous la violence de l'impact l'une de ses mains était allée se glisser sous sa joue. Je l'avais regardé et je m'étais mise à hoqueter sans savoir pourquoi, sinon que c'était la position dans laquelle se trouvait Adorno au moment où il était mort ; je n'aurais même pas imaginé que je m'en souvenais si bien. Des sanglots secs me meurtrissaient la poitrine et la jeune fille, effrayée, m'avait prise dans ses bras en s'efforçant de me consoler dans une langue inconnue. J'avais essayé de me calmer pour éviter qu'elle voie dans cet accident et mes larmes un signe de mauvais augure, pour rester professionnelle en somme, mais j'en avais été incapable. Je revoyais les dizaines de robes de mariée qu'elle avait essayées et à cette image se superposaient des draps tachés de sang et j'avais envie de crier ce que je murmurais aujourd'hui dans l'oreiller mouillé de larmes : *Adorno, oh, Adorno.*

13

Adorno était venu à l'agence deux ans plus tôt et, comme beaucoup d'autres clients, il ne m'avait pas dit aussitôt la vérité. Je ne parle pas de sa maladie, car il l'avait évoquée immédiatement ; j'aurais pu la deviner d'ailleurs, à cause de sa maigreur, de sa toux, de la peau de son visage plaquée sur l'os. Je ne parle pas non plus de son homosexualité, qu'il affichait sans gêne ; il s'habillait de couleurs vives, se maquillait les yeux, parfois même les lèvres. Après son départ, Marja, qui a des préjugés malgré la sympathie qu'elle éprouve pour les gens, était entrée dans mon bureau sans frapper, les lèvres pincées.

« Celui-là, je ne m'en occuperai pas, mademoiselle, avait-elle déclaré. Ce n'est pas la peine de me le demander, je préfère vous le dire tout de suite, je ne m'en occuperai pas », et j'avais répondu : « Très bien, Marja, je m'en chargerai moi-même. »

Il était arrivé à l'agence un jour d'avril, avec un chien minuscule sous le bras. Il avait des cheveux fins et clairsemés, d'un blond artificiel dont je n'aurais su dire s'il était le résultat d'une teinture ou de trop de soleil, des yeux bleu pâle et le teint mat des Italiens. Il portait une veste en velours d'un bleu pétrole criard, il était grand et maigre, le visage anguleux, les dents très blanches, une seule jaunie par le tabac, comme l'est souvent l'index des fumeurs.

« Asseyez-vous, monsieur Z., ai-je dit, comme d'habitude. Je vous souhaite la bienvenue. Qu'est-ce que nous pouvons faire pour vous ?

— Oh, je vous en prie, appelez-moi Adorno, a-t-il répliqué avec un geste d'impatience. Mes amis m'appellent Adorno, et qui vous dit que nous n'allons pas devenir amis ? Je vais avoir besoin d'amis dans les mois à venir. »

Il a sorti un fume-cigarette de sa poche, m'a interrogée du regard, a allumé une mince et longue cigarette qui sentait le menthol.

« Je cherche une sorte de secrétaire particulière, a-t-il repris. Il faudrait qu'elle soit aussi prête à faire les courses, un peu de ménage, et puis à le sortir lui, Ellington, a-t-il ajouté en désignant le chien qu'il avait posé comme une porcelaine sur le bureau. Ça va sans doute devenir de plus en plus difficile. Mais je vous demanderai surtout d'être ça, une sorte de secrétaire, c'est-à-dire que je dicterai et que vous écrirez. Vous n'aurez même pas besoin de savoir taper, je n'ai pas d'ordinateur, pas de machine à écrire. Je pourrais le faire moi-même, mais je me fatigue vite.

— Je vois. Écoutez, monsieur Z... Adorno, je dois vous prévenir que nos tarifs sont assez élevés, ai-je répondu après un silence, en lui tendant la brochure qui détaillait les prestations et les prix de *Pour Vous*. Et ils varient peu, quels que soient les services demandés, car nous sommes une agence exclusive et nous tenons à le rester. Cela vous coûtera beaucoup plus cher que si vous engagiez une secrétaire ou une simple employée de maison. »

Il n'a même pas ouvert la brochure. Il s'est contenté de hausser les épaules, a tiré sur son fume-cigarette et a répliqué avec un mince sourire :

« J'ai toujours vécu au-dessus de mes moyens, mademoiselle. J'ai toujours eu le goût du luxe. Pensez-vous vraiment que je devrais changer parce que je suis malade ? »

Je l'ai regardé dans les yeux et j'ai souri, comme je le fais toujours quand un client élève la voix ou semble se sentir mal à l'aise – et c'était le cas, Adorno avait perdu sa contenance et son entrain, il paraissait soudain vieux, seul et malade.

« Absolument pas, ai-je dit. Eh bien, nous allons remplir votre dossier. »

J'ai pris un formulaire et un stylo, tandis qu'il se penchait pour voir ce que j'écrivais comme s'il craignait que je ne déforme ses paroles. Quand j'ai demandé : « Profession ? », il a haussé les épaules et répondu en exhalant un jet de fumée :

« Oh, mettez ce que vous voulez. J'ai fait un peu de tout, un peu clown, un peu de théâtre de rue, un peu comédien, mais en ce moment j'écris une sorte de livre, a-t-il dit d'un air complice, une très longue lettre, en fait, pour quelqu'un que j'aime. C'est pour ça que j'ai besoin d'une secrétaire qui m'aiderait à le rédiger, peut-être même à mettre de l'ordre dans mes notes. »

Après avoir hésité, j'ai noté : *Écrivain.* Cela lui

a plu, je crois, même s'il n'a cessé de répéter par la suite : « Je ne suis pas vraiment un écrivain, Delphine, ce sont juste des mots d'amour. »

Non, il ne cachait pas sa maladie. Il en plaisantait même parfois, et quand je lui demandais : « Est-ce que vous voulez vraiment que j'aille vous acheter des cigarettes, vous en avez fumé trois paquets aujourd'hui », il répondait en souriant : « Je n'ai pas un putain de cancer du poumon, Delphine. » Mais comme Jones, il ne m'a pas dit toute la vérité sur la raison de sa visite. Il est vrai qu'il ne voulait pas d'une dame de compagnie en blouse blanche dégageant des relents d'éther et de médicaments, disait-il, une matrone moustachue sentant la mort, alors qu'il était si sensible aux odeurs – à l'entendre, il aurait pu être chercheur de senteurs chez un grand parfumeur. Il s'était mis à fumer depuis peu, depuis qu'il était tombé malade et qu'il avait rencontré le gigolo, le tabac émoussait les sens mais peu lui importait à présent. Il collectionnait les vieux vaporisateurs et sur toutes les étagères étaient posés des flacons qu'il fallait prendre soin de ne pas faire tomber d'un coup de coude. À chacune de mes visites, il insistait pour que j'essaie une nouvelle odeur.

« Il faut que je trouve ton parfum, Delphine, répétait-il, nous en avons tous un, tu sais. Le tien n'est pas une fleur, non, peut-être un matériau, quelque chose de plus complexe. » C'était devenu un rituel. « Donne-moi ton poignet, Delphine », demandait-il quand je franchissais le seuil, et je devais remonter ma manche et lui tendre le bras, lui présenter l'intérieur pâle du coude, comme si c'était lui l'infirmier chargé de faire une piqûre. Il pulvérisait quelques gouttes de parfum, puis disait avec sérieux en baissant ma manche : « Voilà, à présent il faut attendre, nous verrons dans un moment. »

Je dis qu'il m'a menti, mais comment en être sûre ? À la fin, quand il n'a même plus été question de le faire boire à la paille et de le nourrir de petits pots pour bébé, je n'ai pas pu m'empêcher de lui demander : « Est-ce pour ça que vous êtes venu à l'agence, Adorno ? Vous pouvez bien me le dire, maintenant », et il a répondu avec lassitude : « J'ai joué une carte, Delphine, une simple carte. »

Puis il a ajouté un peu méchamment – et c'était la première fois qu'il l'était avec moi : « De toute façon, je ne te force pas. Tu pourrais refuser. J'ai juste la chance d'avoir un peu d'argent et que tu en aies envie. »

Je suis d'abord allée chez Adorno tous les trois jours, puis tous les deux jours, puis chaque matin. En arrivant, je commençais par sortir Ellington après lui avoir mis son harnais. C'était un chien au pelage lisse et beige que je n'ai jamais entendu aboyer. Dès que nous remontions à l'appartement, il allait se coucher dans son panier, et parfois il s'approchait d'Adorno dans un cliquetis de griffes et le regardait sans un bruit, le museau en l'air, jusqu'à ce qu'Adorno se penche, le prenne et l'installe sur ses genoux, où il se roulait en boule avant de s'endormir.

Un jour, par politesse plus qu'autre chose, j'ai demandé à Adorno depuis combien de temps il l'avait, et il m'a répondu : « Oh, pas très longtemps, un an et demi peut-être. Il était à un ami qui est mort et qui en avait lui-même hérité d'un autre ami. Il a connu quatre ou cinq maîtres. Ellington est connu dans notre cercle, il est habitué à aller d'un maître à l'autre et je sais déjà qui l'adoptera quand je ne serai plus là. Ellington, a-t-il plaisanté en embrassant le chien entre les oreilles, Ellington qu'on se refile comme une patate chaude, Ellington qui nous enterrera tous », et le chien a fermé les yeux et rabattu sa queue sur sa truffe.

La plupart du temps, Adorno était allongé sur le canapé, les jambes repliées, un cahier sur les genoux, et il écrivait le livre dont il m'avait parlé – l'interminable lettre destinée à l'homme qu'il aimait. À voir l'épaisseur du cahier, je devinais que le texte devait faire déjà cinquante, soixante pages peut-être. Mais qu'a-t-il donc à dire à cet homme, me demandais-je, comment peut-il avoir tant de choses à lui raconter ? C'est alors que j'ai pensé pour la première fois à Mme Derovitski et à ses mauvais romans d'amour, c'est alors que j'ai fait le rapprochement entre eux, la vieille Polonaise et l'homosexuel malade, et que j'ai compris qu'ils partageaient une sorte de passion secrète, un goût pour les romances et les histoires à l'eau de rose, et la conviction qu'il existe des choses qu'on ne peut pas dire à voix haute, mais seulement lire ou écrire.

Il m'est arrivé de penser qu'Adorno ne m'avait pas engagée pour autre chose que pour me parler de ce garçon, ce Jones, son gigolo comme il l'appelait en plaisantant. Dès ma première visite, il m'a fait signe de m'asseoir à côté de lui sur le canapé et il m'a dit avec beaucoup de sérieux :

«Il faut que je te parle de Jones, Delphine – je peux te tutoyer, n'est-ce pas ? Il faut que je t'en parle puisqu'il n'est question que de lui dans mon livre. Ce sera sans doute mieux si tu sais certaines choses à son sujet.»

Il s'est penché et a pris sur une table basse un petit cadre ciselé dans lequel se trouvait un rectangle de papier sans doute découpé dans une photographie plus grande. On y voyait le visage d'un adolescent sur la nuque duquel était posée une main dont je n'aurais su dire si c'était celle d'un homme ou d'une femme. Le garçon semblait avoir quinze ou seize ans, sa peau était enflammée par le soleil et des traces d'acné, ses cheveux plaqués sur ses tempes, ses yeux provocants et sa bouche plus provocante encore. Adorno a dû lire l'expression de mon visage, car il m'a repris le cadre des mains avec un sourire gêné.

«Il est très jeune sur cette photo, a-t-il dit. C'était il y a sept ans, huit ans peut-être, avant que je le rencontre. Tu vois, il est beau comme un petit voyou, un petit gigolo. D'ailleurs il n'est pas autre chose ; il avait seize ans quand il s'est enfui de chez lui et depuis ce temps il a survécu grâce aux gens qui l'ont aimé, hommes ou femmes, peu lui importe. Il leur a toujours donné ce qu'ils voulaient, parfois du sexe, parfois juste de la tendresse. Je crois qu'il est souvent parti de chez eux en vidant les tiroirs, a-t-il ajouté en souriant, aucun n'a porté plainte, bien sûr, comment porter plainte contre un gigolo ?»

Il a jeté un dernier regard à la photographie puis l'a reposée sur la table et, se tournant vers moi, il a fait courir son doigt sur l'arête de mon nez – un des gestes affectueux qui lui étaient familiers.

« Je crois qu'il te plairait, Delphine. D'une certaine manière, vous vous ressemblez. Ne me regarde pas comme ça, que crois-tu faire d'autre, crois-tu vraiment être autre chose qu'une sorte de gigolo ? »

Il devait me le répéter souvent par la suite, en clignant des yeux pour me faire sourire, et bientôt je renoncerais à me défendre, je hausserais les épaules en songeant qu'il avait tort, que j'étais tout à fait autre chose, pas une voleuse ni quelqu'un qui se vend au plus offrant, j'avais des principes, j'avais une morale, *Pour Vous* était une sorte d'œuvre de charité, comment aurions-nous pu continuer à exister autrement ?

« Je l'ai rencontré à une fête, m'a-t-il dit, dans une villa avec un jardin immense où poussaient des bananiers, des orangers, des espèces de lianes et des buissons en fleurs, on se serait cru dans un pays d'Afrique. Il y avait des bougies et des guirlandes lumineuses dans les arbres. Je l'ai vu trois fois au bar en allant chercher du punch et chaque fois il m'a regardé de cette façon qui me faisait tourner la tête. Il donnait l'impression de s'ennuyer et d'être de très loin le plus beau et le plus jeune de tous les invités, comme s'il était le fils de la maison et qu'il avait échappé à la surveillance de ses parents. C'est ce soir-là que je me suis évanoui pour la première fois. Je me suis réveillé par terre, ma chemise tachée d'herbe et la joue griffée par une branche, et il était là, au premier rang du cercle qui s'était formé quand j'étais tombé. Il m'a demandé si je voulais qu'il me ramène chez moi et j'ai dit oui, *oui*. Il était venu avec une actrice vieillissante qui était encore célèbre, mais quand elle a essayé de le retenir, il a simplement détaché sa main de son poignet. Il m'a raccompagné ici, et la semaine suivante je lui ai ouvert un compte en y versant l'argent d'un petit héritage que je venais de toucher.

« Je sais qu'il est le dernier homme que j'aimerai, a poursuivi Adorno d'une voix plus basse. Le dernier avant la mort. Tu vois, la plupart des gens n'ont pas cette chance-là – la chance de savoir. Chaque fois que je le regarde, je pense à cela, ses yeux seront les derniers yeux que j'aimerai, sa peau est la dernière peau que je toucherai. Il sait que je vais mourir. Je lui ai dit que je ferai de lui mon héritier, et il a promis de rester jusqu'à la fin. Je n'ai pas beaucoup d'argent, mais ça lui permettra de vivre quelques années. »

Il est demeuré un instant silencieux, puis il a désigné le cahier à la couverture violette posé sur la table basse, près de la photographie.

« Mais si j'écris ce livre, c'est pour lui faire comprendre qu'il est beaucoup plus qu'un gigolo que j'aurais choisi dans un catalogue, comme j'aurais pu choisir une pilule bleue ou verte pour un dernier trip. Crois-tu qu'il comprendra, Delphine ? m'a-t-il demandé avec inquiétude. Crois-tu qu'il saura ce que j'ai voulu dire ? Que notre histoire est une histoire d'amour, même si je suis malade et que c'est un gigolo ? »

J'ai répondu : « Bien sûr, Adorno. Bien sûr qu'il comprendra. »

Mais je pensais : Est-ce l'approche de la mort qui

vous rend aussi naïf? Vous êtes pire que la vieille femme que j'ai connue, vous croyez que les jolies histoires à l'eau de rose existent vraiment tandis qu'elle, au moins, se contentait de se bercer de lectures. Mais je gardais le silence car je n'étais pas payée pour lui dire cela et, en outre, qui étais-je pour le juger, moi qui ne vendais justement que des illusions?

Quand j'arrivais, il reposait le cahier et se frottait les mains avec une grimace, étirant ses doigts maigres dont la première articulation saillait comme une bague. Ses paupières étaient rouges et ses yeux baignés d'eau, et il me disait : « Cela ne te dérange pas de prendre la relève, Delphine? Je me fatigue de plus en plus vite. »

Je prenais le cahier, le stylo, je m'installais à la table à quelques mètres ou plus près, sur une chaise, prenant appui sur mes genoux, pour qu'il ne soit pas obligé d'élever la voix. Comment aurais-je pu, une fois encore, ne pas penser à Mme Derovitski, aux heures passées près d'elle, du papier entre les mains, mes doigts tachés d'encre, si ce n'est qu'elle me demandait de lui lire des fables alors qu'Adorno me demandait de les écrire.

De temps en temps, il s'interrompait au milieu d'une séance de dictée et m'adressait un sourire gêné. « J'écrirai moi-même la suite, Delphine, c'est un *moment personnel*, disait-il. Je t'appellerai quand j'en aurai fini. »

Car ce qu'il me demandait d'écrire n'était que la ronde des jours, le quotidien; le reste, ce qui les brûlait l'un et l'autre, ce qu'il nommait ses moments personnels, il l'écrivait sur des feuilles volantes qu'il agrafait entre les pages écrites de ma main. Je n'ai jamais lu ces pages-là. Je ne pouvais qu'imaginer ce qu'elles représentaient en voyant le teint de cendre d'Adorno après ces heures d'écriture, son regard absent, je ne pouvais qu'imaginer comment il se vidait de ses émotions : On dirait qu'il saigne, pensais-je, qu'il ne lui restera bientôt plus que de l'eau dans les veines.

J'aimerais dire que le gigolo n'a jamais éveillé ma curiosité mais ce serait faux, et c'est sans doute ce que je ne peux qu'appeler le début d'une erreur professionnelle. Il me semblait parfois qu'Adorno n'avait pas tout à fait tort et que le gigolo avait quelque chose de commun avec moi, le don de se plier aux gens et aux circonstances, l'indifférence aux moyens employés, et le cœur sec, bien sûr. Mais je n'avais pas envie d'y penser, car cela serait revenu à admettre que j'étais moi aussi une voleuse, un voyou, une sorte de gigolo, cela serait revenu à admettre que *Pour Vous* n'était qu'une mince pellicule brillante recouvrant de sombres profondeurs, l'eau coulant noire dans le ventre des égouts.

Parfois, Adorno allait mieux pendant des jours, des semaines entières. Peut-être oubliait-il alors qu'il allait mourir car il cessait d'écrire, il recommençait à sortir, il emmenait le gigolo en voyage, il s'emparait de ce sursis comme un affamé, à pleines mains, il était rare qu'il prenne le temps de me prévenir, chaque minute semblait compter et chaque minute, je le crois, comptait en effet. Je trouvais parfois un message sur mon répondeur ou un mot hâtivement punaisé sur sa porte, *Chère Delphine je suis sorti je t'appellerai quand je rentre Salutations Adorno*.

La plupart du temps je frappais vainement à la porte, j'appelais «Adorno, Adorno», les lèvres tout contre le battant, puis «Ellington, Ellington?». Car il arrivait aussi qu'Adorno soit endormi, assommé par un mélange d'alcool et de médicaments, et dans ces cas-là j'entendais Ellington gratter à la porte et gémir. Parfois, un vieil homme qui habitait l'appartement d'à côté ouvrait sa porte et disait: «Le monsieur italien est parti hier, il avait une valise à la main et son petit chien», ou alors il annonçait d'un air revêche: «Il a fait la fête toute la nuit, c'est impossible, cette musique et ces cris, il ne faut pas que ça recommence, vous lui direz que la prochaine fois j'appelle la police», mais il me donnait l'impression que c'était la seule chose qui emplissait sa vie, les allées et venues d'Adorno guettées à l'œilleton, et la gaieté tumultueuse qui filtrait du mur séparant les deux appartements et qu'il écoutait allongé dans le lit où de toute façon le sommeil le fuyait.

Quand le voisin me disait qu'Adorno était là ou quand j'entendais Ellington gémir, je prenais la clef cachée dans une fissure du mur près de la fenêtre de l'escalier et j'ouvrais la porte de l'appartement. Je traversais le salon rempli de bouteilles vides et de verres renversés, de cendriers pleins de mégots dégageant une odeur d'herbes rares, celles peut-être dont Adorno cherchait le parfum pour moi, d'assiettes en carton remplies de reliefs de nourriture. Je cherchais Adorno que je trouvais endormi sur son lit, tout habillé, ou sur le canapé. J'écoutais sa respiration, et quand j'étais sûre qu'il n'était qu'endormi, encore soûl ou drogué, j'enfilais son harnais à Ellington et je le sortais. Parfois, nous allions jusqu'au square tout proche où je le détachais mais il ne partageait jamais les jeux des autres chiens, il restait assis près de moi, humant le vent, les oreilles dressées, Ellington qui était moins un chien qu'un compagnon des derniers jours, et qui semblait en avoir conscience. Après quelques minutes, je lui remettais sa laisse et nous reprenions le chemin de l'appartement.

Durant les deux heures qui suivaient, je faisais le ménage, j'entrebâillais les fenêtres pour aérer, je jetais les assiettes en carton et les bouteilles vides, tout en allant de temps en temps surveiller Adorno pour m'assurer qu'il était encore endormi dans le désordre de ses draps. Quand il s'éveillait enfin en grimaçant, le visage fripé, je lui apportais une aspirine et il allait prendre une douche et se démaquiller pendant que je passais l'aspirateur – car il se fardait souvent avant ces soirées, il portait des faux cils de couleurs invraisemblables, du rouge à lèvres et de l'ombre à paupières dont je retrouvais les traces irisées dans mes vêtements et sous mes ongles longtemps après être passée chez lui.

Je n'ai jamais vu le gigolo, ni pendant ces périodes de fête ni pendant les journées de maladie où Adorno écrivait son livre. Je ne me suis jamais demandé pourquoi il mettait tant de soin à éviter que nous nous rencontrions. La vérité, c'est que j'en venais parfois à m'interroger, le gigolo existait-il réellement ou Adorno l'avait-il inventé pour meubler sa solitude, une illusion consolante en attendant la mort, mais je ne lui ai jamais posé la question. À mes yeux, cela ne faisait aucune différence.

Nous avons terminé le premier cahier. Nous en avons écrit un deuxième, puis un troisième et un quatrième ; pour finir, il y en a eu cinq et, à la mort d'Adorno, ce cinquième cahier n'était pas tout à fait achevé, il restait une dizaine de pages blanches, vierges, comme la vie inachevée d'Adorno.

Adorno

Besoins du chien. Ménage, vaisselle, lessive. Remplissage semainier pour médicaments. Prise de notes sous dictée.
Temps : trois heures trente.
100 euros.

14

Je ne me suis pas aperçue que l'état d'Adorno se dégradait.

Je ne m'en suis pas aperçue et pourtant nous allions vers le printemps, il n'était pas normal qu'il ait de plus en plus froid, il n'était pas normal qu'il enfile un chandail par-dessus l'autre, enroule un foulard autour de son cou et s'exclame : « Ferme cette fenêtre, Delphine, tu veux que j'attrape la mort », quand j'ouvrais pour aérer la pièce. Il avait des poussées de fièvre et ce qu'il appelait du muguet dans la bouche, je devais changer tous les jours ses draps tant il transpirait, lui acheter des pots pour bébé que je lui faisais manger à la cuillère après l'avoir adossé à ses oreillers.

« Merci, Delphine, me disait-il quand je l'emmenais jusqu'à la salle de bains en le soutenant, son bras passé autour de mon cou. Tu es un roc. » Un jour, il a ajouté tandis que j'attendais à la porte qu'il se relève de la cuvette : « C'est bien ça, Delphine, tu es un petit roc, une petite pierre. C'est pour ça que je n'arrive pas à trouver ton parfum – les pierres n'ont pas de parfum. Ça ne m'était encore jamais arrivé, tu sais. » Il devait m'en parler à nouveau plus tard, de cette histoire de pierre, de parfum, mais cette fois, ce ne serait plus un compliment, ce serait, dans un instant de faiblesse, les paroles que j'avais si souvent entendues dans la bouche d'autres clients, une accusation, un reproche. Puis la fièvre tombait et les choses revenaient à la normale, du moins je l'imaginais. Je n'ai jamais deviné que ce n'étaient que des étapes de son déclin.

Un jour, pourtant, au cours de sa dernière rémission, au retour de ce qui devait être sa dernière fête, je l'ai aperçu dans la salle de bains. Son peignoir était entrouvert sur sa poitrine et je n'ai vu que des os, je n'ai vu qu'un torse de petit garçon impubère et mal nourri, un bréchet d'oiseau, et je lui ai tendu sans un mot la serviette qu'il m'avait réclamée.

Quand il m'a rejointe au salon, j'étais en train d'enfiler ma veste pour partir. Il avait l'air inquiet, son sourire avait disparu, même l'étrange virgule qu'il avait toujours au coin de la bouche et que je pensais gravée dans sa chair par le temps, et il m'a demandé :

« Est-ce que tu peux rester encore un peu, Delphine ? Je voudrais te parler.

— Bien sûr », ai-je dit.

Je me suis assise dans un fauteuil en attendant qu'il aille enfiler un des pantalons larges et des gros pulls à col roulé qui m'avaient trompée si longtemps, qui devaient tromper quiconque n'avait pas vraiment envie de savoir ce qui se cachait sous l'étoffe. Je me suis demandé si le gigolo – s'il existait – savait, si

Adorno lui permettait encore de le caresser ou s'il le laissait juste le regarder, assis de part et d'autre d'une table dans un café et contraints à la retenue par les autres clients. Peut-être leurs mains se caressaient-elles malgré tout sous la table ; le gigolo palpait-il alors la chair d'Adorno comme l'ogresse aveugle palpe les mains de l'enfant qu'elle s'apprête à manger, s'effrayait-il de ne sentir que les os sous la peau, ses paumes remontaient-elles le long des bras d'Adorno sous les manches ? Mais Adorno sans doute devait les repousser, Adorno sans doute lui reprenait même ses mains, alors, et s'empressait de les cacher derrière son dos comme s'il avait un cadeau, une surprise, *dans quelle main... ?*, mais cette surprise était la mort.

À cette pensée, j'ai éprouvé avec étonnement un élan de chagrin et j'ai compris que je m'étais attachée à Adorno. J'en étais venue à éprouver de l'affection pour lui, peut-être même plus, quelque chose d'improbable et qui n'avait pu naître que parce que j'avais été prise au dépourvu – ce travesti, cette folle, comme il le disait parfois en riant : « Tu te rends compte, Delphine, si tes parents savaient que tu travailles pour une folle, qu'est-ce qu'ils en penseraient, je suis sûr qu'ils avaient d'autres projets pour toi », et je souriais sans répondre.

Je l'ai attendu quelques minutes, assise près de la fenêtre entrouverte. Derrière l'immeuble d'en face se trouvait un ancien cloître avec un jardin, Adorno me l'avait dit. « Parfois le parfum des glycines monte jusqu'ici, avait-il ajouté. Tu le sentiras peut-être au printemps. » Et moi j'entendais un oiseau pépier là-bas, dans la tiédeur du crépuscule, et je savais, pour avoir tant de fois entendu mes clients me dire ce genre de choses, que désormais chaque chant d'oiseau me rappellerait cet instant. Je m'y préparais avec résignation, comme on le fait quand on a le temps de se préparer à souffrir. J'écoutais et je pensais que chaque chant me ferait désormais penser au moment où j'avais compris tout à la fois qu'Adorno allait mourir et combien il allait me manquer.

Je me suis mise à chantonner pour ne plus entendre l'oiseau et je me suis dit que j'étais ridicule. *Pour Vous* avait offert ses services à cent cinquante-six clients, cent cinquante-sept si l'on comptait Mme Derovitski – j'aimais la considérer comme ma toute première cliente, même si je l'avais connue avant l'ouverture officielle de l'agence – et le carnet de rendez-vous était plein pour les six semaines à venir. Adorno m'avait pris beaucoup de temps ces derniers mois, je pourrais désormais me consacrer à d'autres clients, me suis-je dit. J'avais engagé trois mois plus tôt une femme d'une trentaine d'années à mi-temps, mais Marja se plaignait d'elle, elle n'était pas sérieuse, disait-elle, elle ne savait pas se mettre à l'écoute des clients, « Elle est juste bonne à s'allonger ou à vendre des petits pains, mademoiselle », prétendait-elle avec mépris, ajoutant que la maison allait perdre de son prestige – car Marja appelait *Pour Vous* « la maison ». Je ne savais pas ce qui était vrai et ce qui lui était dicté par la jalousie, mais je me suis promis à cet instant de renvoyer l'employée par mesure de sûreté et de m'investir davantage dans l'agence. Adorno était un avertissement, me suis-je dit, une sorte de coup de semonce. À ma manière, j'avais été aussi peu professionnelle que l'employée qui n'était bonne qu'à s'allonger ou à vendre des petits pains.

Puis Adorno est entré. Il s'était habillé mais ne s'était pas donné la peine de choisir le pull le plus épais ; sans doute avait-il compris qu'il n'y avait plus de secret à préserver désormais, et ses bras et son torse semblaient excessivement longs, excessivement minces. La virgule était revenue sur son visage, plus ténue, et j'ai pensé que c'était étrange, cette ride qui apparaissait et disparaissait sans prévenir. Il a tiré un fauteuil jusqu'à moi et j'ai tendu machinalement le bras pour fermer la fenêtre, mais il a dit :

« Non, Delphine, laisse. Il est un peu tôt pour les glycines, a-t-il ajouté en jetant un regard sur le ciel qui s'obscurcissait déjà, mais ça sent bon ce soir, tu ne trouves pas ? »

Je n'ai pas eu le temps de répondre. Il a poursuivi, sans changer d'intonation :

« J'ai vu mon gigolo pour la dernière fois hier. Il ne le sait pas encore, a-t-il repris après un silence, je ne le savais pas moi-même quand je me suis levé ce matin. Je ne le savais même pas il y a une heure, à vrai dire. Je l'ai compris quand j'ai vu ton expression dans la salle de bains. Je me suis dit : C'est le moment, Adorno, et tu as sans doute déjà beaucoup trop tardé. »

À cet instant, sa voix s'est altérée malgré tout. J'ai senti mon visage brûler et j'ai ouvert la bouche pour protester, mentir, dire que je ne savais pas de quoi il parlait, mais il a tendu la main et l'a posée sur la mienne ; je les ai sentis alors, ces doigts maigres comme ceux du petit garçon qu'engraisse la sorcière.

« Non, ne dis rien, a-t-il poursuivi d'une voix douce. C'est pour ça aussi que je t'ai engagée. Pour savoir quand le moment viendrait. J'étais sûr que mes amis ne me diraient rien, mais que toi, tu ne pourrais pas le cacher, que je le devinerais un jour rien qu'en te regardant. »

Je me suis sentie trahie, alors. J'ai eu envie de répliquer que *Pour Vous* offrait tous les services mais avec une seule exigence, celle que le client soit honnête, que je n'aimais pas l'idée qu'il m'ait surveillée pendant des mois pour guetter l'évolution de sa maladie sur mon visage, et il l'a sans doute deviné car il a serré ma main plus fort.

« Si je t'avais demandé de me prévenir, ce n'aurait pas été pareil. Tu n'aurais pas été aussi sincère. Tu es très professionnelle, Delphine, a-t-il dit avec une légère ironie, mais il y a des choses que tu serais incapable de faire, quel que soit le salaire. Personne n'en serait capable. »

Il tenait encore ma main dans la sienne et je m'habituais à sa maigreur. Sa tiédeur même me faisait oublier le contact des os, elle me semblait douce et familière. J'ai souri et j'ai dégagé mes doigts. Il m'a retourné mon sourire un peu tristement et a pris la main que je venais de lâcher dans l'autre, comme un enfant se console tout seul.

« Je voudrais juste m'assurer que tu es d'accord pour continuer de venir ici, a-t-il poursuivi en choisissant ses mots avec soin. Ce sera peut-être un peu difficile, mais pas plus que les fois où tu as dû me soigner.

— Bien entendu, ai-je répondu. Je viendrai aussi longtemps que vous aurez besoin de moi, Adorno. »

Il a scruté mes traits et a souri à nouveau, mais ce sourire-là n'exprimait aucune gratitude. Il était mélancolique, distant, une réponse à la politesse dont était empreinte ma voix. Je me suis dit qu'il avait dû lire sur mon visage le cheminement de mes pensées tandis que je l'attendais assise sur cette chaise ; il avait dû deviner ma tristesse fugitive et aussi ma décision de le quitter, et je me suis demandé combien d'autres avaient fait de même au cours de sa maladie. J'ai soutenu son regard, Tu n'as pas à avoir honte, me disais-je, tu es son employée, et ce n'est qu'un client comme un autre.

« Bien, a-t-il dit. Je vais avoir besoin de toi, parce que je ne sortirai sans doute plus beaucoup désormais. C'est dommage, a-t-il ajouté en tournant les yeux vers la fenêtre, le printemps arrive, mais que puis-je y faire – toi peut-être, Delphine, dans ton agence de miracles, tu pourrais t'arranger pour que l'hiver se prolonge, pour que je n'aie pas de regrets ? »

Il s'est mis à rire comme cela lui arrivait parfois, un rire qui se nourrissait de lui-même et n'en finissait plus de rouler dans sa gorge, qui lui faisait monter les larmes aux yeux et m'avait fait rire souvent moi aussi par contagion. Puis il s'est tu et il n'y a plus eu qu'une grande fatigue sur son visage.

« J'aimerais bien que tu t'en ailles maintenant, Delphine, a-t-il dit. J'ai des choses à faire.

— Très bien », ai-je murmuré.

Je suis allée chercher mon sac à main. Je savais pourtant qu'il aimait d'ordinaire m'entendre laver la vaisselle ou ranger les provisions après avoir fait les courses, verser à grand bruit dans des bocaux en verre les pâtes, le riz, les haricots rouges qu'il ne mangeait pas puisque le muguet avait de nouveau envahi sa bouche mais qu'il continuait à me demander d'acheter ; en cela également, il était semblable à Mme Derovitski dont le cabas s'emplissait inutilement chaque matin. « Tu es bien mieux que la radio, Delphine, disait-il, bien mieux que la télé. » Parfois il inventait des chansons au rythme de mes gestes, des sortes de petites comptines en français ou en italien, dont il me traduisait les paroles et qui le faisaient rire ainsi, sans retenue, sans plus la moindre trace de tristesse.

Nous ne nous sommes pas regardés tandis que je lui disais au revoir et que je me dirigeais vers la porte. Nous avons souri dans le vide en évitant que nos yeux se croisent. Comme c'est triste, ai-je pensé malgré moi, mais j'ai gardé le regard détourné et ce sourire poli aux lèvres jusqu'au moment où j'ai atteint la porte et où je l'ai refermée derrière moi.

Les jours suivants se sont déroulés de la même façon. Dès le lendemain, il m'a demandé de prendre la clef dans la fissure du mur pour ne pas être obligé de se lever. J'ouvrais la porte tout doucement, comme si je craignais de le réveiller, mais je le trouvais chaque fois allongé sur le canapé, son cahier sur les genoux. Il levait un peu la tête en souriant et disait : « Bonjour, Delphine, comment vas-tu ? » Mais jamais son regard n'allait jusqu'à moi. À vrai dire, jamais son visage ne se tournait tout à fait vers moi, comme s'il avait perdu l'usage de la vue, comme s'il n'arrivait pas à déterminer où j'étais dans la pièce, et sans doute était-ce le cas en effet, il ne savait pas où ni surtout qui j'étais. Nous n'échangions pas un mot tandis que je faisais le ménage et que je lui préparais ses plats à base de bouillie que je mettais au frigidaire avant de partir, recouverts d'un film plastique. Il ne les terminait jamais et au bout de quelques jours il y en avait cinq ou six alignés les uns à côté des autres, de taille et de couleur identiques, et chaque matin je jetais les plus vieux. Puis je m'asseyais au pied du canapé, il me tendait le cahier et le stylo et je commençais à écrire sous sa dictée, à tendre le fil des jours passés avec le gigolo – toujours ce chant d'amour qui parvenait encore, malgré l'épuisement, à lui faire monter le sang au visage. Dans le cahier c'était l'automne, je m'en souviens, puis l'hiver, puis la fin de l'hiver, et un matin je me suis aperçue avec stupeur qu'il était question de l'hiver précédent, que nous approchions de la fin.

De temps en temps, Adorno me confiait une liste de courses et je mettais sa laisse à Ellington, je faisais ce qu'il m'avait demandé de faire, puis je traînais un peu dans les rues avant de rentrer. Le printemps arrivait en effet, avec une force et une rapidité qui me paraissaient supérieures aux années précédentes, et il me semblait triste que le dernier souhait d'Adorno n'ait pas été exaucé, il me semblait triste que la pluie ne continue pas de tomber jusqu'aux premiers jours de l'été comme cela arrivait souvent dans cette ville. Mais le long des trottoirs, les jeunes arbres fleurissaient avec vigueur et Adorno devait sentir le parfum de la glycine s'élever du jardin du cloître, même s'il gardait la fenêtre fermée et les rideaux tirés désormais. Je me disais que cela le protégeait sans doute des beaux jours, mais un matin j'ai surpris son regard sur mes jambes nues et mes pieds chaussés de sandales, de simples tongs en plastique, je m'en souviens ; il n'a pas pu les quitter des yeux pendant un long moment.

Puis un jour je suis arrivée et quelque chose avait changé, je n'aurais su dire quoi, il m'a fallu quelques instants pour m'apercevoir de ce que c'était : la gamelle d'Ellington et son écuelle d'eau avaient disparu, ainsi que sa corbeille et le harnais accroché à la patère de l'entrée. Je l'ai cherché du regard dans l'appartement et Adorno, bien qu'il n'ait pas levé la tête, a dû comprendre puisqu'il a dit :

« Oui, le nouveau maître d'Ellington est venu le chercher hier, après ton départ. Tu aurais peut-être voulu lui dire au revoir, lui faire une dernière caresse ? »

J'ai répondu : « Non, ça n'a pas d'importance. »

Mais tout en faisant la vaisselle, j'ai pensé au petit chien que je ne reverrais jamais et j'ai eu l'impression, je ne sais pas pourquoi, d'éprouver la même chose qu'Adorno le jour où il avait vu mes pieds nus dans mes sandales.

15

Un matin en arrivant, je n'ai pas vu Adorno allongé sur le canapé. Le dernier cahier avait disparu, une chaise était renversée et la pièce était vide, et j'ai songé aussitôt à Mme Derovitski. J'ai refermé la porte et j'ai couru vers la chambre. J'avais le cœur battant mais je n'avais pas peur de trouver le corps d'Adorno inanimé dans son lit, inconscient ou mort, je pensais plutôt voir les draps froissés et arrachés, la chambre déserte ; alors je serais retournée au salon, j'aurais relevé la chaise et je m'y serais assise pour attendre que quelqu'un, le voisin ou la concierge, vienne frapper à la porte et me dise qu'Adorno avait été emmené à l'hôpital la nuit précédente – mais je me trompais, car il était là.

Il était couché sur son lit, tout habillé, dans sa veste fétiche bleu canard, ses chaussures aux pieds, le visage enfoui dans l'oreiller, comme à l'époque de ses plus belles fêtes. Il dormait dans la lumière du jour mais il n'avait dû ni boire ni fumer car dès que je me suis assise au bord du matelas, il s'est réveillé. « C'est toi, Delphine », a-t-il murmuré, et sa main a cherché machinalement la mienne – et alors la distance, l'abîme que nos mots avaient creusé entre nous quelques jours plus tôt a disparu. Il a refermé les yeux afin de fuir le soleil. Il respirait calmement, il semblait paisible, pour la première fois depuis longtemps, et j'ai eu envie de repousser ses jambes et de m'allonger contre lui.

« Tu es là depuis longtemps ? a-t-il demandé.

— Non, ai-je répondu à voix basse, je viens juste d'arriver. Je pensais que vous étiez parti », ai-je ajouté, puis j'ai eu peur qu'il comprenne mal et je me suis empressée de préciser : « Que vous n'étiez pas dans l'appartement, je veux dire, que vous étiez sorti. »

Je n'ai pas dit : « Qu'on vous avait emmené à l'hôpital sans être sûr que vous reviendriez jamais, sans être sûr que vous retrouveriez votre tête un jour. »

Il a étouffé un bâillement dans l'oreiller.

« Je me suis couché il y a deux heures, a-t-il murmuré. J'ai passé la nuit à achever ma lettre. Elle est là, regarde », et à tâtons il a cherché près de lui et a tiré de sous les draps les épais cahiers violets. « Elle est terminée, a-t-il répété. Je n'arrive pas à le croire. Je n'arrive pas à croire que je sois arrivé à la fin », et je l'ai dévisagé sans parvenir à savoir s'il parlait de son texte ou d'autre chose, de son amour bientôt fauché par la mort, peut-être même de sa vie. Il a posé les cahiers près de ma main et j'ai vu qu'un élastique épais les entourait.

« Je voudrais que tu les lui apportes, Delphine, a-t-il dit. Ne les envoie pas par la poste. J'ai écrit son adresse au crayon à papier sur la couverture du premier cahier. Il y a un mot, aussi, dans une enveloppe. Promets-moi que tu le feras.

— Quand vous voudrez. Je les lui apporterai demain. Aujourd'hui si vous voulez. »

Il a rouvert les yeux et il m'a regardée, alors, en s'abritant de la lumière avec sa main libre.

« Non, pas aujourd'hui. Écoute-moi, Delphine. Je dois te dire quelque chose mais je veux que tu m'écoutes jusqu'au bout sans m'interrompre. Je veux que tu me promettes d'attendre que j'aie fini de parler. »

Je lui ai obéi, je l'ai écouté en silence. De ce qu'il m'a dit alors, je ne répéterai pas tout, pas plus que je ne dirai combien il lui a fallu argumenter pour me convaincre. À un moment, le soleil est venu se poser sur son visage et il m'a demandé d'aller tirer le rideau : il était en sueur mais il ne faisait pas très chaud dans la pièce, et j'ai pensé qu'il avait sans doute de la fièvre. Dans la pénombre, je suis retournée m'asseoir sur le lit et il m'a repris la main pour ne plus la lâcher. Peut-être avait-il peur qu'à nouveau je m'éloigne, que je mette à nouveau cette distance courtoise entre nous, peut-être avait-il seulement besoin d'une présence à ses côtés ; je ne suis pas sûre qu'il ait réellement essayé d'en appeler à mes sentiments, à ma compassion tout au moins, puisqu'il m'a très vite parlé d'argent.

En l'écoutant, j'ai compris qu'il avait préparé ces paroles depuis longtemps, qu'il devait avoir pris sa décision depuis des jours, des semaines peut-être. Il était résolu à me payer très cher – autant que ce serait nécessaire, autant que je l'exigerais – pour accomplir ce qu'il ne pouvait pas faire seul. C'est alors, quand il s'est enfin tu, que je lui ai demandé : « Est-ce que c'est pour ça que vous êtes venu à l'agence, Adorno, est-ce que c'est ça que vous aviez en tête depuis le début ? » J'ai dit aussi, comme une automate : « Je crois que vous vous trompez sur ce que propose *Pour Vous*, Adorno. Nous essayons d'aider les gens. Les aider à aller mieux. Les aider à…

— Tais-toi, Delphine, a-t-il dit avec douceur. Épargne-moi ton discours. Je n'ai pas le temps. Aider les gens ? Que crois-tu que je te demande d'autre ? »

Je l'ai regardé. Malgré la pénombre je voyais les os de son visage sous la peau et les taches brunes qui s'y étalaient comme sur une pierre ou un mur, sur quelque chose qui n'aurait pas été humain.

« De vous aider à vous tuer, ai-je répondu avec brusquerie. Voilà ce que vous me demandez, Adorno, ne croyez pas me tromper avec vos belles paroles, j'ai l'habitude d'appeler les choses par leur nom.

— Je pensais que tu savais qu'il y a cent façons d'appeler les choses, a-t-il répliqué avec lassitude. Cent façons de les voir, et cent façons de les nommer. Est-ce que ce n'est pas précisément grâce à ce principe que tu fais tourner ton agence ? »

J'ai inspiré profondément. Sans me laisser le temps de répondre, il a repris :

« Tu vois cette enveloppe, là, sur la table de chevet. À l'intérieur, il y a de l'argent en liquide. Je me suis dit que c'était une somme honnête pour ce que je te demande. »

Il m'a dit à combien s'élevait cette somme et j'ai

hésité, c'est vrai. Il l'a probablement senti car il a poursuivi :

« Et ne t'inquiète pas, je t'expliquerai comment faire. C'est simple, tu verras. Les choses en apparence les plus terribles sont toujours les plus simples. »

J'ai senti mes paumes se couvrir de sueur.

« Mais c'est interdit, Adorno, ai-je murmuré. Je veux dire que c'est interdit par la loi. Et si la police l'apprenait ? Si quelqu'un me dénonçait ? Je n'ai pas envie d'aller en prison.

— Tu n'as rien à craindre. Personne ne connaît ton nom, pas même le gigolo. Personne ne connaît ton visage.

— Vous vous trompez. Le voisin m'a souvent vue. Je ne vous l'ai jamais dit, mais il sortait parfois pour se plaindre du bruit. Il pourrait me reconnaître.

— N'aie pas peur, Delphine. De toute façon, si la police devine quelque chose, elle interrogera ma famille, mes amis. Elle n'ira pas soupçonner qu'une femme de ménage soit responsable. »

Une femme de ménage, ai-je pensé, est-ce donc tout ce que j'étais pour vous, Adorno, et j'ai été moi-même surprise de l'amertume qui m'a traversée alors. Je n'ai pas répondu. Il a dû croire que j'essayais d'obtenir davantage, le plus possible ; il a dû se lasser de ce qu'il pensait être un jeu, ou du moins une ruse, puisqu'il a énoncé soudain un chiffre beaucoup plus important, presque le double de sa première proposition. À l'exception de l'héritage de Mme Derovitski, je n'avais jamais eu autant d'argent.

« C'est tout ce que j'ai, a-t-il ajouté. Jusqu'au dernier centime. Dans une autre enveloppe, dans le tiroir de la table. Je me doutais que tu en voudrais peut-être plus. C'est l'argent que j'avais promis à mon gigolo. Mais je suis lâche, tu vois, entre la peur de souffrir et ma promesse, j'ai toujours su que je n'hésiterais pas longtemps.

— Mais lui, justement, ai-je dit. Pourquoi est-ce que ce n'est pas à lui que vous le demandez ? »

Il a détourné la tête, et contre la blancheur de l'oreiller j'ai vu combien son profil était tranchant, combien l'os était apparent en effet ; la mort s'était emparée de lui comme une main se glisse dans un gant.

« Non, a-t-il répondu d'une voix altérée. Je veux qu'il se souvienne d'autrefois. C'est peut-être bêtement sentimental mais tu me connais, Delphine, je veux qu'il se souvienne des paillettes et des faux cils, pas des os sous la peau, et encore moins du garrot, encore moins du reste, de la *merda* et de tout le reste. Il ne me pardonnera sans doute jamais de ne pas lui donner son argent. Mais c'est la vie, Delphine, c'est la vie. »

Il m'a regardée et il a dû lire quelque chose sur mon visage, une appréhension, une crainte d'où le doute s'était retiré. Il a dû comprendre que j'étais d'accord, car il a enfin lâché ma main.

« Et tu n'as pas besoin de me dire que tu ne le fais pas pour l'argent mais parce que tu ne veux pas que je parte seul, a-t-il conclu avec un sourire forcé. Il suffit que tu dises oui, Delphine. »

Cela a été simple, en effet, mais je savais déjà que ce qu'Adorno m'avait dit était vrai : les choses en apparence les plus terribles sont toujours les plus simples. Il a guidé ma main et m'a fait promettre de rester jusqu'au bout pour m'assurer qu'il ne se réveillerait pas le lendemain, la langue pâteuse et les tempes douloureuses, qu'il embarquerait sur le bon bateau, selon ses mots. J'ai aussi promis, quand ce serait fini, de tout mettre dans un sac afin de le jeter dans une poubelle, très loin, dans un autre quartier de la ville. Le soleil a tourné dans le ciel derrière les épais rideaux. À un moment, il a murmuré :

« Parle-moi, Delphine. J'ai un peu peur. Et puis j'ai l'impression que tu ne m'as jamais rien dit, tu as passé tant de temps ici et je ne sais rien de toi, parle-moi, je t'en prie, raconte-moi quelque chose. »

Alors j'ai fait ce que j'avais pensé faire un peu plus tôt, j'ai ôté mes sandales et je me suis allongée sur le lit

« Je ne sais pas quoi vous dire. Je ne sais vraiment pas quoi dire, Adorno.

— Alors commence par le début, a-t-il chuchoté. C'est toujours plus facile de commencer par le début. »

Et c'est ce que j'ai fait. « Je m'appelle Delphine M., ai-je dit. J'ai trente-cinq ans. J'ai passé presque toute ma jeunesse dans une maison d'accueil parce que ma mère n'avait pas le temps de s'occuper de moi. Les employées étaient gentilles, elles chantaient des comptines, elles nous mettaient un sparadrap sur le coude ou le genou quand on s'écorchait. On avait le droit de les appeler nounou, nanny ou par d'autres petits noms, mais elles nous reprenaient si on les appelait maman. Je crois qu'elles auraient pu nous laisser faire, où était le problème, je vous le demande ? Mais je ne me plains pas, on avait des cadeaux à Noël et l'été on partait en vacances au bord de la mer. À seize ans, j'ai été émancipée et je suis partie. Une des assistantes maternelles qui m'avait connue petite m'a dit : "Promets-moi que tu reviendras me voir, Delphine", et j'ai dit oui, mais je n'y suis jamais retournée. Je savais déjà que ce serait plus difficile pour moi de survivre que pour les autres, j'avais déjà une bonne idée de ce qu'il me faudrait faire pour ne pas être pauvre, et dans ces conditions, à quoi bon regarder en arrière. »

Je croyais Adorno inconscient, mais j'ai senti son corps chercher le mien, une tiédeur qui en cherchait une autre, et il a murmuré d'une voix ensommeillée :

« Alors c'est pour ça que tu es une pierre, une pierre que le parfum n'arrive pas à attendrir. Ma petite pierre, qu'ont-ils fait de toi ? »

Puis son visage s'est approché du mien et j'ai senti son haleine sucrée, une haleine de raisins trop mûrs, tandis qu'il répétait : « Qu'ont-ils fait de toi, ma petite pierre ? »

Il a appuyé son front contre le mien, et je n'ai pas bougé. Du temps a passé. Je crois que je m'étais presque endormie quand il a remué à nouveau ; son bras a tressailli et est venu se poser sur le mien, et il a dit d'une voix presque inaudible : « Tu es là. Je savais que tu serais là. » J'ai compris que ce n'était pas à moi qu'il parlait, ce n'était pas moi qu'il imaginait être près de lui, mais je ne l'ai pas détrompé, je ne me suis pas dérobée quand sa bouche a cherché la mienne, même s'il n'avait pas été question de ça. C'est mon cadeau, Adorno, ai-je pensé, et m'est revenu en mémoire le lit de Mme Derovitski dont j'avais lissé les draps au lendemain de son attaque pour chasser le souvenir des mauvais rêves. Le baiser d'Adorno a été passionné, j'ai senti sa langue dans ma bouche, sa salive se mêlant à la mienne, il a mordu doucement mes lèvres puis à nouveau son visage s'est pressé contre le mien, et sur ma peau son souffle est devenu de plus en plus irrégulier.

Je ne l'ai pas regardé. Je n'ai plus jamais regardé son visage. J'ai tenu les yeux fixés sur le rectangle de plus en plus sombre de la fenêtre derrière les rideaux tirés, je ne pensais à rien sinon au goût dans ma bouche qui semblait non pas se dissiper mais gagner en intensité, se solidifier presque, j'avais l'impression d'étouffer, comme s'il s'agissait d'une résine claire et compacte, je me demandais si j'aurais un jour un autre goût dans la bouche que celui des lèvres d'Adorno.

Beaucoup plus tard, j'ai posé comme il m'avait montré deux doigts sur son cou, toujours sans regarder son visage, et je me suis levée. J'ai pris les deux enveloppes, celle qui était posée sur la table de chevet et celle qui était dans le tiroir. Mais je n'ai pas tenu ma promesse. Je n'ai pas emporté les cahiers violets pour les remettre au gigolo ; je me disais que c'était inutile et, bien sûr, tant que Jones ignorerait la mort d'Adorno, il ne chercherait pas à savoir ce qu'était devenu son argent. Promesse non tenue pour promesse non tenue, ai-je pensé à l'intention d'Adorno, c'est la vie, vous l'avez dit vous-même.

Mais je ne m'en suis pas débarrassée non plus. Je ne les ai pas jetés dans la poubelle de l'immeuble, je ne les ai pas emportés pour les déchirer ou les brûler plus tard, chez moi. Je ne sais pas pourquoi. Je les ai mis au fond d'un tiroir avec des brochures et de vieilles factures en me disant que celui qui les trouverait s'imaginerait qu'il s'agissait d'une sorte de journal intime et que, quoi qu'il en soit, il n'aurait sans doute pas la possibilité de contacter le gigolo. Ainsi, comme je l'avais fait quinze ans plus tôt chez Mme Derovitski, j'ai quitté un appartement silencieux, un appartement vide, pourrait-on dire, en laissant des mots d'amour presque cachés, mais pas tout à fait.

16

Quand je suis arrivée à l'agence, je tenais encore à la main le sac plastique dans lequel j'avais rassemblé les affaires d'Adorno – je ne trouvais pas d'autre façon d'appeler cela, ses *affaires*. J'étais passée devant plusieurs poubelles mais je n'avais pas réussi à les jeter, je me disais sans cesse la prochaine fois, et finalement je ne m'en étais pas débarrassée. Je pensais que je ressortirais plus tard, à la nuit tombée, et pourtant j'avais peur, une peur irraisonnée, que des policiers forcent ma porte, découvrent le sac et ce qu'ils considéreraient forcément comme des preuves de ma culpabilité, et m'envoient en prison.

Marja était rentrée chez elle. J'ai allumé tous les plafonniers et les lampes et, sans même prendre le temps d'enlever mon manteau, je lui ai téléphoné. Je lui ai dit que je partais quelques jours en vacances, que j'avais croisé par hasard dans la rue une ancienne amie qui m'avait invitée dans sa maison, à la campagne. Elle a eu l'air surpris, mais a dit d'un ton encourageant :

« Mais oui, allez-y, mademoiselle. Vous ne partez

jamais, ça vous fera du bien de respirer un peu d'air frais. Je m'occuperai de tout, ne vous inquiétez pas. »

J'ai raccroché et je suis allée dans mon appartement, derrière la porte de séparation. Une fois dans la chambre, je me suis assise sur le lit, la tête douloureuse. J'avais le sac plastique sur les genoux. Quand je le palpais, je sentais une matière très douce, un linge peut-être ou du coton, et d'autres choses, des flacons qui tintaient les uns contre les autres. J'ai fendu le plastique avec l'ongle et j'ai senti un léger parfum, et aussi l'odeur de raisins trop mûrs de l'haleine d'Adorno. J'ai ôté mes sandales, je me suis déshabillée et je me suis glissée sous les draps. Le sac était posé à côté de moi, près de l'oreiller. Quand je ne sentais plus rien, il me suffisait d'y appuyer la main pour que s'en échappe de l'air chargé de nouveaux effluves.

Je suis restée trois jours dans l'appartement. Je prenais soin de ne pas allumer la lumière, de ne pas tirer la chasse d'eau, de ne pas faire le moindre bruit. J'avais toujours mal à la tête, J'ai dû attraper froid, me disais-je, c'est ridicule, le printemps est si doux. Je n'ai pas demandé à Marja d'aller m'acheter des médicaments. Je suis sûre pourtant qu'elle aurait pris plaisir à me soigner, elle m'aurait sans doute préparé du lait chaud comme elle devait le faire pour Titouan quand il avait de la fièvre, elle se serait sans doute sentie plus forte de me voir ainsi affaiblie. Je ne sais pas pourquoi j'ai préféré rester seule de mon côté de la porte comme un animal malade. J'avais entrouvert les rideaux côté cour et je regardais les grilles de la fenêtre changer de couleur au fur et à mesure que le jour passait, du noir profond à un gris presque tendre. Derrière la porte de séparation que j'avais fermée à clef, j'entendais Marja parler au téléphone, rire parfois et chantonner quand elle était seule, je l'entendais arriver le matin et partir le soir, s'absenter dans la journée quand elle avait un rendez-vous à l'extérieur.

Le troisième jour était un dimanche. En fin d'après-midi, je me suis forcée à me lever. Je me suis habillée, j'ai pris le sac plastique et je suis allée le jeter dans une poubelle à dix rues de là. Il ne dégageait plus la moindre odeur, du moins je ne sentais plus rien, alors c'est peut-être ce que j'avais attendu, que disparaissent les dernières traces de l'odeur d'Adorno.

Sur le chemin du retour, je me suis aperçue que les trottoirs plantés d'arbres étaient recouverts d'une telle épaisseur de pétales qu'on aurait cru de la neige. C'était une belle journée, me suis-je dit, qu'importait désormais que le soleil brille, puisque Adorno n'était plus là pour souffrir de sa lumière.

Adorno

. . . .

57 850 euros.

17

J'ai pris le bus pour aller chez Jones. Quand je suis montée, un vieillard s'est levé pour me laisser sa place et je me suis assise en le remerciant d'un signe de tête, puis j'ai fermé les yeux parce que je devinais qu'il avait envie de parler. En temps ordinaire, je serais restée debout, mais j'avais encore une impression de lourdeur dans le ventre. Une demi-heure plus tard, je suis descendue dans un quartier pauvre que je ne connaissais que de nom.

Près de l'arrêt de bus se trouvait une petite épicerie presque vide à part quelques boîtes de conserve ou de lessive, et des cageots d'oranges. Derrière la caisse était assis un garçon à la peau foncée qui écoutait un vieux poste de radio et semblait s'ennuyer. Je lui ai demandé mon chemin et il m'a répondu sans quitter son poste de radio du regard. La rue où habitait Jones était étroite et de chaque côté stagnait un filet d'eau sombre où poussaient des herbes brunes. L'interphone était cassé, j'ai appuyé plusieurs fois dessus sans autre réponse qu'une faible plainte, puis j'ai poussé la porte et elle s'est ouverte. En gravissant les marches, j'ai songé fugitivement à l'argent dont Jones aurait dû hériter et qu'il n'avait jamais reçu à cause de moi. Vous n'aviez qu'à être là, ai-je pensé, vous n'aviez qu'à vous débrouiller pour être là. Que croyez-vous que j'ai fait durant toutes ces années sinon parvenir à être précisément là où il le fallait, quand il le fallait ? Croyez-vous que la vie fait des cadeaux ? Non, la vie ne fait aucun cadeau. Je ne me sentais coupable de rien, je me revoyais prendre dans le tiroir du chevet l'enveloppe sur laquelle il était écrit *Jones* et je l'aurais refait s'il l'avait fallu. Je me demandais simplement pourquoi Jones n'avait pas trouvé un autre amant riche, un autre protecteur, il s'était écoulé un an depuis la mort d'Adorno, il aurait dû avoir le temps de séduire quelqu'un d'autre, un homme, une femme. De la fenêtre de l'escalier, j'ai vu une cour intérieure emplie d'hortensias et je me suis étonnée qu'un locataire s'obstine à apporter cette pauvre beauté dans l'immeuble délabré.

Au deuxième étage, j'ai frappé à la porte sur la droite, comme Jones me l'avait indiqué. J'ai dû attendre longtemps avant qu'il ouvre, peut-être l'avais-je réveillé, ses traits étaient défaits, ses cheveux recoiffés à la hâte. Il portait une chemise légère, un tissu à motifs aussi colorés que son porte-monnaie, des feuilles ou des fleurs, je n'ai pas voulu regarder l'étoffe trop fixement mais cela m'a fait penser à la fête où il avait rencontré Adorno, le jardin au bord du fleuve, la petite jungle où Adorno avait perdu conscience et s'était réveillé pour la première fois avec la main de Jones dans la sienne.

Je me suis demandé si c'était cette histoire que

Jones portait sur le corps, si c'était un souvenir dont il ne se défaisait jamais – le souvenir de cette fête –, un jour cette chemise, un autre jour une feuille séchée dans la poche de son pantalon, ou encore dans son portefeuille une photo de l'actrice sur le retour qui l'accompagnait ce soir-là. Ses manches étaient retroussées et ses bras maigres. Il paraissait fatigué, impatient, et il n'y a eu aucune gentillesse dans le sourire qu'il m'a adressé. Il a reculé d'un pas et m'a fait signe d'entrer.

L'appartement était petit, plongé dans la pénombre à cause des rideaux tirés devant les fenêtres, et il y régnait la même odeur douceâtre d'humidité et de curry que dans la cage d'escalier. La première pièce était un salon peint de couleur sombre, une sorte de gris taupe, meublé d'un canapé rouge et de deux fauteuils rouges aussi, et cette fois c'est à mon double que j'ai pensé, à la robe et au chapeau rouges de l'émissaire des jeux vidéo de Yarol.

« Je n'étais pas sûr que vous viendriez », a-t-il lancé dans mon dos, et j'ai haussé les épaules.

« Vous ne m'avez pas vraiment laissé le choix. Des injures, des menaces, je n'ai pas l'impression d'avoir été libre de décider. »

Je regardais autour de moi avec plus de curiosité que je n'aurais dû en montrer. Jones s'en est sûrement aperçu puisqu'il a commenté :

« Je l'ai loué dès que j'ai eu les moyens d'avoir un endroit à moi. J'avais dix-neuf ans. J'ai souvent habité des appartements plus chic, mais j'ai gardé celui-là. J'y suis toujours revenu pendant les périodes de vaches maigres. J'ouvre les fenêtres, je passe un coup de balai, et j'ai l'impression de n'être jamais parti. »

Il ne m'a pas proposé de visiter, au contraire des clients, qui cherchent à m'emmener dans leur chambre, leur salle de bains, qui ouvrent des portes et des tiroirs et me montrent de vieilles photos, comme s'ils estimaient que le peu que nous allons partager fait de moi un membre de la famille, ou du moins une amie très proche. Il s'est contenté de dire, un petit sourire aux lèvres : « Les hortensias m'ont toujours attendu », et j'ai été surprise d'entendre que c'était lui le jardinier, le rêveur qui faisait pousser ces fleurs dans l'arrière-cour.

« Asseyez-vous, a-t-il repris. Je vous conseille le canapé, les ressorts des fauteuils sont en mauvais état. Vous voulez boire un café, un verre d'eau ?

— Un café, s'il vous plaît », ai-je répondu.

Il s'est dirigé vers la cuisine. Par la porte entrouverte, j'ai vu un chauffe-eau entouré de ces colliers de fleurs en plastique qu'on trouve dans les magasins indiens, un petit frigidaire couvert d'autocollants, une table en formica verte décorée au marqueur, on aurait dit une pièce où auraient dîné des enfants, ou un tout jeune couple, des gens plus heureux en tout cas que Jones ne semblait l'être.

Je me suis assise sur le canapé comme il me l'avait conseillé. Le velours était râpé et sentait la poussière chaude. Le siège était trop bas, mes genoux trop hauts, et j'avais l'impression d'avoir quelque chose de tiède et d'encombrant sur les cuisses, un ballon, un lainage, mais je n'ai pas essayé de me redresser. Je craignais que Jones ne s'aperçoive de ma maladresse, qu'il comprenne combien ce ventre m'était étranger ; je n'avais pas appris à bouger avec, j'étais une mauvaise danseuse, de celles qui doivent compter leurs pas en remuant les lèvres, et je n'avais jamais suffisamment de temps pour accorder mes gestes à ceux de cette minuscule partenaire. J'ai entendu Jones ouvrir le frigidaire, mettre de l'eau à chauffer, puis la verser sur du café instantané. Il est revenu et m'a tendu ma tasse. Quand je la lui ai prise des mains, je me suis aperçue qu'il flottait sur le café une drôle de mousse grise et je me suis demandé si c'était une potion destinée à m'obliger à dire la vérité, puis je me suis dit : Arrête de rêvasser.

« Je dois vous demander quelque chose, ai-je dit. Est-ce que vous avez la moindre preuve de la relation que vous revendiquez entre Adorno et vous ? Un mot écrit de sa main, une lettre, une photo ? »

Il s'est dirigé sans répondre vers une petite table de bistrot en marbre disposée dans un angle de la pièce et a pris la photo qui s'y trouvait, appuyée contre un vase vide. Elle n'était pas, comme celle d'Adorno, dans un cadre en argent mais dans une feuille de papier cristal pliée en deux qui la protégeait de la poussière mais la masquait aussi presque complètement, une photo de pauvre, ai-je pensé.

Il est revenu sur ses pas et me l'a tendue. Ce n'était pas une photographie de grande qualité non plus, elle était surexposée et un peu floue, mais j'ai reconnu aussitôt les deux hommes qu'on y voyait. Le plus frêle était Jones ; il tenait enlacé un autre homme qui tirait à l'objectif une langue rose et pointue comme celle d'un chat – Adorno avant que la maladie ne ronge sa chair, ne couvre sa peau de taches brunes. Je l'ai reconnu aussitôt en dépit de ses joues pleines, de ses lèvres charnues et colorées. Jones, lui, n'était pas très différent, il était juste un peu plus jeune, moins usé, moins fatigué. Je lui ai rendu la photographie et il est allé la remettre sur la table en prenant soin de la glisser dans sa feuille de papier cristal.

« J'aimerais aussi savoir comment vous nous avez trouvés, ai-je poursuivi. Si je vous pose la question, c'est que nous pratiquons des règles de confidentialité très strictes. »

En fait, vous n'auriez jamais dû entrer en possession de ces cahiers, ai-je pensé, vous n'auriez même jamais dû savoir qu'ils existaient, je les ai cachés avec tant de soin dans ce tiroir où n'étaient rangés que des papiers sans importance. Qui a deviné qu'il ne s'agissait pas de simples cahiers de brouillon, qui a deviné qu'ils vous étaient adressés et s'est donné la peine de vous chercher ?

Pour la première fois, Jones a esquissé un sourire, comme s'il était incapable de percevoir de la défiance dans ma question mais qu'il éprouvait encore le soulagement, le plaisir, d'avoir mené sa quête à bien.

« Ça n'a pas été facile. Je savais qu'Adorno avait embauché quelqu'un, une femme de ménage, une dame de compagnie, je ne sais plus quel terme il employait, et que cette personne l'avait assisté pour écrire les cahiers. Je me suis dit qu'elle serait sûrement la seule à pouvoir m'aider à les retranscrire. Ils sont presque indéchiffrables et la lecture n'a jamais été mon fort », a-t-il ajouté en se troublant pour la première fois, et je me suis souvenue de mes débuts difficiles aux côtés de Mme Derovitski, des cours du soir si lointains. « Pendant un an, je suis allé voir toutes les agences qui proposent ce genre de services. J'ai pris un annuaire et j'ai coché les noms au fur et à mesure. Je prenais rendez-vous, je racontais la même histoire qu'à vous, j'observais les employés. J'ai l'habitude de percer les gens à jour. Je suis allé voir des dizaines d'agences, mais ça n'était jamais la bonne. En fait, je commençais à me demander si Adorno ne vous avait pas inventée. »

J'ai eu du mal à cacher ma surprise. Moi aussi, j'avais cru qu'Adorno avait inventé cet amant par peur de la mort, par désir d'être consolé. Comme il est curieux que nous nous soyons tous les deux imaginé que l'autre était la création d'Adorno – mais peut-être est-ce exactement cela, ai-je pensé, peut-être n'existons-nous que dans l'imagination d'un mort dont les rêves ont survécu.

« Quand vous êtes arrivée dans la salle d'attente, a-t-il repris, j'ai tout de suite su que c'était vous. Vous aviez exactement l'air de la femme dont Adorno m'avait parlé. Même s'il y avait des choses auxquelles je n'avais pas pensé. Que vous attendriez un bébé, par exemple. Ou que vous seriez jolie. »

Il m'a regardée en souriant et j'ai senti que ses mots atteignaient en moi un endroit vulnérable dont j'ignorais même l'existence, puis je m'en suis voulu d'avoir été sensible à une flatterie aussi commune.

« Merci de m'avoir répondu, monsieur Jones. Maintenant, dites-moi ce que vous voulez », ai-je dit avec froideur.

Il s'est laissé aller contre le dossier du fauteuil, a croisé les bras derrière sa nuque, et je n'ai pas pu m'empêcher de regarder le triangle de chair bistre au pli du coude.

« Je vous l'ai dit, a-t-il répété d'un ton patient, presque doux, comme s'il essayait de raisonner un enfant têtu. Je veux que vous tapiez ces cahiers, et surtout je veux que vous les complétiez. Je veux que vous y notiez ce que faisait Adorno à la fin, quand il était trop malade pour écrire. Je veux savoir ce qu'il a dit, ce qu'il a fait, ce qu'il a mangé. S'il dormait bien, s'il avait mal. S'il vous parlait de moi.

— Avant d'aller plus loin, je voudrais préciser qu'Adorno ne m'a pas employée jusqu'à sa mort, ai-je menti. Au mois de mars, il m'a signifié qu'il n'avait plus besoin de moi et qu'il préférait engager une infirmière. Je ne sais pas ce qui s'est passé après ça.

— Vous ne savez pas ?

— Non. Je sais seulement qu'il est mort entre mars et l'été. Ma dernière facture m'est revenue en juillet, avec la mention "décédé".

— Il est mort d'un arrêt respiratoire, a-t-il dit. Le 15 mai. C'était un jeudi. »

J'ai dit : « Je suis désolée », du ton formel et feutré que j'emploie toujours dans ces cas-là. Jones m'observait dans la pénombre de la pièce. J'ai soutenu son regard, puis j'ai pris ma tasse et je l'ai portée à mes lèvres. La mousse grise avait un goût de sucre et de crème artificiels.

« Vous avez travaillé pour lui pendant un an, a-t-il repris. Il vous a sûrement raconté beaucoup de choses. J'ai fréquenté des gens riches, vous savez. Ils disaient toujours que c'était leur femme de ménage qui les connaissait le mieux. »

J'ai baissé les yeux. Femme de ménage – c'est le terme qu'avait utilisé Adorno : La police ne soupçonnera pas une femme de ménage, avait-il dit, et j'en avais été blessée, ce qui était absurde, j'avais toujours tenu une serpillière sans plus de déplaisir qu'un livre. Pourtant, je n'ai pas pu m'empêcher de répliquer :

« Je n'étais pas vraiment une femme de ménage. »

Jones a souri sans répondre, mais il aurait aussi bien pu dire : Je suis un gigolo et vous êtes une femme de ménage, ou ceci ou cela, vous et moi sommes ce qu'on nous demande d'être, à quoi bon jouer sur les mots.

« Je vais vous le répéter une dernière fois, monsieur Jones, ai-je dit. Je ne me souviens pas de votre ami. Vous ne pouvez pas me demander d'inventer des souvenirs, ça n'aurait aucun sens. Vraiment, je ne me rappelle rien. »

Je ne sais pas où Jones avait puisé la certitude qu'en dépit de ce que j'affirmais je me souvenais de chacun des gestes d'Adorno. Je ne peux que penser, une fois encore, qu'il était doué de la même capacité que moi à lire dans l'esprit des gens malgré leurs protestations les plus véhémentes. N'importe qui aurait douté, se serait ravisé, se serait résigné à ce que les cahiers violets ne soient qu'une fausse promesse, une chimère, mais lui n'a pas hésité, n'a même pas semblé troublé. Il s'est contenté d'agiter le doigt comme s'il me menaçait.

« Delphine, Delphine, a-t-il dit. Pourquoi est-ce que

vous mentez ? Je suis sûr que votre mémoire – cette jolie tête – est une petite machine à enregistrer. Vous n'auriez qu'à appuyer sur un bouton pour que tout ressorte à la minute près, jour après jour, heure après heure.

— Pourquoi avez-vous besoin de moi ? ai-je dit brusquement. En quoi ces cahiers sont-ils si importants ? Tous ces jours, toutes ces heures, vous devez bien vous en souvenir, je suis certaine que vous êtes une vraie machine à enregistrer vous aussi. Vous n'avez pas besoin de moi – ou alors c'est qu'Adorno ne vous aimait pas tant que ça, que vous avez partagé moins de choses que vous le dites, que vous n'étiez qu'un petit élément de sa vie. Vous n'étiez peut-être pas le seul. Le seul homme dans son cœur, je veux dire. C'est peut-être cet autre homme qu'il faudrait trouver pour reconstituer l'emploi du temps d'Adorno. »

Je ne sais pas pourquoi j'ai suggéré cela, alors que je pensais : Pourquoi n'avouez-vous pas que vous cherchez tout à fait autre chose, la trace d'un jour où vous n'étiez pas là, d'un moment, en particulier, où une main a planté une aiguille dans une veine, pris une enveloppe sur un chevet, glissé des cahiers violets au fond d'un tiroir dans l'espoir qu'on ne les trouve jamais ?

La colère, je dis la colère à défaut de savoir de quelle émotion il s'agissait, qu'a exprimée alors le visage de Jones était si violente que j'ai eu peur ; mais j'ai ressenti autre chose aussi, le même trouble, le même bouleversement que lors de notre première rencontre. Il s'est levé, a fait le tour de la table basse et s'est assis à côté de moi. Il est resté longtemps là, immobile, si près que je voyais la peau abîmée sur sa joue droite, les taches brunes dans l'iris de son œil, l'une d'elles si large qu'elle recouvrait presque sa pupille. Il a soupiré et j'ai senti le café dans son haleine.

« Vous ne savez rien de ce qui existait entre Adorno et moi, a-t-il murmuré enfin. Je vous interdis de nous juger. Vous avez compris ? »

Ma peur était sans doute plus forte que l'autre sentiment car j'ai préféré hocher la tête sans un mot. Il a tendu la main et m'a saisi le menton entre le pouce et l'index, sans brutalité mais sans douceur non plus.

« La discussion s'arrête là, Delphine, a-t-il repris. Souvenez-vous de ce que je vous ai dit hier : vous n'avez pas le choix. Vous n'avez pas intérêt à ce que votre petite entreprise sorte de l'ombre. Vous n'êtes pas grand-chose de plus qu'une prostituée, une maquerelle, dans tous les sens du terme. »

J'ai senti le sang me monter au visage ; jamais on ne m'avait menacée ainsi, jamais on ne m'avait parlé de *Pour Vous* comme de quelque chose d'odieux, les plus violents reproches de mes clients étaient toujours teintés d'une ombre de respect.

« Moi aussi, je sais ce que vous faites, ai-je répliqué avec peine. Adorno me l'a dit. Je connais votre nom, je sais où vous habitez. Je pourrais appeler la police. Je connais la loi aussi bien que vous.

— Appeler la police, mais pour leur dire quoi, *cara* ? a-t-il dit avec un sourire doux et venimeux. Oui, des gens riches me donnent de l'argent. Mais je ne leur demande pas de signer un contrat, je ne tiens pas des comptes d'épicier. Vous ne trouverez rien ici qui puisse intéresser la police. Mais ce n'est pas votre cas, j'en suis sûr. Oui, je suis sûr que votre joli bureau est rempli de dossiers soigneusement classés, vous êtes ce genre de femme, ça se voit sur votre visage. Je me trompe ? »

Je n'ai pas répondu. Je pensais aux contrats dont j'étais si fière, au polaroid des clients agrafé en haut de chaque fiche, aux doubles que conservait le notaire. Jones s'est détourné, puis il s'est penché à nouveau vers moi, et à cet instant j'ai pensé absurdement qu'il allait m'embrasser, comme la veille au moment de partir, mais il s'est contenté d'ouvrir ma sacoche, de mettre les cahiers à l'intérieur, puis de glisser la bride de la sacoche à mon épaule.

« Voilà, ma chère Delphine. Vous allez vous occuper de ce que je vous demande sans faire d'histoires. Dans une semaine ou dix jours, nous pourrons oublier tout ça, oublier même que nous nous sommes rencontrés. »

Je me suis arrachée au canapé avec difficulté – voilà, la maladresse de mes mouvements, l'étrangeté de mon ventre, je n'avais pas réussi à les dissimuler plus longtemps. J'ai boutonné mon manteau, les mains tremblantes.

« Vous croyez savoir qui je suis, ai-je dit. Mais vous vous trompez. Et vos menaces ne me font pas peur. »

J'avais l'impression d'étouffer, mais je n'aurais pas su dire si c'était de colère ou d'humiliation. Jones m'a regardée avec un sourire cruel.

« Savoir qui vous êtes ? a-t-il répliqué. Je ne crois pas qu'il y ait grand-chose à savoir. D'ailleurs, vous voulez que je vous dise ? Vous ne m'intéressez pas. »

J'ai haussé les épaules. Je ne sais pas quelle réserve de forces, quel réflexe de professionnalisme m'ont retenue de faire ce dont j'avais envie, frapper ce visage double, cracher dessus, l'injurier. Au lieu de cela, j'ai incliné la tête pour prendre congé et je me suis dirigée vers la porte. J'ai descendu l'escalier sans un regard pour les hortensias fleuris dans l'arrière-cour. J'étais arrivée en bas quand je me suis aperçue que j'avais oublié de facturer à Jones les cinquante euros de la consultation ; j'en ai été contrariée mais cela m'a apaisée, comme si je retrouvais l'essentiel, et j'ai pris note de lui réclamer la somme à la visite suivante. Je n'ai pas attendu le bus devant la petite épicerie, j'ai préféré marcher et, tout en marchant, j'essayais d'imaginer un plan de secours, une solution de repli, mais rien ne me venait à l'esprit. Racontez à qui vous voulez que vous vous intéressez à l'agonie d'Adorno, ai-je pensé, mais pas à moi. Ces cahiers ? Ces témoignages ? Vous ne cherchez que l'argent qu'il vous avait promis. Vous ne ressemblez pas à mes clients, Jones, vous ne collectionnez pas les mèches de cheveux, les fausses lettres, les adieux inventés ; vous vous fichez de ce qui est fini, de ce qui est terminé, enterré – et je me suis surprise à dire ce que j'avais toujours nié quand Adorno l'affirmait : Vous êtes comme moi, Jones, vous êtes comme moi, vous aimez l'argent, vous n'aimez que vous.

Je me suis rendu compte que je parlais à voix haute en marchant, « Jamais je ne vous rendrai ce que vous imaginez être votre héritage, disais-je, jamais je ne vous laisserai briser ce que j'ai mis vingt ans à construire », mais même alors je savais que je pensais à l'argent pour éviter de songer à Jones, Jones qui parvenait à fissurer mon indifférence dans la peur et le plaisir. Puis j'ai inspiré profondément et j'ai ralenti le pas, car des enfants qui jouaient sur le trottoir me regardaient les yeux écarquillés. Tout cela va mal finir, me suis-je dit, et j'ai pensé aux papillons ou aux mouches qui m'avaient semblé accompagner Jones quand je l'avais vu au parc pour la première fois.

Combien avait été inutile le soin avec lequel je m'étais protégée, puisque aujourd'hui l'amour et la mort arrivaient main dans la main dans ma vie comme de vieux amis.

18

Je ne sais pas combien de temps j'ai marché ainsi. Je ne pleurais plus mais mes yeux brûlaient et je guettais vainement un arrêt de bus, j'aurais voulu trouver un abri en plexiglas et ses bancs orange et sales, et si un vieillard m'avait offert sa place je l'aurais acceptée avec gratitude, j'aurais même été prête à l'écouter s'il avait eu envie de parler. J'étais si fatiguée que je trébuchais malgré les chaussures plates que Mme Soignes m'obligeait à porter et la ville me semblait de plus en plus étrangère, les immeubles de plus en plus délabrés. Entre eux couraient des bandes de terre où poussaient des mauvaises herbes et des arbustes en fleurs ; malgré les tessons de bouteille et les sacs plastique qu'on devinait, malgré les relents d'urine, cela me faisait penser au jardin où Jones et Adorno s'étaient rencontrés – c'était le même désordre végétal, le même cadre de débauche aussi, et à un moment j'ai aperçu deux formes plaquées l'une contre l'autre, appuyées au mur, si étroitement enlacées que je n'ai pas pu voir s'il s'agissait d'un homme et d'une femme ou de deux hommes, j'ai juste entrevu la chair de leurs jambes nues et j'ai détourné les yeux.

Le scooter devait me suivre depuis un moment, au ralenti, le ronronnement du moteur si ténu qu'il se fondait dans le grondement de la circulation, une petite musique à laquelle je n'avais pas pris garde, une chanson qui m'avait bercée plus qu'elle ne m'avait inquiétée, ou peut-être étais-je simplement trop troublée pour y prêter attention. La rue que je suivais depuis que j'avais quitté l'appartement s'est transformée soudain ; devant moi l'asphalte était craquelé, fendu, la route semblait abandonnée. J'ai hésité au bord du trottoir et c'est alors que le scooter est venu s'arrêter devant moi, me barrant la route.

C'était un vieux scooter rouge et le conducteur portait un casque noir qui ne dissimulait pas son visage, il ressemblait à un casque militaire, un bonnet métallique attaché par une lanière sous son menton, mais l'homme était à contre-jour et je ne distinguais pas ses traits. Des lunettes d'aviateur cachaient ses yeux.

« Vous êtes perdue », a-t-il dit.

Ce n'était pas une question mais une affirmation. Il a encore rapproché le scooter et j'ai serré mon sac contre moi. Je m'étais sortie de mille situations dangereuses au cours des années, mais je n'avais pas alors ce gros ventre et cette démarche maladroite, ces yeux rougis de larmes et ces traînées de mascara sur les joues. J'avais le sentiment que l'un et l'autre me rendaient pareillement vulnérable.

« Non, je ne suis pas perdue, ai-je répondu d'une voix neutre. Je cherche le prochain arrêt de bus.

— Vous cherchez pour rien. Vous pourriez marcher pendant des heures. Le terminus du bus se trouve à vingt minutes derrière vous. Vous êtes perdue, Delphine. »

En entendant mon nom, j'ai été surprise, bien sûr, j'ai cherché les yeux derrière les lunettes d'aviateur, mais la lumière m'éblouissait toujours et je suis descendue du trottoir pour mieux le voir. Sa voix me semblait familière mais je n'arrivais pas à la reconnaître. Peut-être est-ce Jones, ai-je pensé soudain, peut-être s'est-il inquiété de savoir si j'allais ou non retrouver mon chemin, peut-être est-il descendu s'assurer que j'allais bien, s'excuser, me consoler. Je ne sais pas pourquoi j'ai ressenti un tel sentiment de joie à cette idée, nous nous étions si mal quittés, un moment plus tôt je le haïssais mais à cet instant précis j'avais envie de rire et de prendre son visage entre mes mains, Oui, j'étais perdue, aurais-je dit, heureusement que tu es venu. Je me suis souvenue de mon malaise, au bureau, finalement personne ne s'inquiétait de moi, sauf Marja peut-être, j'étais seule à m'inquiéter des autres et je ne pouvais en tirer aucune gratification puisqu'ils me payaient pour le faire, je n'avais même pas la consolation de me dire que j'étais bonne ou généreuse. Le soleil a glissé sur la droite, s'est caché derrière le toit d'un immeuble ; je souriais déjà, j'avais oublié ma fatigue, j'avais renoncé aussi à comprendre pourquoi j'avais envie de rire ainsi, d'un rire léger comme un grelot, mais alors j'ai vu les cheveux couleur châtaigne, les yeux vert pâle, le sourire toujours un peu contraint. C'était Yarol.

J'ai senti mon sourire se dessécher sur mes lèvres, le rire grelot mourir dans ma poitrine. J'ai porté vivement ma main à mes yeux pour essuyer les traces de mascara. Il avait quelque chose d'un soldat en effet sous le casque métallique, un air martial, ou triomphal peut-être, comme s'il avait mené une mission à bien, mais son sourire a pâli quand il a vu disparaître le mien.

« Vous attendiez quelqu'un d'autre », a-t-il dit, et j'ai secoué la tête.

« Pas du tout, ai-je menti. J'ai été surprise de vous voir, c'est tout. Je ne savais pas que vous aviez un scooter. »

Il a baissé les yeux, a fait courir un doigt sur le guidon.

« Ma mère me l'a acheté hier, a-t-il dit, pour que je sorte plus souvent. Elle voulait m'en acheter un neuf, avec un de ces casques modernes qui vous cachent le visage, mais je n'ai pas voulu. J'avais envie d'un scooter et d'un casque qui soient déjà allés à la guerre, vous comprenez. »

J'ai hoché la tête, même si cela m'était égal, cette histoire de scooter et de guerre, Que sais-tu de la guerre, ai-je pensé sombrement, tu es à peine sorti de l'enfance. J'oubliais parfois que j'avais commencé à travailler à seize ans et qu'alors c'était la guerre, en effet, quel autre nom aurait-on pu donner à ce que je vivais en ce temps-là.

« Qu'est-ce que vous faites dans ce quartier ? » ai-je dit en regardant autour de moi – la route si défoncée que son scooter n'aurait pas pu aller plus loin, les passages de mauvaises herbes jonchés de seringues et de vieux préservatifs séparant les bâtiments délabrés. « Vous connaissez quelqu'un qui habite par ici ? »

Il m'a regardée tout en défaisant la lanière de son casque, et quand il l'a enlevé j'ai vu que ses cheveux étaient collés sur son front par la sueur, comme s'il avait dormi au soleil.

« Non », a-t-il dit avec cette sincérité qui le rend parfois touchant et parfois exaspérant, Yarol n'a pas encore compris qu'il est nécessaire de savoir mentir, que le monde repose sur le mensonge et que trop de vérité y mettrait le feu comme à une maison de paille. « Non, je vous ai suivie depuis l'agence jusqu'à l'arrêt de bus, puis j'ai roulé derrière le bus et j'ai attendu en bas de l'immeuble. Vous ne m'avez pas vu quand vous êtes sortie. Vous pleuriez.

— Je ne pleurais pas, ai je répliqué d'une voix sèche, et je n'aime pas que vous me suiviez, Yarol. Je suis allée voir un client, la vie des autres ne vous regarde pas.

— Mais la vôtre me regarde, a-t-il dit avec gravité. C'est pour vous que je suis ici. Je savais que vous aviez des ennuis, Delphine. Que vous étiez perdue, oui, perdue. »

Je l'ai fixé sans répondre et il a poursuivi de la même voix grave, en remettant son casque sur sa tête après avoir repoussé les mèches de cheveux humides collées sur son front :

« Votre double, dans *Yours* ? Votre petit personnage, ce matin, dans sa robe rouge et son chapeau rouge, il allait mal. Très mal. Comme suspendu à un fil. Alors j'ai pensé que vous aviez besoin de moi. »

J'ai haussé les épaules, j'ai fait demi-tour et je suis repartie vers l'arrêt de bus, mais mes jambes étaient lourdes et je me sentais épuisée. Yarol m'a suivie sans mettre le moteur de son scooter en route, simplement en le faisant avancer avec ses pieds.

« Vous savez ce que je pense de votre petit monde, Yarol, ai-je lancé sans me retourner. Je vous ai déjà dit que je ne voulais pas en faire partie. Et c'est votre mère qui me paie pour que je m'occupe de vous, pas le contraire.

— Les rivières coulent dans les deux sens », a-t-il dit mystérieusement, et je n'ai pas eu le courage de répliquer : Quel est ce jargon, il doit venir de votre site, épargnez-moi ça, Yarol.

Il m'a semblé que la nuit tombait, il était tôt pourtant, mais j'ai frissonné de froid. Yarol a tourné la clef de contact, et à nouveau le ronronnement du scooter s'est élevé dans l'air.

« Je peux vous ramener chez vous », a-t-il murmuré, et il a tapoté la selle derrière lui.

J'ai regardé, incrédule, le siège haut du passager, je ne savais pas comment Yarol pouvait croire que je tiendrais assise avec ce gros ventre, je nous imaginais lui et moi et le scooter rouge, aussi fragiles qu'un insecte, une coccinelle.

« Je sais conduire, a-t-il dit en souriant. Et puis vous allez mettre ça. »

Il a ôté son casque et me l'a tendu, mais je ne l'ai pas pris.

« Non, ai-je dit sèchement. Je vais attendre le bus. Je ne crois pas que ce soit une bonne idée, Yarol, vous n'êtes sûrement pas assuré pour transporter un passager et je ne pense pas que votre mère apprécierait que je monte sur votre scooter. »

Pourtant j'ai regardé à nouveau la selle. La fraîcheur était de plus en plus prononcée et semblait non pas tomber du ciel mais s'élever de la terre, comme s'il y avait sous nos pieds des caves et des passages, semblables à ceux qui couraient entre les immeubles délabrés mais dénués, eux, d'herbes et de fourrés, des lieux où soufflait une haleine de souterrain traversant la pellicule d'asphalte. J'étais comme réveillée soudain d'une anesthésie, j'avais peur que Jones apparaisse dans la rue et m'aperçoive, j'avais envie, une envie violente, de m'en aller.

« Je vous déséquilibrerais, Yarol, ai-je dit à contrecœur. On tomberait tous les deux.

— Non, non, a-t-il affirmé. Je sais conduire. Montez. »

Il s'est penché vers moi en inclinant le scooter qu'il serrait entre ses cuisses, a tendu le bras et avec des gestes doux, comme s'il essayait de calmer un chien effrayé, il a posé le casque sur ma tête, l'a ajusté, a fermé la boucle de la lanière sous mon menton. Le casque était chaud, un peu humide, je me suis demandé absurdement s'il allait me permettre de lire dans ses pensées ou lui permettre à lui de lire dans les miennes, si c'était l'un de ces instruments qu'on voit dans les films de science-fiction, plus qu'un simple accessoire destiné à empêcher mon crâne de se fendre en heurtant l'asphalte.

« Montez », a dit Yarol.

Je me suis approchée, j'ai appuyé les mains sur le siège et j'ai levé la jambe avec maladresse, mais c'était trop haut et j'ai reposé mon pied à terre. Yarol m'avait regardée faire et il a demandé :

« Vous n'avez jamais fait de scooter, Delphine ?

— Non, ai-je répondu avec sécheresse, à votre âge je travaillais, Yarol », voilà, je l'avais dit, « je n'avais pas le temps de faire du scooter, je n'avais pas non plus les moyens de m'en acheter un, et il n'y avait personne pour m'en offrir. »

Il n'a pas répondu, il n'a pas dit que ce n'était pas sa faute si sa condition, comme disait sa mère, l'empêchait d'aller au lycée et plus encore d'occuper un emploi, et j'ai été un peu gênée de ma remarque, puis j'ai pensé : Il ne s'en aperçoit sans doute même pas, il est sans doute plus heureux dans son monde que beaucoup d'hommes dans la vraie vie. Il s'est contenté de me tendre le bras pour que je puisse y prendre appui et enfin, gauchement, j'ai réussi à me hisser sur la selle. Sans se retourner, il a pris mes mains et les a mises autour de sa taille, mais j'ai préféré me tenir à son blouson, saisissant deux pleines poignées d'étoffe rugueuse. Puis il a démarré. Nous étions presque légers quand nous avons remonté la rue, l'air était à nouveau tiède contre mes bras et les couloirs de verdure semblaient étroits à cause de la vitesse, de simples rubans d'herbe où rien de malsain ou de tragique n'aurait pu se dérouler. Peu à peu, sans presque m'en apercevoir, j'ai desserré les poings et mes doigts sont allés se poser sur sa taille. Je respirais son odeur de lessive et de sueur légère ; j'étais curieuse de tout cela, pas seulement de lui mais de cette proximité, depuis combien de temps n'en avais-je pas connu de semblable ? Quand je travaillais je ne touchais pas mes clients de cette façon-là, il y avait toujours une sorte de paroi vitrée entre nous. Le scooter a tourné à l'angle d'une rue et nous sommes arrivés dans mon avenue, plus que deux feux rouges et Yarol a freiné doucement devant ma porte. D'un coup de pied, il a mis la béquille et m'a tendu la main pour m'aider à descendre. J'ai ôté le casque et je le lui ai rendu. Il a souri en le prenant.

« Dinelph ? a-t-il dit. Elle est tirée d'affaire. »

Il rayonnait. Mais je ne pouvais pas entrer dans son jeu et, avec difficulté, comme on ferme à grand-peine une fenêtre dont le bois a gonflé ou dont le sel a rouillé les ferrures, j'ai tiré à nouveau la paroi vitrée entre nous. J'ai ouvert mon sac et j'ai plongé la main à l'intérieur.

« Combien de temps est-ce que vous avez passé à m'attendre, Yarol ? » ai-je demandé.

Il n'a pas compris aussitôt. Il a répondu sans cesser de sourire :

« Je ne sais pas. Une heure. Deux heures.

— Et le trajet du retour, disons une demi-heure. Je pense qu'on peut arrondir le tout à trois heures. Quatre-vingts euros. »

J'ai sorti mon portefeuille, j'en ai tiré quatre billets que je lui ai tendus. Il ne les a pas pris ; son regard allait de mon visage aux billets comme s'il pensait que je plaisantais, et il a répliqué d'un ton incertain :

« Mais je n'en veux pas. Pourquoi est-ce que vous me donneriez de l'argent ?

— Tout travail mérite salaire, Yarol. Allons,

considérez ça comme de l'argent de poche. Vous achèterez de l'essence pour votre scooter. »

J'ai souri pour que mon geste semble plus anodin, le sien aussi par conséquent, mais il a secoué la tête, les lèvres tremblantes, et j'ai eu le sentiment de l'avoir brusquement chassé de son refuge imaginaire.

« Je n'en veux pas, a-t-il répété. Je voulais juste vous rendre service. »

Et j'ai répondu : « Mais vous m'avez rendu service, Yarol, c'est bien ce que j'essaie de vous faire comprendre. »

Il a gardé le silence. Il a tendu la main, a tourné la clef de contact, mais j'ai glissé les billets dans la poche de son blouson. Il a eu un geste pour les retirer, alors j'ai ajouté très vite :

« Si vous ne les gardez pas, je dirai à votre mère que vous avez profité de votre scooter pour me suivre. »

Il a arrêté son geste, a posé sur sa tête le casque qu'il tenait dans l'autre main, sans l'attacher, et il a démarré. Une camionnette passait à cet instant et elle a dû freiner violemment pour l'éviter, j'ai retenu un cri, j'ai imaginé un instant Yarol à terre, si mal protégé par le casque détaché, la tête fêlée comme une coquille mais laissant échapper un liquide rouge et non doré comme le jaune d'œuf. Mais le cri n'est pas sorti de mes lèvres, je me suis contentée de murmurer : « Vous comprendrez un jour, Yarol, il ne faut jamais rien devoir à personne, et ce n'est pas faire un cadeau que d'obliger quelqu'un à accepter une faveur sans rien exiger en retour. »

Quand j'ai mis les mains dans les poches de mon manteau, machinalement, avant de l'enlever, j'ai vu que Yarol y avait dissimulé un autre de ses papiers, Dieu sait à quel moment il avait réussi à le faire, et sur ce papier il était écrit SONGE.

Marja était rentrée chez elle et je suis allée directement dans mon appartement. J'ai rangé la sacoche en bas de la penderie et glissé le mot de Yarol sous le presse-papiers où j'avais mis tous les autres. J'ai allumé la télé. Il était encore tôt et il n'y avait rien d'intéressant, sur aucune chaîne, mais je voulais chasser de mes pensées les cahiers entourés de leur élastique dans la sacoche, et surtout l'après-midi que je venais de vivre avec Jones. Je suis restée jusque tard dans la nuit le regard rivé sur l'écran, bercée par les mouvements et les voix, par la projection de lumière sur les murs ; il m'a fallu me faire violence pour parvenir à éteindre la télévision et aller me coucher.

Frais personnels : somme versée par Delphine M. à Yarol de Brettes

Déplacement en scooter, seul. Attente devant immeuble durant rendez-vous. Retour en scooter jusqu'à l'agence, transport de la passagère. Conduite satisfaisante.
Temps : trois heures.
80 euros.

Le prestataire de services n'a pas délivré de reçu.

19

« C'est un simple film amateur, a dit l'homme d'un ton d'excuse en désignant l'appareil posé sur le bureau. La qualité n'est pas très bonne, vous verrez. »

Il s'était servi d'un petit caméscope, de ceux que l'on peut cacher aisément au creux de la paume, et j'ai glissé avec précaution la cassette dans un sac plastique transparent, comme une pièce à conviction.

« Celle-là, c'est le mariage de la jeune femme, n'est-ce pas ? » ai-je demandé, et il a hoché la tête.

« Et cette cassette-là, a-t-il repris en m'en tendant une autre, c'est moi. Je me suis filmé après avoir visionné la première, une centaine de fois peut-être. Je me suis aidé des gestes et des déplacements de Camille, a-t-il ajouté avec un sourire contraint. Je les avais même tracés sur le mur de mon salon au crayon à papier. Ça devrait vous rendre la tâche plus facile, j'imagine.

— Ce sera à notre technicien de le dire », ai-je répondu en inscrivant « Camille » sur le premier sac plastique et « M. Ozik » – le nom du client – sur le second. « Mais oui, j'imagine qu'en effet il sera plus aisé de superposer les images. »

Le client est resté immobile pendant que je mettais les deux sacs plastique à l'intérieur d'une enveloppe kraft, puis que j'appelais Marja. Elle avait déjeuné avec un veuf entre deux âges ce jour-là et elle portait un corsage en velours pourpre qui lui comprimait le buste, une jupe et des collants noirs, et il restait du rouge dans les stries de ses lèvres. Elle a souri à l'homme, qui lui a retourné un mince sourire.

« Envoyez au technicien, Marja, ai-je dit. Il fait un travail excellent, ai-je ajouté à l'intention de l'homme, mais ses tarifs sont élevés. Exécution rapide ou normale, que préférez-vous ?

— Rapide », a-t-il répondu sans hésitation, sans même s'enquérir du tarif.

Il s'est léché les lèvres. Il avait des cernes sous les yeux, deux demi-lunes de peau granuleuse, l'air d'un homme qui n'a pas dormi paisiblement depuis longtemps.

« Camille ne m'avait même pas invité à son mariage. Quand elle a vu que j'étais là, elle n'a pas pris la peine de me dire bonjour, et elle m'aurait sans doute fait jeter dehors si elle n'avait pas eu peur du scandale. Je crois qu'elle ne lui avait jamais parlé de moi », a-t-il dit avec réticence, comme s'il se sentait obligé de s'expliquer, et avant que j'aie pu lui dire, comme à mon habitude, qu'il n'avait pas à se justifier, il a poursuivi et je l'ai laissé faire : il ne s'agissait pas de justification mais du besoin de se confier, et j'ai juste consulté discrètement ma montre pour l'exactitude de la facture.

« Et pourtant, a-t-il repris, il y a six mois, nous étions fiancés, nous avions prévu de nous marier exactement à cette époque, au printemps. Mais elle a décidé d'en épouser un autre. À la même période. Presque à la même date. Dans la même église. Vous trouvez ça normal ? »

Je n'ai dit ni oui ni non, je me suis contentée de pousser le paquet de kleenex lilas vers lui mais ses yeux restaient secs au-dessus de la meurtrissure du chagrin.

« Si c'est la seule chose que je peux sauver, je m'en contenterai, a-t-il lancé avec une passion soudaine. Ce film de mariage. Je veux que cet homme disparaisse, qu'il cesse de la toucher, je veux que ce soit moi qui embrasse Camille sur les marches de l'église, que ce soit moi qui reçoive le riz dans les cheveux – vous verrez, j'en ai mis sur ma tête, sur mes épaules, dans mon film –, je veux que ce soit moi qui l'emmène dans la limousine couverte de fleurs. Je n'aurais sans doute pas pu lui offrir un mariage comme celui-là, a-t-il conclu avec amertume. Quelle ironie en un sens, n'est-ce pas, que sur cette pellicule nous ne soyons dans le faste, le luxe, que parce qu'elle en a épousé un autre ?

— Je souhaite que cela vous console, ai-je dit d'un ton apaisant et léger », le ton numéro quatre, avais-je expliqué un jour à Marja à l'occasion de l'une de mes rares plaisanteries, car je n'aimais tourner en dérision ni nos clients ni notre activité. « Je souhaite que ce film vous permette de vivre un rêve qui n'a pas pu devenir réalité et de surmonter votre chagrin. Regardez-le comme si vous contempliez un beau coucher de soleil, quelque chose qui n'a rien à voir avec ce que vous vivez aujourd'hui. C'est une pilule rose, monsieur Ozik, une parenthèse enchantée. Chaque fois que vous le regarderez, oubliez que ce n'est qu'un trucage, que vous n'êtes pas vraiment dans la limousine, que vous n'embrassez pas vraiment Camille sur les marches de l'église. Et quand vous éteindrez votre magnétoscope, n'y pensez plus. »

Cette fois, il a pris un kleenex lilas, s'est essuyé les yeux avec lassitude. Il ne m'a pas répondu, je n'aurais su dire si c'était parce que je l'avais convaincu ou parce que, au contraire, il renonçait à se faire comprendre. Il s'est mouché, puis a sorti un chéquier de la poche intérieure de sa veste.

« Combien est-ce que je vous dois ? » a-t-il demandé, et j'ai répondu en regardant à nouveau ma montre : « Cent euros pour notre séance d'aujourd'hui. En ce qui concerne le trucage des films, je dois attendre le devis de notre technicien. Mon assistante vous appellera demain après-midi au plus tard. Je dois vous demander une avance de cinq cents euros. »

Il a rédigé son chèque d'une petite écriture penchée, l'a poussé vers moi, et j'ai appliqué d'une main ferme un coup de tampon sur la troisième ligne, *Pour Vous*. Quand je me suis levée, il a posé les yeux sur mon ventre et il a dit d'une voix mal assurée :

« Nous avions décidé d'avoir des enfants, nous aussi. Nous avions même choisi les prénoms. Profitez de votre bonheur, madame, c'est une chose rare. »

J'ai haussé les épaules et j'ai répondu d'une voix neutre, pour qu'il ne puisse pas déterminer si je parlais de ma grossesse ou de son histoire :

«La vie est ainsi faite, monsieur Ozik : il ne faut jamais se fier aux apparences, c'est le plus sûr moyen de se tromper.»

Je l'ai raccompagné jusqu'à la porte en me permettant enfin une légère pression sur son bras. Dans le bureau voisin, Marja l'a regardé passer avec ses yeux d'épagneul, comme je le pense souvent sans le lui dire, et j'ai deviné qu'elle avait entendu toute la conversation. Elle a lancé : «Au revoir, monsieur Ozik, bon courage», et il a murmuré au revoir à son intention et à la mienne avant de s'éloigner dans la rue à l'aveuglette, le kleenex lilas toujours serré dans la main.

Alors que je refermais la porte derrière lui, Marja a soupiré :

«Imaginez combien il doit l'aimer, le pauvre homme. Ça me fait tellement de peine, mademoiselle.»

Et en effet ses yeux trop fardés étaient humides, comme ceux de l'homme quand il m'avait remis les cassettes. J'ai haussé à nouveau les épaules.

«Nous ne savons rien de lui, Marja. Il y a tout à parier que la vérité est plus compliquée que ce qu'il a bien voulu nous dire, il la battait peut-être, ou bien il la trompait ou encore il buvait, une femme ne quitte pas un homme comme ça. Et si ce n'est rien de tout ça, il est seul à blâmer s'il a choisi une écervelée, une femme vénale. Il est trop sentimental ? Il n'a pas assez de volonté pour oublier ? Ce n'est ni votre faute ni la mienne.»

Marja n'a pas répondu aussitôt, mais j'ai vu ses traits se durcir tandis qu'elle reprenait son stylo, feuilletait son répertoire et inscrivait sur l'enveloppe kraft le nom du laboratoire de développement de photographies et de films auquel nous faisions appel. Elle a inspiré profondément, elle a failli ne rien dire mais elle n'a pas pu s'en empêcher, elle a lancé :

« Parfois, mademoiselle, je me dis que vous êtes encore moins réelle que l'image de cet homme. Parfois je me dis que vous êtes encore moins présente dans la vie que le film qu'on va lui rendre. Mais vous, ce n'est pas parce que vous êtes trop sentimentale... »

Elle s'est interrompue, alors, et s'est retournée pour déposer l'enveloppe kraft dans le panier du courrier à poster. Puis elle a posé les mains sur le clavier de l'ordinateur et s'est mise à taper comme si j'avais quitté la pièce. Mais, à l'instant de franchir la porte, j'ai dit :

« Je vous ai déjà demandé de ne pas vous adresser aux clients sur ce ton-là, Marja, et de ne pas les regarder comme ça non plus. *Pour Vous* n'est pas une agence matrimoniale, vous n'avez pas à faire votre marché ici. Si vous avez envie de vivre une belle histoire d'amour », et j'ai mis dans ces mots toute l'ironie dont j'étais capable, « faites-le ailleurs. »

Je l'ai vue rougir, j'ai vu ses cils se mettre à battre rapidement et je me suis demandé ce qui pouvait, après tout ce temps, lui faire croire qu'elle pouvait essayer de me blesser impunément. Je suis entrée dans mon bureau et j'ai fermé la porte.

J'aurais dû décrocher le téléphone, appeler des clients, mais je suis restée immobile, regardant par la fenêtre la rue presque invisible derrière les épais voilages. Ma sacoche était posée à mes pieds, et dans cette sacoche se trouvaient les cahiers d'Adorno, mais je n'avais toujours pas le courage de les sortir.

Je pensais au visage de Jones la veille, lorsqu'il m'avait menacée, ce visage si proche du mien que je distinguais la tache marron et irrégulière dans son œil gauche, que je sentais son haleine imprégnée de café – et le dos de Yarol contre mon visage, mes mains autour de sa taille, ces proximités qui se multipliaient soudain, comme si quelque chose se fissurait, s'effritait, et je ne savais pas si j'avais envie d'aller vers ou contre cela. Vous vous trompez, Marja, ai-je songé, ce que vous appelez la vraie vie est en chemin, elle va bientôt me rattraper, je ne l'ai pas voulu, mais c'est ainsi.

M. Ozik / Camille N.

Exposé de la situation, remise des cassettes.
Temps : une heure quarante.
100 euros.
Avance sur facture / laboratoire de développement de films :
500 euros.
Somme totale : 600 euros.

20

À cinq heures, Marja est partie. Je l'ai entendue enfiler son manteau, prendre dans la corbeille le courrier destiné à être posté, puis elle a lancé d'une voix froide et courtoise : « Au revoir, mademoiselle, à demain », mais elle n'est pas venue jusqu'à la porte du bureau comme elle le faisait d'habitude. Restez fâchée aussi longtemps que vous le voudrez, Marja, ai-je pensé, vous n'arriverez pas à me froisser ou me peiner, et j'ai répondu « À demain », de la même voix impersonnelle.

J'ai attendu que retentissent ses talons, puis le carillon de la porte d'entrée, j'ai compté jusqu'à vingt pour être sûre qu'elle n'ait rien oublié, cela lui arrivait souvent, un gant, un foulard, et j'ai repoussé mon fauteuil. J'ai pris la sacoche posée à mes pieds et j'ai quitté mon bureau.

Il était tôt – l'écriteau suspendu à la poignée disait que l'agence fermait à sept heures, mais je l'ai retourné du côté indiquant : « Nous avons le regret de vous informer que nous sommes fermés. En cas d'urgence veuillez appeler le 06.. .. .. .., l'un de nos conseillers vous répondra aussitôt. » Puis j'ai descendu les stores devant toutes les fenêtres et je suis allée allumer l'ordinateur de Marja. C'était le seul ordinateur du bureau, je n'avais qu'un agenda électronique sur lequel je notais les rendez-vous, mais j'avais appris à me servir de l'ordinateur durant les longues années que j'avais passées seule à l'agence, avant que Marja n'endosse les fonctions de secrétaire. Je me suis assise sur sa chaise, elle était encore tiède, et cette tiédeur qui m'aurait gênée en temps ordinaire m'a semblé curieusement réconfortante. J'ai ouvert la sacoche et j'en ai sorti les cahiers violets.

En les feuilletant, mes doigts ont retrouvé les agrafes, les minuscules dents métalliques des agrafes plantées dans certaines pages pour les relier aux autres, pour raccorder les « moments personnels » et les « moments moins personnels », comme les appelait Adorno. J'ai retrouvé aussi la différence de niveau entre les feuilles – malgré tous les efforts qu'il déployait en les agrafant, quelques millimètres de papier dépassaient en haut ou en bas, cornés, froissés, et cette étroite bande de papier en trop semblait avoir vécu davantage que le reste du cahier – oui, elle donnait l'impression d'être partie à la guerre, comme le scooter de Yarol.

Dans un tiroir du bureau de Marja, j'ai pris la loupe dont nous nous servions pour déchiffrer des documents ou observer un détail d'une photo, mémoriser les traits d'une personne qu'on nous demandait de suivre ou de retrouver, puis j'ai posé tous les cahiers ouverts bien à plat, côte à côte, devant moi.

Les trois premiers étaient plus ou moins lisibles.

Adorno les avait écrits juste après m'avoir engagée, avant que la maladie ne s'aggrave ; c'était une sorte de journal intime, déjà un témoignage de son amour pour le gigolo, mais pas encore le testament sentimental que ce qu'il appelait parfois sa *lettre* était devenu par la suite. Ensuite, l'écriture devenait hésitante, morcelée, il manquait des mots, des mots brefs tout d'abord, sans importance, des articles, des pronoms, qui n'empêchaient pas de comprendre la phrase au prix d'un jeu de saute-mouton hasardeux. Puis la construction de la phrase elle-même devenait improbable, comme un puzzle, et enfin il s'est mis à manquer des pans si conséquents qu'on ne pouvait que s'efforcer de les deviner, et ce faisant on orientait le paragraphe, parfois même la page tout entière, dans une direction ou une autre, l'ombre ou la lumière, le blanc ou le noir. Je comprenais que Jones n'ait pas voulu s'y risquer, qu'il ait préféré confier cette tâche à quelqu'un ayant l'habitude de déchiffrer les sentiments humains, et ayant longtemps côtoyé Adorno – à moins, ai-je pensé soudain, et j'en ai perdu le plaisir que j'éprouvais à me frayer un chemin dans cette langue balbutiante, que la requête de Jones ne soit qu'un appât, que les cahiers lui indiffèrent, qu'il n'attende que le moment de me prendre au piège.

Dans les deux derniers cahiers, j'ai retrouvé mon écriture, une écriture tout à la fois brouillonne et appliquée d'écolière, mais qu'en savais-je après tout, j'avais si peu fréquenté l'école. Celle d'Adorno, quant à elle, devenait aussi flottante et incertaine que sa vie à cette époque-là, un simple fil oscillant dans le vent ; il ne parvenait même plus à appuyer ses mots sur le quadrillage de la page. Jones ne m'avait pas menti, elle était presque illisible, et plus la fin du texte approchait, plus elle était heurtée, rocailleuse, ou au contraire fluide au point que les lettres s'enchaînaient et semblaient n'en former qu'une seule, répétée à l'infini.

Ils étaient enfin là, les « moments personnels » qu'Adorno ne m'avait jamais permis d'écrire sous sa dictée et que je ne m'étais pas permis de lire même quand il était inconscient, assommé par la morphine, que je ne m'étais pas permis de lire même après sa mort, avant de glisser les cahiers au fond du tiroir qui, pensais-je, les engloutirait pour toujours. Pourtant je m'étais souvent demandé quels souvenirs pouvaient le troubler ainsi, au point d'en être épuisé, étendu sur le canapé avec un teint de cendre, au point que je doive lui verser des gouttes de menthe sur la langue et lui poser un gant de toilette humide sur le front. J'avais rencontré beaucoup d'hommes à l'agence, certains avaient le cœur tendre et les yeux charmeurs, ils se seraient volontiers consolés de ce chagrin qu'ils prétendaient éternel et pourquoi pas avec leur guérisseuse, ils m'avaient invitée à dîner, à m'allonger dans leur lit parfois, mais je n'y étais jamais retournée plus d'une ou deux fois. J'éprouvais un sentiment d'étrangeté, le sentiment, veux-je dire, de n'être pas à ma place, de n'avoir aucune raison d'être entre leurs draps, entre leurs mains. J'avais, en cet instant, les doigts qui tremblaient à l'idée de découvrir ce qui était écrit dans ces pages, la bouche et le sexe de ces deux hommes, ce secret qu'Adorno n'avait pas emporté dans la tombe.

J'ai repris le premier cahier, j'ai inspiré profondément et j'ai posé les doigts sur le clavier de l'ordinateur. J'ai ouvert un document que j'ai appelé «Adorno – cahier numéro un» et j'ai commencé. Tout en haut de la première page, il y avait écrit JONES, MON AMOUR, en lettres capitales, comme sur une enveloppe. Même si le texte était relativement clair, je tapais lentement et je devais m'interrompre souvent pour avoir recours à la loupe ; je complétais certaines phrases au crayon à papier, j'en réécrivais d'autres dans la marge, puis je reprenais la dactylographie.

Presque la moitié du premier cahier évoquait leur rencontre, le jardin dont Adorno m'avait parlé, empli d'orangers, de fleurs et de parfums qu'on ne se serait pas attendu à sentir en ville, et, surtout, le jeune homme aux airs d'adolescent – à peine majeur, de fait – qui traînait autour du bar, et les regards échangés entre les deux hommes. Puis Adorno évoquait la perte de conscience qui lui avait donné le sentiment de quitter une vie et de s'éveiller dans une autre, où la main de Jones serrait la sienne ; il disait en avoir éprouvé un bonheur absolu, même si c'était également le premier symptôme de sa maladie. Il parlait du taxi que leur hôte avait appelé, des minutes passées à attendre dans le hall de la villa sur un banc couvert de velours râpé, la tête posée sur l'épaule de Jones, et de l'odeur de chien qui imprégnait le véhicule, mêlée à l'arôme de cèdre du petit sapin en bois qui pendait au rétroviseur. Jones n'avait pas prononcé un mot pendant tout le trajet, et ne lui avait pas lâché la main non plus.

Adorno disait qu'il se souvenait précisément du corps de Jones tel qu'il l'avait découvert ce soir-là, deviné tout d'abord sous ses vêtements, le cou, la nuque et les poignets, puis, quand il avait déboutonné sa chemise, la solidité et la fragilité du torse, l'odeur de sa peau et celle si particulière de la brillantine dans ses cheveux. Il ne s'était rien passé cette nuit-là, mais ils avaient dormi dans les bras l'un de l'autre et son sommeil, écrivait-il, avait été aussi profond et doux que l'évanouissement dont il s'était éveillé dans le jardin, sous le ciel noir.

J'ai dû m'interrompre, alors. J'ai fermé le cahier, je l'ai posé sur les autres et je les ai entourés de leur élastique, comme on maintient close la gueule d'un monstre, un de ces monstres dont les paroles et les rires sont cruels de vérité ou encore prémonitoires. Je pensais à mon errance dans la rue presque abandonnée, la veille, quand j'étais partie de l'appartement de Jones après ses menaces et ses injures. Je me rappelais le scooter surgissant soudain et mon espoir insensé – peut-être était-ce Jones, peut-être était-il venu me consoler, incliner ma tête et la poser sur son épaule comme il l'avait fait pour Adorno voici longtemps ; mais non, j'avais marché seule dans la rue avec mes yeux humides et mon gros ventre, il n'avait sans doute même pas jeté un regard par la fenêtre pour s'assurer que je prenais la direction de l'arrêt de bus, et j'ai senti les larmes me monter aux paupières, difficilement, lourdes et brûlantes.

21

La nuit suivante, j'ai très mal dormi, très peu surtout, et quand j'ai ouvert les yeux aux petites heures du jour j'ai su qu'il m'était impossible d'attendre plus longtemps pour continuer l'histoire de Jones et d'Adorno. J'ai allumé la lampe de chevet et je me suis assise en robe de chambre sur mon lit, un cahier sur les genoux. J'ai débroussaillé au crayon à papier une centaine de pages, les noircissant d'astérisques, de flèches et de notes prises dans la marge. À neuf heures et demie, je me suis habillée, je suis allée dans mon bureau et j'ai attendu avec impatience que Marja arrive. Un peu avant dix heures, elle est entrée en chantonnant. Elle ne restait jamais fâchée très longtemps ; elle est venue à la porte de mon bureau en ôtant sa veste et m'a demandé si j'avais envie d'une tisane, elle-même allait se faire un café.

« Oui, Marja, merci », ai-je dit.

J'ai attendu qu'elle revienne avec la tasse fumante pour ajouter :

« Je vais avoir besoin de l'ordinateur aujourd'hui, je dois traiter un dossier qu'on m'a confié hier soir après votre départ. Vous n'aurez qu'à vous installer dans mon bureau pour vous occuper des affaires courantes.

— Bien, mademoiselle», a-t-elle dit avec un peu d'étonnement.

Elle savait que même la femme de ménage n'avait pas accès à mon bureau ; je préférais m'occuper seule de faire la poussière et de passer l'aspirateur, je ne supportais pas l'idée que mes dossiers soient mal rangés ou qu'un regard indiscret y traîne. Pendant qu'elle rassemblait son agenda, un stylo et sa tasse de café, j'ai repris :

«Et j'aimerais que vous annuliez les rendez-vous d'aujourd'hui, s'il vous plaît. Il n'y a pas grand-chose, Mme J., M. F., rien de très important.»

Je feignais de scruter la rue à travers les lamelles du store, mais malgré cela j'ai senti ses yeux s'attarder sur moi avec plus de perplexité encore. L'une des premières choses que je lui avais enseignées était qu'il n'existe pas une affaire plus importante qu'une autre, toutes ont la même valeur, qu'il s'agisse d'un enfant disparu ou d'une soirée de solitude à combler ; en l'espace de deux ans, je n'avais pas annulé ou déplacé un seul rendez-vous, et je lui avais interdit d'annuler ou de déplacer les siens, même lorsque Titouan avait eu la varicelle. «Débrouillez-vous, lui avais-je dit, je vous avais prévenue durant l'entretien d'embauche.» Elle savait combien les changements de programme me contrariaient : j'avais imaginé *Pour Vous* dans un esprit de rigueur, de fiabilité, il était inconcevable de décevoir l'espoir que les clients mettaient en nous. Il m'aurait été difficile de lui expliquer pourquoi tout avait changé, pourquoi les maux de cœur et d'âme de Mme J. et de M. F. m'indifféraient soudain, pourquoi, en tout cas, ils m'apparaissaient dérisoires à côté de ces cahiers que j'avais pourtant voulu détruire un an plus tôt.

Une fois Marja installée dans mon bureau, je me suis assise sur sa chaise, j'ai allumé l'ordinateur et j'ai ouvert le cahier. J'ai pris soin de le caler entre la lampe et le flanc de l'ordinateur, afin que Marja ne puisse le voir s'il lui prenait l'idée de revenir chercher un crayon ou une gomme.

« Qu'est-ce que je dois dire aux clients, mademoiselle ? » a-t-elle lancé depuis mon bureau.

J'ai répliqué avec impatience :

« Ce que vous voulez, Marja, ce n'est pas sorcier, dites-leur que j'ai dû partir en déplacement pour une affaire urgente et remettez le rendez-vous à la semaine prochaine.

— Bien, mademoiselle », a-t-elle murmuré, et je l'ai entendue décrocher le téléphone et composer un numéro.

J'ai attendu que son interlocuteur réponde pour me lever et aller fermer à moitié la porte du bureau, en lui indiquant d'une mimique que sa voix m'empêchait de me concentrer. J'ai regagné ma chaise et je me suis mise à travailler. À travers l'entrebâillement de la porte, je voyais l'épaule et la moitié du visage de Marja et j'essayais de garder un œil sur elle ; je n'avais jamais mis autant de soin à protéger l'intimité d'un client, même quand ils m'en priaient, même quand ils m'appelaient sur leur portable depuis un café voisin ou le trottoir d'en face pour me demander de bien vouloir faire sortir « la dame qui travaille avec vous », et il me fallait alors commander à Marja de s'absenter une heure. Deux fois, en hiver, je lui avais permis d'aller regarder la télévision dans mon appartement sans mettre le son, cela ne m'avait pas dérangée, il y avait de toute façon moins de secrets chez moi qu'au bureau, même si je me doutais qu'elle avait dû fureter, chercher vainement des photos encadrées sur les meubles, entrouvrir un ou deux tiroirs. Mais la seconde fois, je l'avais retrouvée endormie sur le canapé devant un feuilleton dont les voix étaient inaudibles ; sa tête avait roulé sur son épaule, ses mains étaient abandonnées au creux de ses cuisses et sa bouche était entrouverte et humide de salive comme celle d'une femme ivre. J'en avais éprouvé du dégoût et je l'avais observée un instant en silence. Quand elle avait ouvert les yeux tout à coup, me prenant au dépourvu, j'avais eu peur qu'elle n'ait eu le temps de lire cette répugnance sur mon visage. Elle s'était frotté la bouche et avait murmuré :

« Je suis désolée, mademoiselle, je crois que je me suis endormie, Titouan fait ses dents, je n'ai pas dormi de la nuit. »

Je n'avais pas répondu, je m'étais contentée de dire :

« Le client est parti, vous pouvez aller vous rafraîchir à la salle de bains si vous voulez, puis vous retournerez travailler. »

Je ne lui avais plus jamais proposé d'aller regarder la télévision chez moi quand un client discret exigeait que le bureau soit vide. Ce n'était pas sa faute, et je savais pourquoi l'image d'une femme endormie sur un canapé dans cet abandon un peu vulgaire m'emplissait d'un tel malaise : c'était l'un des rares souvenirs que je gardais de mon enfance.

Ce matin-là, donc, je n'ai cessé de surveiller Marja. Elle s'imaginait sans doute qu'en lui permettant d'accéder à mon bureau je lui témoignais ma confiance, mais elle se trompait ; j'étais plus méfiante que jamais et je veillais sur le cahier comme j'aurais veillé sur une flamme sacrée car je pensais, à tort, que ces mots n'appartenaient qu'à moi.

22

D'une écriture vacillante, Adorno décrivait longuement son appartement, les vieux carreaux bleu de Delft et blancs de l'entrée, le troisième à droite écaillé parce qu'il avait fait tomber une bouteille un jour par inadvertance, le minuscule balcon dont la rambarde en fer forgé était ornée de volutes comme, disait-il, le collier d'une courtisane, une plante morte s'y effritait depuis une éternité dans son pot, brune et arachnéenne, et derrière cette plante, depuis toujours également, un couple de pigeons venait nicher ; le sol de ciment était maculé de fientes et les voisins du dessous se plaignaient de recevoir une pluie d'excréments, mais Adorno s'en amusait, il mettait des graines pour les pigeons dans une coupelle et une casserole remplie d'eau pour leur servir de baignoire durant les jours les plus chauds. Jamais je n'avais vu la plante desséchée ni les pigeons, peut-être parce que ce n'était pas l'époque des nids, peut-être parce que Adorno était trop malade cette année-là pour s'occuper des oiseaux, peut-être parce que je ne m'intéressais pas à ce dont je n'avais pas la charge.

Jamais, non plus, il ne m'en avait parlé, puisqu'il ne parlait que de Jones. Il ne m'avait pas non plus dit qu'il avait hérité cet appartement de sa mère qui avait eu son heure de gloire comme actrice à vingt ans et était morte dans un accident d'avion au Pérou. Il n'avait pas eu le cœur de vendre ce deux-pièces qu'elle avait tant aimé à cause du parfum des glycines dans le jardin du cloître. En lisant cela – l'actrice, l'accident d'avion au Pérou –, je me suis demandé si ce n'était pas une fable qu'Adorno avait inventée à l'intention de Jones, un conte plus beau que la réalité ou plus original en tout cas : Jones qui, entre quinze et dix-huit ans, avait connu plus d'amour et de sexe que la plupart des hommes durant toute une vie, Jones aurait-il été séduit par l'idée d'une mère au foyer, d'une mère vendeuse, infirmière, secrétaire ? Mais en y réfléchissant, je me suis dit que seul cela, une mère comédienne tombant droit du ciel péruvien dans la mort, avait pu engendrer ce fils singulier qui aimait tant l'amour, les hommes et l'excentricité.

Adorno racontait aussi ce qu'il voyait depuis le canapé où il devait passer de plus en plus de temps, la tache d'humidité en forme de visage sur le mur, la coupe en verre sur la commode où il rangeait ses bijoux, le triangle de ciel le plus souvent gris, parfois bleu, qu'il distinguait par la fenêtre. Il décrivait le papier peint, l'unique lai qu'il avait collé à droite de la porte de la chambre, des scènes lestes de bergères et de bergers à demi nus qu'il n'aurait pas supportées sur l'ensemble de la pièce mais qui formaient une sorte de tableau, disait-il, un tableau interminablement vertical ; et la très vieille baignoire de la salle de bains, aux pieds de griffon, qu'il avait peinte en rouge sombre.

Il continuait longuement ainsi, une sorte d'inventaire d'un appartement dans lequel Jones avait dû pourtant passer des heures et des jours, dans lequel il avait habité, m'avait-il dit, et je me suis demandé pourquoi ces descriptions interminables, pourquoi cette liste exhaustive de ce qui avait été le décor de leur vie de couple, puis j'ai cru comprendre : Adorno voulait qu'il en reste une trace après sa mort ; même si la mémoire de Jones s'emplissait de tant d'autres chambres que les détails de celle-là s'estompaient, il en resterait au moins un témoignage dans ce cahier et si Jones, un jour, beaucoup plus tard, en avait la nostalgie, il lui suffirait de lire ces pages, de prendre des feutres et de dessiner sur une feuille blanche l'emplacement des meubles, la couleur des objets et des murs.

Je ne sais pas comment j'ai pu relâcher ma vigilance, comment Marja a pu s'approcher sans que je l'entende, même si elle s'était déchaussée comme à son habitude – elle portait des mi-bas de maille épaisse couleur chair – et qu'elle se déplaçait toujours avec une souplesse étonnante pour sa corpulence. Je n'ai pas entendu la porte s'ouvrir, je n'ai pas vu sa silhouette apparaître, c'est le sentiment d'une présence derrière moi et une haleine sur ma nuque qui m'ont brusquement glacée.

« Les clients n'étaient pas contents, mademoiselle, a-t-elle dit. Je crois que M. F. aimerait vraiment vous voir. Je me suis permis de lui promettre que si vous arriviez à vous libérer avant la fin de la journée, vous passeriez lui rendre visite. Je peux peut-être m'occuper de ce travail important qu'on vous a confié hier soir. Qu'est-ce que c'est ? C'est seulement ce cahier que vous devez taper à l'ordinateur ? »

La surprise dans sa voix n'était pas feinte, et elle s'est penchée pour déchiffrer le texte sur l'écran. J'étais paralysée par sa présence dans mon dos, Allez-vous-en, Marja, priais-je intérieurement, allez-vous-en, mais mes mains semblaient ne plus m'obéir, elles restaient posées sur mes genoux alors que j'aurais voulu arracher le fil d'alimentation de l'ordinateur et jeter le cahier à l'autre bout de la pièce.

« Mais enfin, mademoiselle, je peux très bien m'en occuper, a-t-elle repris. J'ai déjà fait ce genre de travail, vous ne vous en souvenez pas ? C'est du gâchis que vous fassiez de la dactylo alors que des clients vous attendent.

— C'est une affaire très particulière, Marja, ai-je enfin réussi à dire. Le client a exigé que je m'en occupe moi-même. Et surtout, il m'a fallu trois jours pour me familiariser avec son écriture.

— Mais je suis plutôt douée, je crois, mademoiselle, a-t-elle insisté avec un sourire où la gêne se mêlait à la fierté. Laissez-moi juste essayer. »

Elle s'est penchée un peu plus, a posé l'index sur la page de gauche du cahier et, faisant courir son doigt sans difficulté d'un mot à l'autre, elle a lu à voix haute un paragraphe entier. Sa voix était douce et râpeuse et oh comme il était étrange d'entendre les mots d'Adorno sortir de sa bouche. Je ne les reconnaissais plus et j'ai eu peur soudain de perdre la petite musique qui était restée dans mon oreille malgré l'année écoulée depuis sa mort. Les phrases qu'avait lues Marja étaient banales, heureusement, à aucun moment le nom de Jones n'y apparaissait, il était juste question d'une chevalière tombée dans le siphon de l'évier, une chevalière sans valeur mais à laquelle Adorno était si attaché qu'il avait fait venir un plombier bien qu'il eût été enfantin de dévisser le siphon, de crainte qu'un geste maladroit n'envoie le bijou dans les égouts de la ville.

J'ai refermé enfin le cahier, avec une telle vivacité que Marja a juste eu le temps d'ôter son doigt. Je ne sais pas ce qu'elle a lu sur mon visage, mais elle a murmuré d'une voix incertaine :

« C'est vous qui m'avez appris à déchiffrer n'importe quelle écriture, mademoiselle. Vous avez oublié ? Vous dites toujours que c'est aussi important de lire l'écriture des gens que de savoir ce qu'ils ont dans la tête. J'essayais simplement de vous aider.

— Je sais, Marja, ai-je murmuré. Je ne mets pas vos compétences en doute. Mais le client veut que je m'en occupe personnellement, je vous l'ai déjà expliqué. »

Elle a secoué la tête avec une expression perplexe. J'ai vainement tenté de lui sourire, je ne voulais pas que sa curiosité soit éveillée et qu'en mon absence elle cherche un document inhabituel dissimulé parmi d'autres dans le disque dur de l'ordinateur.

« Rappelez M. F. et dites-lui que je ne serai pas disponible aujourd'hui, ai-je dit. Et puis », j'ai jeté un coup d'œil à ma montre : il était trois heures, « si vous jugez que vous n'avez plus rien à faire, rentrez chez vous. Ça vous fera un long week-end. Vous pourrez profiter de votre famille. »

Elle m'a regardée d'un air incrédule. Je savais qu'elle était tentée de jeter un coup d'œil à l'écran de l'ordinateur mais qu'elle se retenait, je la sentais partagée entre l'inquiétude que lui inspirait mon comportement – j'étais, après tout, le pilier sur lequel reposait *Pour Vous* – et l'envie d'attraper sa veste, son sac, de courir vers l'arrêt d'autobus comme une collégienne délivrée de l'école. Son désir de s'en aller l'a emporté sur sa curiosité, et elle s'est redressée.

« Très bien, mademoiselle, je vous laisse, alors. Et merci ! » a-t-elle ajouté précipitamment, comme si elle craignait que je change d'avis.

Une fois dans mon bureau, elle a ouvert son sac, s'est passé du rouge sur les lèvres et tamponné le visage avec une poudre qui laissait un parfum de muguet sur son passage, j'en avais l'habitude, j'en ai d'ailleurs senti une bouffée quand elle a traversé le bureau pour se diriger vers la porte.

« À lundi, mademoiselle, a-t-elle lancé d'un ton enjoué. Passez un bon week-end, vous aussi.

— Merci, Marja », ai-je dit, et elle a franchi le seuil de l'agence et s'est éloignée sans se retourner.

Après son départ, je suis restée un instant immobile sur ma chaise sans m'occuper du cahier. Je me sentais lasse soudain, découragée. À quoi bon tout cela, me disais-je, comment puis-je imaginer une seconde que ces cahiers me permettront de me rapprocher de Jones, de nouer une relation avec lui ? Il suffit de voir avec quelle facilité Marja s'est emparée du texte alors que je pensais être la seule à pouvoir le déchiffrer.

L'ordinateur s'est mis automatiquement en veille et des symboles inconnus se sont mis à flotter sur l'écran, rouges, mauves et verts. Ils m'ont fait penser à Yarol et ses jeux vidéo ; pour la première fois depuis qu'il m'avait déposée devant l'agence, je me suis demandé avec un vague malaise s'il allait bien. Il s'écoulait rarement plus de vingt-quatre heures sans qu'il téléphone, passe à l'agence ou laisse un de ses petits mots enroulés autour d'un barreau de fenêtre, mais il semblait avoir disparu de la surface de la terre. Puis j'ai appuyé sur une touche et le document est revenu s'afficher à l'écran.

Le paragraphe où je m'étais arrêtée précédait celui que Marja avait lu, et je n'ai pas eu envie de l'intégrer au texte. Peut-être pouvais-je le laisser de côté, qui se soucierait de cette histoire de chevalière, Adorno n'avait sans doute jamais fait mention de l'incident. J'ai soigneusement barré au crayon à papier ces quelques lignes qui avaient cessé de m'appartenir puisqu'elles avaient été déflorées par un autre regard.

Si Marja avait été là en cet instant, je lui aurais dit : « Laissez-moi cela, Marja, je n'ai rien d'autre, vous avez tellement plus que moi, laissez-moi au moins cela. » Puis je me suis demandé avec stupeur d'où me venait une idée pareille ; j'avais toujours pensé à Marja avec condescendance, avec mépris même, Marja qui n'était qu'une employée, qui élevait seule ses trois enfants et adressait des sourires enjôleurs aux clients, je ne voyais vraiment pas ce que je pouvais lui envier sinon cette capacité naïve, justement, à croire aux contes de fées et aux lendemains roses.

23

Après cette première nuit avec Jones, Adorno s'est réveillé dans un lit vide. Il a passé la journée à guetter à la fenêtre – c'était absurde puisque la porte de l'immeuble se trouvait dans une petite rue perpendiculaire, mais il espérait ainsi, écrivait-il, forcer le destin – sans manger ni boire, sans quitter son peignoir ni ses pantoufles, dans son odeur de profond sommeil baigné de sueur, appuyé de l'épaule contre la vitre jusqu'à en avoir le bras engourdi. Si Jones revenait, il voulait s'être rasé, baigné, brossé les dents et habillé, et pourtant il était incapable de quitter la position qu'il avait adoptée quelques minutes après son réveil, quand il s'était aperçu que Jones avait quitté l'appartement. Il ignorait si le jeune homme allait revenir, il croyait se souvenir de l'avoir entendu le lui promettre la veille au soir, dans le vertige de la fièvre, mais il s'était peut-être trompé, Jones avait changé d'avis et décidé qu'il était bien suffisant d'avoir passé une nuit à veiller sur un homme malade et beaucoup plus âgé de surcroît.

Il était presque sept heures quand on a sonné et

son cœur s'est arrêté de battre. Il a couru à la salle de bains se frotter la langue au dentifrice, s'est rincé la bouche en détournant les yeux du filet de sang qui coulait de ses gencives sur la faïence, s'est aspergé le visage et est allé ouvrir. Jones était là, sur le seuil, un sac de voyage à l'épaule, et, malgré le soulagement qui lui faisait toujours battre le cœur trop vite, Adorno a remarqué avec surprise qu'il paraissait hésitant, presque inquiet, comme s'il n'était pas sûr d'être accueilli avec chaleur ni même invité à entrer ; et rien ne l'a ému plus que cela, ce doute, cette crainte chez un garçon beau comme un dieu et aguerri comme un prostitué. Et dire qu'il avait redouté tout le jour que Jones l'ait déjà oublié, il était allé jusqu'à penser, un instant, vérifier que sa carte de crédit ou les bijoux que lui avait laissés sa mère n'avaient pas disparu, mais il s'était fait violence pour ne pas le faire.

« Cette nuit, tu m'as demandé de venir m'installer ici, a dit Jones. Je n'étais pas certain que tu parlais sérieusement, mais je suis venu quand même.

— Mais bien sûr que je parlais sérieusement, a répondu Adorno, entre, je t'attendais. »

Jones a paru soulagé et a retrouvé le demi-sourire séducteur, presque triomphant, qu'il arborait durant la soirée lorsqu'il regardait Adorno droit dans les yeux en portant un verre à ses lèvres. Puis il a vu la vieille robe de chambre, les pieds nus dans les pantoufles, et il a demandé : « Tu es encore malade ? » avec une vraie inquiétude dans la voix.

Adorno a répondu : « Non, je t'attendais, je t'attendais tellement que je n'ai pas eu le temps de m'habiller. »

Jones a souri à nouveau, le sourire d'un homme habitué à entendre des paroles comme celles-là. Il a posé son sac, s'est avancé d'un pas et a pris le visage d'Adorno entre ses paumes pour l'embrasser, et s'il a senti le goût du sang, il ne l'a pas laissé voir. Mais il a saisi Adorno par la main et a dit :

« Tu vas prendre un bain, et puis on va t'habiller. Dis-moi où est la salle de bains. »

Il a sifflé en découvrant la baignoire rouge sombre. Il a fait couler l'eau en s'assurant qu'elle soit à la bonne température, choisi en connaisseur des sels parfumés parmi les bocaux alignés sur une étagère, puis il a dénoué la ceinture du peignoir et a aidé Adorno à enjamber le bord de la baignoire. Il s'est assis sur le siège des toilettes et ils ont parlé de tout et de rien, d'un enfant sur un tricycle vert que Jones avait croisé sur le chemin, de la baignoire qu'Adorno avait trouvée sur un chantier, des quatre ouvriers qu'il avait payés pour la porter chez lui, desceller la baignoire neuve que sa mère avait fait poser et installer celle-là à la place. Ils discutaient dans une langue étrangère et riaient souvent en le regardant, et Adorno avait compris qu'ils le prenaient pour un fou d'installer un vieux bac rouillé à la place d'une baignoire toute neuve ou presque, et moderne. Le plus jeune avait demandé à Adorno, dans un français hésitant, s'il lui permettait d'emporter la baignoire neuve et, quand Adorno avait acquiescé, il lui avait rendu quelques-uns des billets qu'il leur avait donnés. Il les avait entendus rire dans l'escalier malgré le poids de la baignoire, mais ce n'était pas un rire méchant, c'était un rire joyeux et stupéfait.

Cette histoire a beaucoup amusé Jones, et alors qu'il le regardait sourire Adorno a remarqué soudain que la peau grêlée sur sa joue avait la forme d'une main, ou plus exactement des quatre doigts et du pouce, et il a demandé doucement :

« Approche-toi, je voudrais vérifier quelque chose. »

Jones a obéi, s'est penché au-dessus de l'eau, et Adorno a tendu le bras et appuyé la main sur sa joue, ajustant ses doigts à la meurtrissure de la peau.

« Il faut croire que nous étions faits l'un pour l'autre, a-t-il murmuré. Comme le gant et la main. »

Jones a écrasé sa cigarette dans la tasse qui lui servait de cendrier, a posé la tasse sur le radiateur et s'est déshabillé, rapidement, laissant ses vêtements en tas sur le sol avant de s'approcher de la baignoire, de l'enjamber et de rejoindre Adorno dans l'eau.

Adorno a regardé son torse et ses bras maigres où la jeunesse se lisait plus encore que sur le visage, et il a vu que son corps était parsemé de grains de beauté dont certains étaient aussi larges que des pièces de monnaie, et d'autres minuscules, un semis de taches de son. Sans doute son regard s'est-il attardé trop longtemps sur eux car Jones a eu le même air incertain et inquiet qu'au seuil de l'appartement, et il a demandé d'un ton gêné : « Tu n'aimes pas ? — Si, a répondu Adorno, je n'ai jamais rien aimé autant que cela », et en le disant il s'est aperçu que c'était vrai. Jones s'est approché de lui, alors, si doucement que pas une goutte d'eau n'a éclaboussé le plancher, et il l'a embrassé à nouveau. Cela a été d'une tendresse infinie, écrivait Adorno, les caresses de ce gigolo, ses mains et sa bouche sur son sexe, c'est là qu'ils ont fait l'amour pour la première fois, dans cette baignoire rouge que Jones baptiserait la matrice, ils y sont restés des heures, jusqu'à minuit passé, faisant couler de l'eau chaude et ôtant la bonde pour laisser l'eau refroidie s'écouler, et quelle douceur, vraiment, quelle vérité aussi, rien de ce qu'avait vécu Adorno jusque-là n'avait sonné aussi vrai, tout semblait rétrospectivement n'avoir été qu'une piètre répétition d'un instant parfait qui avait tardé à venir.

24

Les heures avaient passé et dans le bureau aussi il faisait nuit, une nuit de fin de printemps tiède et légère, j'entendais le heurt léger d'un papillon ou d'un hanneton se cognant à la vitre avec une obstination inépuisable, et quand on a frappé j'en ai été saisie comme s'il avait été aussi tard qu'il l'était dans le cahier, minuit, plus tard encore, l'heure où les deux hommes étaient enfin sortis de la baignoire sans avoir le courage de se rincer, de vider la baignoire ou de repêcher les préservatifs flottant à la surface de l'eau et avaient couru se réchauffer entre les draps, laissant des empreintes mouillées de la salle de bains à la chambre. Il a fallu qu'on frappe une seconde fois, avec plus d'insistance, pour que je regarde ma montre et que je m'aperçoive qu'il était à peine neuf heures. Je me suis levée pour aller ouvrir puis je suis revenue sur mes pas, j'ai refermé le cahier, mis l'ordinateur en veille, et je me suis hâtée vers la porte. Derrière le panneau vitré et l'écriteau « Nous avons le regret de vous informer... », faiblement éclairés par la lumière du bureau, j'ai vu les traits de Mme Soignes et un autre visage que j'ai hésité à reconnaître : c'était celui de M. Soignes. Je ne l'avais pas revu depuis que nous avions bu un fond de champagne et mangé des boudoirs pour fêter le succès de notre troisième relation sexuelle et la conception d'Anne-Lise. Il n'était jamais passé à l'agence en compagnie de sa femme, comme s'il était gêné au souvenir de son sexe pénétrant le mien et que me voir, même habillée, même au bureau, ne puisse que lui rappeler cet instant. J'entendais sa voix tous les soirs, pourtant, lorsque je passais la cassette où ils s'étaient enregistrés l'un et l'autre chantant des berceuses à leur petite fille, et quand j'ai ouvert la porte et qu'il m'a serré la main en disant : Bonjour, Delphine, comment allez-vous», je l'ai reconnue immédiatement.

«Bonjour, ai-je dit, c'est gentil d'être venus, je vous sers un verre ? Un café ?»

Déjà je me dirigeais vers la porte de séparation menant à la cuisine, mais Mme Soignes a répondu : «Non, merci, Delphine, nous sommes surtout venus parler affaires», et je me suis aperçue qu'elle était nerveuse, elle s'était habillée comme si elle allait au travail, un strict tailleur beige, alors qu'il lui arrivait de passer vêtue d'un vieux jogging, et ces jours-là on aurait dit que c'était elle qui était enceinte tant sa silhouette était informe. Avec un sourire contraint, elle a posé sur la table un sac plastique en disant : «Je vous ai préparé une salade avec du melon et du jambon de Parme, vous pourrez les manger tout à l'heure», puis elle s'est assise et son mari l'a imitée. Elle lui a jeté un regard ; il a posé sur le bureau une enveloppe kraft, et l'a poussée vers moi.

« Nous avons consulté un avocat, Delphine, a-t-elle déclaré, par simple mesure de précaution, n'allez pas croire que nous ne vous faisons pas confiance, mais cette affaire est brumeuse, vous en conviendrez. Pour tout vous dire, nous sommes conscients du risque que vous décidiez de garder le bébé après la naissance, c'est arrivé, vous savez, des femmes qui ont l'impression de se découvrir mères simplement parce qu'un enfant leur est sorti du ventre, excusez-moi de vous parler si crûment, mais vous comprendrez que nous ayons besoin de nous couvrir. »

Elle a inspiré profondément, a regardé de nouveau son mari, et il a enchaîné :

« Ce que nous faisons est illégal, bien sûr, pour vous comme pour nous. Nous voulons donc seulement nous assurer qu'il existe un document nous incriminant de façon égale si l'un de nous changeait d'avis. Nous aussi, Delphine, a-t-il ajouté en souriant, comme s'il me faisait une faveur, si nous décidions de ne pas adopter l'enfant, vous pourriez apporter ce document à la police et nous serions accusés au même titre que vous. Nous sommes liés, vous comprenez, vous et nous. »

Ils me regardaient avec gêne malgré tout, et j'ai fait glisser les documents hors de l'enveloppe. Le contrat était très simple, il ne m'a fallu que quelques minutes pour le lire, il stipulait en effet que M. et Mme Soignes et Delphine M. avaient procédé à une fécondation naturelle à la suite de laquelle Delphine M. était tombée enceinte et avait porté à terme leur petite fille contre une somme de quinze mille euros, procédure illégale en France. J'ai pensé fugitivement aux bras et aux jambes que je sentais parfois s'agiter dans mon ventre, puis j'ai pris un stylo et j'ai écrit « Lu et approuvé », la date, et j'ai signé. Je les ai vus se détendre tandis que je leur tendais leur exemplaire – ils l'avaient imprimé en double – et Mme Soignes m'a adressé un mince sourire. M. Soignes, lui, s'est levé aussitôt, j'ai deviné qu'il était toujours mal à l'aise en ma présence mais sa femme est restée assise, elle serrait nerveusement la poignée de son sac et se mordait les lèvres, et au moment où son mari a murmuré : « Nadine, je t'en prie », elle s'est lancée, elle a dit :

« Je suis désolée mais il faut que je vous le demande, Delphine. Est-ce que vous pensez avoir un enfant un jour ? »

Je l'ai regardée sans comprendre et elle a poursuivi avec nervosité :

« Quel âge avez-vous ? trente-sept ans ? trente-huit ?

— Trente-cinq, madame, ai-je dit.

— Et vous n'avez jamais eu envie d'avoir des enfants ? Eh bien, si vous n'en avez jamais eu envie, il y a peu de chances que ça se produise maintenant, n'est-ce pas ?

— Je ne sais pas, ai-je répondu. Vous me prenez au dépourvu. Je n'y ai jamais vraiment pensé. »

M. Soignes a posé la main sur son épaule, puis sous son aisselle, et doucement il l'a hissée sur ses pieds. Elle s'est essuyé la bouche du revers du poignet, se maculant la joue de rouge, elle respirait vite et ses yeux brillaient, et soudain elle a balbutié :

« Je suppose que je n'ai aucun droit de vous demander la moindre garantie, la moindre promesse,

Delphine, mais l'idée qu'Anne-Lise ait un frère ou une sœur un jour… que vous l'éleviez ou que vous soyez à nouveau mère porteuse, d'ailleurs, a-t-elle ajouté précipitamment, cette simple idée, même si je ne l'apprenais jamais… je ne sais pas comment vous expliquer… je ne peux pas le supporter. »

Je l'ai regardée sans un mot, je ne savais pas quoi penser, je la comprenais à peine, moi qui lisais pourtant dans l'esprit des gens comme dans un livre ouvert. J'ai cherché les yeux de M. Soignes, mais il a détourné la tête.

« Je ne veux pas qu'il y ait le moindre lien entre Anne-Lise et vous à part ces neuf mois de grossesse, a-t-elle dit dans un souffle. Je ne veux pas qu'il existe un jour un autre enfant ayant les yeux ou la couleur de cheveux de ma fille. Ce serait… comment pourrais-je dire… ce serait sale.

— Allons, Nadine, viens, rentrons », est intervenu son mari d'une voix douce, mais toujours sans me regarder ni prendre ma défense et j'ai compris que, bien qu'il fasse preuve de plus de retenue, il était de son avis.

« Eh bien, je ferai de mon mieux, ai-je dit sèchement, mais vous admettrez qu'il m'est difficile de vous promettre quoi que ce soit, qui sait de quoi les années à venir seront faites. »

Elle a reniflé, s'est essuyé les yeux, puis le visage, avec un mouchoir qu'elle avait tiré de sa manche – je ne lui avais pas proposé de kleenex lilas – et elle a désigné le sac plastique.

« Mangez votre salade, Delphine, a-t-elle murmuré. Et le jambon, et le melon. Pour le bébé. »

Quand j'ai voulu me lever, elle m'a fait signe de rester assise et ils se sont dirigés tous deux vers la porte, lui la soutenant au niveau des reins comme si, là encore, c'était elle qui portait l'enfant. Ils ont refermé si doucement que le carillon a à peine tinté. Du sac plastique s'échappait l'odeur du melon, et j'avais sous les yeux une feuille dactylographiée m'enjoignant de remettre entre les mains de M. et Mme Soignes Anne-Lise à peine sortie d'entre mes cuisses, sous peine d'être dénoncée à la police, de devoir mettre la clef sous la porte. Quelques semaines, quelques jours plus tôt, j'aurais été humiliée par leur manque de confiance, Ai-je jamais failli à la moindre de mes obligations, aurais-je dit, qu'ils interrogent tous mes clients, me suis-je jamais dérobée devant une tâche, si désagréable fût-elle, j'ai menti à des vieillards, des enfants et des femmes mourantes, j'ai tué un homme, aurais-je ajouté presque fièrement, vous n'avez pas besoin de ce bout de papier pour avoir la certitude que je respecterai mes engagements, et je l'aurais sans doute dit avec tant d'assurance et de hauteur qu'ils se seraient excusés et auraient repris leur contrat avant de le remettre dans l'enveloppe kraft. Pourtant aujourd'hui j'avais signé sans un mot, je ne savais pas pourquoi, je me doutais simplement que c'était en rapport avec le cahier, la baignoire, la tendresse de ces hommes enlacés dans l'eau tiède ; je n'aurais pas su l'expliquer mais j'avais le sentiment que je ne méritais rien d'autre. J'ai dénoué les anses du sac, j'en ai sorti le tupperware contenant le melon coupé en petits dés et le jambon de Parme et j'ai mangé avec les doigts, portant les morceaux à ma bouche et mâchant, le regard dans le vide ; cela non plus, je ne l'avais jamais fait, je mangeais toujours à table, devant une assiette, des couverts, un verre et une serviette en tissu. Quand j'ai eu terminé, j'ai jeté le sac à la poubelle et je me suis essuyé les doigts avec un kleenex lilas. Je n'ai pas eu le cœur de reprendre ma lecture, j'ai remis le cahier dans la sacoche avec les autres et j'ai enregistré le document Word dans un dossier que j'ai baptisé d'un nom anodin – Facturation clients année 1999. Puis j'ai éteint l'ordinateur et j'ai rangé mon exemplaire du contrat signé par les Soignes dans une nouvelle chemise. J'ai failli oublier de refermer la porte à clef, peut-être parce que le carillon avait tinté si faiblement au moment de leur départ, ou parce que tout cela ressemblait à un mauvais rêve.

Je me suis juste brossé les dents, lavé le visage, je n'avais pas envie d'une baignoire solitaire. Une fois dans mon lit, la lumière éteinte, j'ai songé à Jones. J'ai pensé à son visage et ses mots si durs, j'ai pensé à l'homme que j'avais rencontré et qui semblait tellement différent de celui que décrivait Adorno. Pourtant Jones s'était vendu mille fois lui aussi, à dix-huit ans il avait certainement déjà perdu toute innocence, toute fraîcheur, je le savais, j'en avais fait l'expérience moi aussi, alors comment et pourquoi les choses avaient-elles changé quand il avait rencontré Adorno, quelle porte s'était ouverte, quelle armure s'était fissurée ? Comment se faisait-il que des centaines de femmes et d'hommes pour lesquels j'avais travaillé, aucun n'ait posé le doigt sur le seul centimètre carré de peau vulnérable qui m'aurait transformée ou révélée ou ramenée loin en arrière, au temps de l'innocence? Mme Derovitski s'en était approchée, Adorno aussi, mais jamais je n'avais franchi la frontière qui me séparait des vivants.

Dans mon ventre Anne-Lise a bougé et malgré moi j'ai entrevu l'image fugitive d'un bébé recroquevillé sur lui-même, un pouce dans la bouche, j'ai imaginé une boucle de cheveux en accroche-cœur sur la joue, quel détail absurde, et j'aurais voulu me planter devant la baignoire rouge où étaient les deux hommes et leur demander si j'étais un monstre d'avoir fait cela, d'avoir signé ce papier sans un frémissement, sans une protestation, sans demander intérieurement l'avis de la petite fille qui écoutait peut-être et guettait le mouvement de mon bras, allais-je saisir le stylo et signer, mais oui, je l'avais fait.

J'ai fermé les yeux. Je me souvenais des lèvres de Jones sur ma joue. Je me souvenais de son regard quand il m'avait dit qu'il me trouvait jolie – et peu importait qu'il ait menti ou non. J'ai pensé soudain avec stupeur : Tu l'as rencontré, ce client, celui qui a posé le doigt sur ton centimètre carré de peau vulnérable, ne l'as-tu pas encore deviné? J'ai rouvert les yeux et j'ai fixé l'obscurité, effrayée, le cœur battant aussi fort que celui d'Adorno quand Jones avait frappé à la porte. Pourquoi a-t-il fallu que ce soit toi, songeais-je, mon frère jumeau, mon frère scorpion, et j'ai compris à cet instant que l'unique rédemption, l'unique salut, serait que Jones parvienne un jour à m'aimer comme il avait aimé Adorno.

25

Le lendemain était un samedi, et j'ai été soulagée de ne pas avoir à mentir à Marja. Je ne pouvais plus imaginer travailler pendant qu'elle serait dans la pièce d'à côté, il suffirait que j'aie envie d'aller aux toilettes, besoin d'aller chercher un dossier dans le placard aux archives, qu'est-ce qui l'empêcherait de s'approcher silencieusement du bureau sur ses pieds nus d'espionne, je ne pouvais pas emporter le cahier partout où j'allais, et l'ordinateur encore moins. Au rythme où j'avançais, j'aurais certainement fini le lendemain ; j'étais incapable de voir au-delà.

J'ai travaillé sans même m'arrêter pour déjeuner. À deux heures, j'ai eu faim et je suis allée me préparer deux tartines et un verre de jus d'orange. Jones s'installait dans l'appartement d'Adorno, y apportait peu à peu presque toutes ses affaires, jusqu'à un pot d'hortensia qu'il avait réussi à caser sur le minuscule balcon, à côté de la plante desséchée qu'Adorno lui avait défendu de jeter – et leurs rituels se mettaient en place, les plateaux du petit déjeuner que Jones lui apportait au lit, des tartines et du café, lui ne prenait qu'un café et Adorno ne cessait de le sermonner, « Tu ne peux pas aller travailler l'estomac vide », disait-il, mais Jones riait en allumant sa première cigarette et répliquait : « Travailler ? Mais je ne travaille pas, mon cœur », et parfois il ajoutait : « Ou si je travaille c'est ainsi, et crois-moi, c'est plus un plaisir qu'un labeur », et il écrasait sa cigarette à peine allumée, prenait le plateau et le posait à terre, puis rejoignait Adorno sous les draps. Il semblait n'y avoir eu que du bonheur durant ces trois années, à peine quelques disputes à la suite desquelles Jones disparaissait pendant deux ou trois jours, mais il revenait toujours et c'étaient les larmes, et l'amour.

À trois heures, j'avais fini le deuxième cahier et la moitié du troisième. C'est alors que sont apparues les premières manifestations graves de la maladie, les premières hospitalisations, la décision d'Adorno de renvoyer Jones habiter chez lui – pour ne pas, écrivait-il, qu'il devienne infirmier, garde-malade. À cette époque aussi, il s'était mis à la recherche de cela précisément, d'une garde-malade qui serait également secrétaire, femme de ménage et cuisinière. Pour la première fois, il parlait de moi.

Je n'avais jamais connu Adorno. Quelle leçon cela a-t-il été de l'apprendre ; je m'imaginais connaître mes clients mieux qu'eux-mêmes, pourquoi sinon auraient-ils fait appel à moi, et s'ils se révoltaient parfois, aucun ne m'avait jamais reproché de m'être trompée sur son compte : leur révolte était à la mesure de la justesse de mon interprétation.

La première fois qu'il a parlé de moi dans le cahier, je n'ai pas compris de qui il s'agissait, tout d'abord parce que je n'avais pas pensé que j'y figurerais – qu'avais-je été à part ce qu'il citait plus tôt, une employée de maison, une secrétaire – et je n'avais pas imaginé non plus apparaître sous ces traits. Il m'appelait la pierre, ou simplement Pietra, sans méchanceté, je veux bien le croire, mais cela m'a serré le cœur : j'avais toujours cru – je m'en suis aperçue à cet instant – qu'Adorno avait eu un peu d'affection pour moi, comme j'en avais eu pour lui. « Elle n'est ni laide ni jolie, écrivait-il, mais je n'ai jamais vu quelqu'un exprimer moins de sentiments ; j'ai parfois l'impression qu'elle n'existe pas, que je l'ai inventée, tant il y a peu de différence entre sa présence et son absence. »

Qu'avez-vous tous avec cela, ai-je pensé sombrement, Adorno, Marja, Yarol, qu'avez-vous tous à penser que je n'existe pas simplement parce que je m'occupe des autres au lieu de ma petite personne ? J'aurais cru au contraire que cela me ferait exister davantage. J'ai pensé aussi, avec colère : Pourquoi parler de moi si c'est pour en parler en ces termes, Adorno, j'étais votre employée et je faisais bien mon travail, je crois, et je n'ai pour ma part jamais dit du mal de vous à quiconque, auriez-vous aimé que je me moque de vos manteaux en fourrure, de votre maquillage qui ne cachait rien de votre teint de mourant, auriez-vous aimé que je raconte avec ironie qu'il vous arrivait de pleurer en écrivant ces cahiers sans vouloir dire pourquoi, comme un enfant timide ? Même les romans sentimentaux de Mme Derovitski étaient moins mièvres. Des pages entières sont presque illisibles parce que vos larmes ont dilué l'encre, auriez-vous aimé que je parle de vous comme d'un pédé sentimental, d'une folle amoureuse ? Non, je n'ai jamais dit de mal de vous, et je n'ai jamais écrit non plus un mot à votre sujet qui puisse tomber sous d'autres yeux, alors vous n'avez pas le droit de parler de moi comme d'une femme sans cœur, vous n'avez pas le droit d'écrire que vous auriez voulu me démonter comme une montre pour découvrir ce qui faisait tourner mes rouages, puisque ce n'était ni l'amour ni même la quête de l'amour, et que ce ne pouvait être non plus seulement l'argent, car l'argent, écriviez-vous, est une chose puissante mais qui n'a jamais maintenu personne en vie – d'ailleurs comment avez-vous pu écrire cela, Adorno, sans savoir qu'un jour j'aimerais Jones comme vous l'avez vous-même aimé ?

26

Alors je n'ai pas tapé tous ces mots-là. La pierre, Pietra, je les ai effacés, ils ont disparu non des cahiers violets, bien sûr, mais au moins du texte dactylographié tel que je le remettrais à Jones. Peut-être même, ai-je pensé, pourrais-je prétexter une erreur de ma secrétaire pour justifier la disparition des cahiers, les jeter bel et bien cette fois, les brûler, que les pages imprimées deviennent la seule trace des souvenirs d'Adorno. Il ne me restait qu'à espérer que les deux hommes aient été trop occupés à s'aimer pour discuter de la dame de compagnie, qu'il soit encore possible de changer le visage des choses. Méthodiquement, j'ai gommé du texte la femme qui l'habitait, cette femme froide, rêche et professionnelle, « On peut faire bien son travail et manifester un peu de chaleur, se plaignait-il, te rends-tu compte qu'en six mois elle n'a pas réussi à me tutoyer bien que je l'en ai priée plusieurs fois, et elle ne m'a jamais rapporté du marché une botte de jonquilles ou une barquette de fraises sans que je le lui demande, et pourtant je lui donne des primes, tu peux me croire. » Il parlait aussi du parfum, de l'impossibilité de trouver une fragrance qui accepte d'épouser ma peau ou que ma peau accepte d'accueillir, « même les cheveux, même les étoffes retiennent les parfums, disait-il, mais sur elle toutes les odeurs disparaissent, et tu sais ce que je pense des parfums, Jones, je pense qu'ils savent mieux que nous ce que valent les gens, comme les bêtes, comme les enfants, souviens-toi comme ce mélange curieux de musc et de gardénia est devenu sur ta peau la senteur la plus merveilleuse qui soit ».

Je n'ai pas seulement effacé ces passages-là, des anecdotes qui n'étaient destinées sans doute qu'à distraire Jones mais me faisaient pâlir – qui aurait cru qu'Adorno s'amusait à compter le nombre de mes sourires ou de mes paroles, qui aurait cru qu'il s'amusait parfois à ne pas prononcer un mot durant toute ma visite pour voir si je lui adresserais spontanément la parole, mais non, je vaquais à mes occupations, je passais la serpillière ou je prenais des notes sous sa dictée et mes lèvres restaient scellées, je ne disais que bonjour monsieur ou, plus tard, bonjour Adorno, et au revoir monsieur ou au revoir Adorno. Non, je ne me suis pas contentée de faire disparaître cette femme-là, j'en ai imaginé une autre, une dame de compagnie, tout comme moi, rousse, tout comme moi, elle aussi faisait la vaisselle et récurait la baignoire, mais celle-là était différente. J'ai eu du mal, je dois l'avouer. Pourtant j'avais l'habitude de ces transformations, j'en avais tant effectué pour d'autres mais je ne savais comment procéder, moi qui comprenais à demi-mot les souhaits les plus confus de mes clients, je ne savais pas ce qu'Adorno aurait voulu que je sois, ce que Jones pouvait apprécier, et je me serais sans doute trompée si le chemin n'avait été indiqué dans ces pages, en quelque sorte. Il m'a suffi de dire l'opposé de ce qu'écrivait Adorno, il m'a suffi de démonter les pièces et de les remonter à l'envers : je rapportais des bouquets de pivoines du marché, et des petits cadeaux, une religieuse au chocolat, un flacon ébréché mais unique que j'avais vu en chemin dans la vitrine d'un brocanteur, et je refusais qu'il me rembourse. Il attendait mes visites avec impatience, j'étais toujours gaie et patiente, même quand il souffrait et se montrait brusque ; il se demandait d'ailleurs comment je parvenais à conserver ma douceur, le métier que j'exerçais aurait pu m'aigrir. Je n'en ai pas mis trop, juste assez pour que ce soit convaincant, et ce faisant j'avais le sentiment de plaider ma cause auprès de Jones, Je ne suis pas celle que vous croyez, disais-je, voyez qui je suis, donnez-moi juste un peu de temps.

Je ne me suis pas aperçue que j'en étais arrivée, en un sens, à être ma propre cliente, que je construisais une illusion dans laquelle je m'invitais moi-même. J'entrais dans la maison d'opium, la maison d'éther, et si j'en avais pris conscience, je crois que j'aurais choisi de l'ignorer.

27

En milieu d'après-midi, le téléphone a sonné. J'ai décroché machinalement, il était rare que des clients appellent le week-end mais sur nos cartes j'avais pris soin de faire imprimer *En cas de besoin* – non pas d'urgence, mais de besoin –, *vous pouvez nous appeler 24 heures sur 24 et 7 jours sur 7.*

« *Pour Vous*, bonjour, en quoi puis-je vous aider ?

— Delphine ? Marja ? » a demandé une voix de femme.

Je l'ai reconnue aussitôt, même si je ne l'entendais pas plus d'une ou deux fois par an. J'ai été contrariée, je n'avais pas envie d'avoir cette cliente au bout du fil et ce jour-là moins que jamais.

« Marja Jeska à l'appareil, ai-je répondu, et vous êtes… ?

— Mme M., a-t-elle dit d'une voix chantonnante. Comment allez-vous, Marja ? Je suis en ville pour quelques jours, et j'aimerais en profiter pour voir Delphine. Est-ce qu'elle est au bureau ?

— Non, madame. Je suis désolée, elle est sortie, mais je peux prendre un message.

— Demandez-lui si elle est libre lundi pour déjeuner. Qu'elle me rappelle. Je vais vous laisser mon numéro… »

Je l'ai noté sur l'agenda de Marja en inscrivant également « Rappeler et fixer rendez-vous mardi à 12 heures ». J'ai prétexté un double appel pour raccrocher. J'ai pensé un moment au déjeuner à venir, toujours au même endroit, une crêperie de la rue de la Néva. Mme M. s'imaginait que j'aimais les crêpes, que tout le monde aimait les crêpes parce qu'on les a aimées enfant. Qu'en savez-vous ? avais-je envie de lui dire, moi je ne les aimais pas. Un instant j'ai eu envie de barrer la note que je venais d'écrire dans l'agenda de Marja, d'inscrire à la place « Rappeler et dire que je ne suis pas disponible », mais je n'avais jamais refusé un client pour la seule raison que je n'avais pas envie de le voir, et après tout ces déjeuners étaient facturés au même tarif que les autres prestations.

Mme M. m'invitait une ou deux fois par an, le plus souvent au printemps et presque toujours, je l'ai dit, dans cette fausse crêperie bretonne où un vieux filet de marin était accroché au mur et une lanterne suspendue au-dessus de la porte. Quel décor ridicule, pensais-je chaque fois que j'y entrais, mais c'était aussi, finalement, un décor parfait pour ces rencontres puisque aucun dossier n'était aussi faux, aussi fabriqué que le sien. Cette idée n'aurait pas pu traverser l'esprit de Mme M. car, curieusement, c'était ma seule cliente à ne pas savoir précisément quel métier j'exerçais. Ces déjeuners avaient pourtant lieu depuis l'ouverture de l'agence, elle était l'une de mes clientes les plus anciennes – je ne dirais pas les plus fidèles – mais, entre deux invitations, elle ne donnait aucune nouvelle et n'en prenait pas davantage. Je ne savais jamais à l'avance quand j'allais la revoir, ni même si j'allais la revoir un jour. Elle aurait pu être percutée par une voiture, tomber malade, s'installer à l'étranger, j'ignore si elle aurait pris la peine de me prévenir. À chacune de ses réapparitions, elle me donnait un numéro de téléphone et une adresse différents. Il s'agissait parfois de petits hôtels une ou deux étoiles, parfois d'appartements qu'on lui avait manifestement prêtés. Cinq ou six fois en quinze ans, elle m'avait préparé à déjeuner dans l'un de ces appartements ; le menu était toujours le même, une macédoine de légumes, un steak haché et des haricots verts, un mille-feuille pour finir ; un déjeuner familial, de ceux qu'on improvise à la va-vite en sortant deux boîtes de conserve d'un placard. Ce n'était jamais un repas de fête et c'est précisément cela, je le savais, qu'elle essayait de reconstituer, la banalité du quotidien, de la même façon qu'elle essayait de retrouver l'enfance en déjeunant dans une crêperie. À elle aussi, j'aurais pu dire : « Vous faites ça en vain, ce qui n'a pas été n'a pas été, et vos efforts ne servent à rien », mais pas plus qu'à mes autres clients je ne lui révélais cette vérité.

Marja s'était montrée curieuse, au début, et m'avait demandé :

« Cette femme qui porte le même nom que vous, mademoiselle, est-ce que c'est quelqu'un de votre famille ? »

J'avais répondu brièvement, pour qu'elle n'insiste

pas, que c'était un membre de ma famille éloignée. Elle était revenue à la charge quelques jours plus tard.

« La dame qui porte votre nom a encore appelé, avait-elle dit. Je devrais peut-être lui donner votre numéro personnel, mademoiselle ? Ou lui dire de passer directement au bureau ? »

J'étais allée éteindre son petit poste de radio, alors, et je m'étais penchée vers elle en appuyant mes deux mains sur sa table.

« Écoutez-moi bien, Marja, avais-je dit calmement. Quand elle rappellera, dites-lui que si elle veut me voir, il faut qu'elle prenne rendez-vous. Faites comme pour les autres clients. Simplement, ne lui parlez pas du tarif. C'est moi qui m'en chargerai. »

Et je lui en avais parlé en effet, dès notre première rencontre, après des années d'absence qu'elle cherchait confusément à justifier.

« Je n'ai pas besoin de savoir, avais-je dit. Mais je travaille beaucoup, je n'ai que très peu de temps libre. Si je prends sur mes loisirs pour vous voir, j'aimerais que vous me dédommagiez. Je ne pense pas que ce soit beaucoup demander. »

Elle avait eu l'air dérouté, puis elle avait pris son sac à main et en avait ouvert la fermeture éclair.

« Combien est-ce que je dois te donner ? avait-elle murmuré. Est-ce que c'est moi qui décide, ou…

— C'est très simple. Donnez-moi… » J'avais cité un chiffre. « C'est à peu près ce que je touche pour trois heures de travail. Un déjeuner dure environ trois heures, non ? »

Elle avait ouvert son portefeuille, mais elle n'avait

pas suffisamment de liquide et elle m'avait interrogée du regard.

« Vous n'avez qu'à me faire un chèque », avais-je dit à voix basse.

Elle avait rédigé le chèque sur un coin de table – c'était notre premier déjeuner à la crêperie, je m'en souviens –, en se mordillant les lèvres. Quand elle m'avait tendu le chèque en se forçant à sourire, j'avais vu qu'une de ses incisives était tachée de rouge.

« Ton argent de poche, ma chérie », avait-elle plaisanté, mais sa voix manquait de conviction.

J'avais rangé le chèque sans un mot. La seule différence entre mes autres clients et celle-ci, c'est que je ne lui donnais jamais de reçu, je ne saurais dire pourquoi, peut-être parce que j'estimais qu'il existait un papier, quelque part, qui rendait ce document superflu. Mme M. avait peut-être compris, elle n'était pas sotte, elle préférait sans doute ce compromis à quelques paroles humiliantes ou un refus. Ce jour-là, pour clore la conversation, j'avais déclaré :

« Tu n'as pas besoin de parler du passé, tu sais. Il n'y a rien à expliquer. Tu ne m'as jamais manqué. »

Nous n'avons plus jamais abordé le sujet, et Marja a appris à se taire également. Elle ne comprenait pas que je puisse cultiver une telle indifférence envers une femme dont je portais le nom, que ce soit une sœur, une tante, une cousine, et qui s'était d'ailleurs peut-être confiée à elle au téléphone, mais elle respectait cette absence de sentiment car elle était convaincue – elle me l'a dit un jour dans un mouvement d'humeur – que c'était l'âme et la colonne vertébrale de *Pour Vous*.

J'ai refermé l'agenda et j'ai repris mes transcriptions, mais le cœur n'y était plus. J'éprouvais un sentiment d'imposture qui m'a fait monter les larmes aux yeux, Quelle ironie, songeais-je, cet appel justement aujourd'hui, est-ce une façon de me rappeler qu'on ne change pas, qu'on ne change jamais, que tout cela est du vent, pareil à celui que j'offre à mes clients – il sent si bon pourtant, Adorno l'aurait aimé, j'y ai mis l'odeur d'une source où j'allais boire quand j'étais petite (après, j'ai longtemps refusé de boire l'eau du robinet), le parfum des cheveux courts d'une amie d'enfance dont j'ai oublié le nom et le visage, l'eau de toilette de Mme Derovitski, l'odeur de certains moments presque heureux, de petits cadeaux que la vie m'a faits et que j'ai pris comme tels, l'odeur de tout ce qui aurait pu faire de moi quelqu'un d'autre, la nouvelle femme du cahier, précisément.

28

Il m'a fallu longtemps pour entendre le cliquetis contre la vitre. Il était presque inaudible, de simples grêlons auraient fait plus de bruit, ou même les grosses gouttes de pluie des orages d'août. Les bruits ont sans doute retenti à intervalles réguliers pendant deux ou trois minutes avant que je lève les yeux et que je voie une boulette de papier rebondir contre la vitre, puis une deuxième, et je me suis levée. Je me disais que des enfants s'amusaient peut-être à bombarder les fenêtres, bien qu'il n'y ait guère d'enfants dans l'immeuble, et j'avais l'intention de leur dire d'aller jouer ailleurs, mais quand je suis sortie sur le trottoir, j'ai vu Yarol s'enfuir.

Je l'ai reconnu à sa silhouette mince et à ses cheveux trop longs. Tout en courant, il s'est retourné pour me faire signe de le suivre et j'ai vu alors l'expression déterminée et anxieuse de son visage, Mais que se passe-t-il, Yarol, ai-je pensé. Trente mètres plus loin, il a ouvert un portail donnant dans une allée et il a disparu.

J'ai attrapé une veste, j'ai glissé mes pieds dans

des mules et je l'ai suivi. Devant l'agence, le trottoir était jonché de boulettes de papier et j'ai pris le temps d'en ramasser une ou deux et de les déplier pour voir si Yarol y avait inscrit quelque chose mais elles étaient vierges, juste humides, sans doute la salive dont Yarol les avait imbibées pour les rendre plus lourdes. Lentement, je me suis dirigée vers le portail. Il ouvrait sur un passage étroit et sombre conduisant sans doute à une arrière-cour semblable à celle de mon immeuble et je me suis demandé pourquoi Yarol essayait de m'entraîner là, mais je n'avais pas peur ; je n'ai jamais eu peur de Yarol. Quand je suis arrivée dans l'arrière-cour, il n'y était plus. Je suis restée un instant désemparée, parcourant du regard l'espace gris et exigu où étaient entassés des planches, de vieux outils, une échelle. Je ne savais pas où Yarol était passé, s'il était possible qu'il se soit glissé à travers une fenêtre entrouverte d'un appartement du rez-de-chaussée, puis l'ait refermée derrière lui – mais dans ce cas, pourquoi m'aurait-il demandé de le suivre ? J'ai pensé avec inquiétude aux habitants de l'appartement, à la plainte qu'ils voudraient peut-être déposer, à la colère de la mère de Yarol qui me tiendrait d'autant plus pour responsable que l'incident s'était déroulé à trente mètres de l'agence. Puis j'ai aperçu une porte métallique qui se fondait dans les murs et, par l'entrebâillement de cette porte, la main de Yarol qui me faisait signe.

Je l'ai suivi le long d'un couloir où étaient entreposés des poubelles et du matériel d'entretien. Cette fois, il ne s'est pas éloigné, il marchait à quelques pas devant moi, une petite lampe de poche était apparue dans sa main et il éclairait le sol entre nous. Une forme sombre a filé entre mes pieds, un gros insecte ou un rongeur, et j'ai pressé mes doigts contre ma bouche. Quand nous avons débouché dans une petite cour et que j'ai reconnu, en face, les rideaux verts pendus à la fenêtre de ma chambre, j'ai compris que nous avions fait en sens inverse le chemin parcouru sur le trottoir : nous étions derrière l'agence.

Ainsi c'était l'itinéraire que suivait Yarol quand il venait enrouler à l'aide d'une ficelle un papier autour des barreaux de ma fenêtre. Je me suis demandé au prix de quelles explorations hasardeuses dans les arrière-cours et les caves il avait découvert ce passage. Dans un angle de la cour se dressait une sorte d'appentis recouvert d'une plaque de tôle où le concierge devait ranger des outils ou les poubelles; mais quand Yarol m'a pris la manche pour m'entraîner jusqu'à l'appentis, j'ai vu qu'une chaîne et un cadenas tout neufs en condamnaient l'accès. Yarol a fait passer par-dessus sa tête une cordelette à laquelle était attachée une clef et a ouvert la porte de l'abri.

Il ne mesurait pas plus d'un mètre de hauteur sur la moitié de profondeur; à l'intérieur se trouvaient un duvet roulé en boule, une gourde et un paquet de biscuits presque vide. Sur les parois, Yarol avait scotché des cartes de la ville qu'il avait griffonnées jusqu'à ce qu'on n'en reconnaisse presque pas les rues, les avenues et le fleuve. Il s'est accroupi et j'ai dû m'accroupir moi aussi, puis m'asseoir, parce que la position était trop inconfortable. Je me suis demandé comment il pouvait tenir à l'intérieur de l'appentis et combien de temps il y passait chaque jour. Il m'a regardée avec un air complice et s'est penché pour me parler à l'oreille.

« C'est une bonne cachette, a-t-il chuchoté. Je voulais vous la montrer parce que vous en aurez sûrement besoin. Je n'y suis pas toujours, et de toute façon, s'il le faut, je crois qu'on pourra tenir à deux. S'il y a vraiment du danger.

— Quel danger, Yarol ? ai-je demandé.

— Vous savez bien, a-t-il murmuré en désignant d'un signe du menton la rue derrière l'immeuble. Ils savent où vous vivez. Ils attendent.

— Je ne comprends rien, Yarol. »

Je l'ai observé avec plus d'attention. Le casque de son walkman était passé autour de son cou mais le cordon se balançait dans l'air ; Yarol avait dû perdre l'appareil sans s'en apercevoir. Il avait les joues marbrées de rouge et son regard dérivait sans parvenir à se fixer. Il avait porté la clef à sa bouche et mordillait le métal avec tant d'obstination qu'il s'était écorché la langue. Je me souvenais de cette expression : il l'affichait à l'époque où il refusait d'éteindre son ordinateur, de m'adresser la parole, de me suivre jusqu'à la rue. J'ai eu envie de tendre le bras et de passer et repasser la main devant ses yeux comme on le fait avec les somnambules.

« Je l'ai vu, a-t-il chuchoté. Je l'ai vu. L'homme qui guette dans le quartier. Il surveille votre porte. Il vous attend.

— Mais quel homme ? »

Il a eu des gestes désordonnés, puis il a fait mine de plaquer ses cheveux sur sa tête et de se gratter la joue avec les ongles, les doigts écartés ; il n'a pas eu besoin d'en dire davantage pour que je comprenne qu'il parlait de Jones.

« Quand est-ce que vous l'avez vu ? » ai-je demandé, et à nouveau son regard a glissé furtivement vers l'immeuble et la rue.

« Hier. Et la veille aussi. Et la semaine dernière. Au début je n'ai pas fait attention, je croyais qu'il attendait quelqu'un, et puis j'ai vu que les voitures et les piétons passaient et passaient sans s'arrêter et qu'il restait là, à regarder vos fenêtres, alors j'ai compris. Et dès que j'ai été sûr je suis venu vous prévenir.

— Merci de m'avoir mise en garde, Yarol, ai-je dit. Mais maintenant que c'est fait, je peux me débrouiller toute seule. Vous n'avez pas de souci à vous faire. Rentrez plutôt chez vous, votre mère va s'inquiéter. »

En réalité je n'avais pas peur, j'étais heureuse de savoir que Jones surveillait l'agence, j'avais envie de retourner dans les bureaux et de regarder par la fenêtre en écartant discrètement les rideaux pour tenter de l'apercevoir. Je me suis redressée en m'agrippant à la porte de l'appentis.

« Ne restez pas là, Yarol, ai-je dit. Vous allez avoir des ennuis avec le concierge. Rentrez chez vous. Je vous promets que maintenant que je suis prévenue, je serai prudente. »

Il a baissé la tête et a répondu d'une voix de conspirateur :

« Le concierge. Le petit homme sans cheveux ? Il n'est pas avec eux. Je lui ai donné de l'argent, et il m'a dit que je pouvais rester là.

— De l'argent ?

— J'en avais, a-t-il dit en haussant les épaules. Un peu. L'argent que ma mère m'avait donné. Mes économies.

— Oh, Yarol », ai-je murmuré.

J'ai inspiré profondément, puis je lui ai pris le bras.

« Venez, ai-je dit. Je vais vous préparer un café, puis je vous reconduirai chez vous. Ou bien j'appellerai votre mère pour qu'elle vienne vous chercher. Comme vous préférez.

— N'appelez pas ma mère, a-t-il répliqué d'un ton pressant. Je vais rester encore un peu ici pour monter la garde. Demain je chercherai une autre cachette. C'est important de ne pas rester trop longtemps au même endroit. Maintenant partez. »

Il s'est glissé à l'intérieur de l'appentis, enroulant son long corps jusqu'à être assis, les jambes croisées, le menton posé sur les genoux. Le sommet de son crâne frôlait le toit et il pouvait tout juste m'apercevoir en renversant légèrement la tête. Il avait gardé la clef et il me l'a mise de force dans la main.

« Fermez la porte, accrochez le cadenas à la chaîne et faites-le passer par cette fente, là, a-t-il chuchoté. Laissez la clef dessus. Je n'ai jamais pu m'enfermer comme il faut jusqu'ici – mais s'ils arrivent aujourd'hui, ils ne pourront pas m'atteindre. »

J'ai hésité. Je ne sais pas ce qui m'a décidée à lui obéir, la fébrilité et l'impatience que reflétait son visage ou ma propre fébrilité, ma propre impatience à l'idée de revoir enfin Jones. Avant de refermer la porte, j'ai dit :

« Promettez-moi que vous ne resterez pas longtemps ici. C'est humide et sale. Vous allez attraper la mort. »

Il a levé les yeux vers moi. Il était rayonnant. Il avait commencé ce voyage sur son scooter, le jour où il m'avait raccompagnée à l'agence, ai-je pensé, c'est à ce moment-là qu'il avait traversé le miroir, et l'argent que je lui avais donné n'y avait rien changé, n'avait pas suffi, en tout cas, à le ramener à la réalité. Il était recroquevillé dans l'abri, le dos sans doute meurtri par les tuyaux qui descendaient le long du mur avant de plonger sous terre, respirant cette haleine de grotte, et je ne l'avais jamais vu aussi heureux.

« C'est promis, a-t-il chuchoté. Maintenant fermez cette porte, et allez-vous-en. Vous allez nous faire repérer. »

J'ai obéi. J'ai fermé la porte, tourné la clef dans le cadenas, que j'ai poussé dans la fente. Je suis restée un instant immobile devant l'appentis, puis j'ai frappé doucement et j'ai chuchoté :

« Yarol, est-ce que ça va ? »

Je n'ai pas eu de réponse. J'ai plaqué mon oreille contre la porte. J'ai répété :

« Yarol ? »

J'ai entendu un crissement sur le bois et j'ai choisi de croire qu'il m'indiquait ainsi, le plus discrètement possible, que oui, tout allait bien. Je me suis redressée, j'ai regardé un instant l'appentis – si gris, si étroit –, puis je suis partie.

29

Je me suis dirigée vers la porte de l'agence en m'efforçant de ne pas regarder autour de moi, de ne pas imaginer reconnaître l'approche de Jones dans le moindre jeu d'ombres. Je suis entrée sans me retourner et j'ai attendu cinq minutes, l'œil fixé sur ma montre, avant de m'approcher de la fenêtre donnant sur la rue. J'ai repoussé les voilages entre deux doigts et j'ai parcouru la rue du regard, mais je n'ai pas vu Jones, juste deux fillettes, une grande et une petite, se tenant par la main, et marchant avec le sérieux des enfants à qui on confie les commissions, un chien fugueur, le museau collé au sol, un couple enlacé. J'ai patienté un peu, me rapprochant de la vitre jusqu'à l'embuer de mon haleine. Je me demandais si Yarol disait vrai, s'il avait vraiment vu Jones aussi souvent qu'il l'affirmait ; peut-être l'avait-il aperçu une fois ou deux seulement, et le personnage aux cheveux brillantinés, à la joue grêlée, s'était démultiplié dans son imagination jusqu'à y prendre la place qu'il occupait aujourd'hui. Je me demandais quelles questions je pourrais poser à Yarol pour distinguer ce qu'il avait réellement vu de ce qu'il avait cru voir. Puis je me suis aperçue qu'il était déjà tard, et je suis retournée m'asseoir devant l'ordinateur.

À présent, je connaissais la nouvelle Delphine sur le bout des doigts et je lui faisais traverser ces pages comme une ombre, à l'arrière-plan de leur amour mais néanmoins présente, et bienveillante. J'ai même osé écrire : « Delphine m'a dit qu'elle t'avait croisé hier dans la rue. Elle t'a reconnu d'après la description que je lui avais faite de toi. Elle m'a dit que tu étais tout à fait comme elle t'imaginait, et j'en ai été heureux. J'aimerais que vous fassiez connaissance un jour. Il me semble impossible qu'elle ne te plaise pas. »

Bien sûr, je faisais aussi ce pour quoi Jones me payait : je retranscrivais fidèlement les propos d'Adorno, je ravaudais les pages en lambeaux. Quand elles étaient indéchiffrables, je les réécrivais sans la moindre hésitation, du premier au dernier mot, comme j'aurais recousu un vêtement familier. À l'agence, j'avais l'habitude de combler les lacunes, de colmater les brèches, je pouvais reconstituer sans la moindre erreur l'emploi du temps de journées dont les clients avaient tout oublié. J'avais plusieurs fois retrouvé des adolescents, des maris ou des épouses en retraçant simplement les dix ou vingt jours précédant leur disparition. Il n'est pas impossible que quelque chose d'essentiel, une confidence ou un désir m'aient échappé ; Adorno, je l'ai dit, n'était pas le livre ouvert que j'imaginais. Mais je me souvenais de chacun des jours où je lui avais rendu visite, de ceux où j'avais trouvé porte close, de ceux où il m'attendait le cahier sur les genoux, les articulations des doigts trop douloureuses pour écrire ; je me souvenais de ses rémissions et de ses rechutes, et de toutes les anecdotes concernant le gigolo dont il parlait sans lassitude mais avec de plus en plus de nostalgie, d'amertume, à l'idée que la mort allait les séparer bientôt. Et pourtant, Adorno, ai-je songé, il fallait bien que vous mouriez pour que je rencontre Jones, il fallait bien que vous mouriez pour qu'il trouve ces cahiers et parte à ma recherche.

Pensez de moi ce que vous voulez, traitez-moi de monstre si vous voulez, mais à cet instant j'ai été contente d'avoir aidé Adorno à plonger l'aiguille dans sa veine, d'avoir porté le verre d'eau amère à ses lèvres, car chacun de ces gestes m'avait rapprochée de Jones. Je n'avais pas été une simple spectatrice, un témoin invisible, j'avais joué un rôle dans l'enchaînement des faits qui nous avait réunis ; oui, à l'époque déjà, sans le savoir, je dressais le décor de notre rencontre, moi qui n'étais jamais intervenue que dans le destin d'autrui, je m'étais enfin attelée à mon propre nid, ma propre vie.

Quand le soir est arrivé et que j'ai éteint l'ordinateur à regret, les yeux brûlants de fatigue, j'étais presque heureuse. J'avais le sentiment d'avoir trouvé ma maison et que cette maison était l'appartement au carrelage bleu et à la baignoire rouge d'Adorno, j'avais le sentiment d'y avoir passé des années, et surtout que ses portes étaient encore ouvertes ; elle n'avait pas été vidée, vendue, elle n'abritait pas des inconnus qui avaient cassé les carreaux, envoyé la vieille baignoire à la benne et repeint les murs de chaque pièce. Durant les quinze dernières années, j'avais couru d'un lit de malade à une vieille femme, d'une veuve à un orphelin, j'avais encaissé des chèques et rêvé de développer *Pour Vous*, mais en réalité j'étais là-bas, sans en avoir conscience, j'étais à l'abri et je ne le savais pas.

Avant de me coucher, j'ai pris la clef de la cour de l'immeuble et je suis sortie par la porte de service à l'arrière de l'appartement. Je n'aurais pas été surprise, je crois, de distinguer un filet de lumière sous la porte de l'appentis, de m'apercevoir que Yarol ne m'avait pas obéi et qu'il se trouvait encore dans sa cachette. Mais l'arrière-cour était obscure et l'appentis se distinguait à peine des ombres amassées contre les murs. Je me suis dirigée vers la petite construction en brique, les bras tendus pour éviter les obstacles, et quand j'ai senti sous mes doigts le bord de la plaque en tôle ondulée, je me suis laissée glisser sur mes talons.

« Yarol ? ai-je chuchoté. Yarol ? »

À tâtons, j'ai cherché la chaîne. Il m'a semblé qu'elle n'avait pas changé de place depuis l'après-midi, mais sans doute Yarol avait-il glissé le cadenas dans la fente pour qu'il soit moins visible.

J'ai appuyé ma tempe contre le mur de l'abri. Je pensais au visage radieux de Yarol à l'instant où j'avais refermé la porte sur lui. Cet abri d'un mètre carré, poussiéreux, dégageant des relents d'égout et encombré de tuyaux, c'était l'incarnation de son rêve, le noyau de ses fantasmes, et il s'y sentait mieux que nulle part ailleurs. J'ai fermé les yeux. La petite musique du cahier me trottait dans la tête, et j'ai pensé : Que fais-tu d'autre, allongée recroquevillée tapie clandestine dans les pages de ce cahier, que fais-tu d'autre que Yarol, tu es entrée par effraction dans un lieu qui ne t'appartient pas mais qui est le seul où tu peux être toi-même.

30

Adorno ne m'avait peut-être pas menti ; du moins, il m'était possible d'espérer qu'il ait respecté sa promesse et n'ait pas révélé à Jones que j'avais été plus qu'une accompagnatrice de vie, que j'avais été, de fait, une dame de compagnie un peu particulière puisque je l'avais escorté jusqu'à la mort. Le cahier s'achevait sans qu'il évoque mon nom ; j'ai fait défiler les pages sur l'écran en cherchant à localiser ma dernière apparition, elle se situait des jours, des semaines avant cette ultime matinée, on aurait pu croire en effet – comme je l'avais affirmé à Jones – que j'avais cessé de travailler pour lui depuis des mois. Il semblait avoir perdu tout intérêt pour moi ; à dire vrai, il semblait avoir perdu tout intérêt pour moi le jour où il avait lu dans mes yeux l'avancée de la maladie et, surtout, où il m'avait vue dénouer sans peine les liens d'affection qui m'attachaient à lui jusque-là. Il n'était plus question de Pietra, de pierre, de parfum s'éventant au lieu de s'épanouir sur ma peau, il n'était plus question de mon absence de sourires et de ma froideur, et j'ai compris avec un serrement de cœur que ses remarques n'étaient peut-être pas exemptes de tendresse, finalement, qu'elles recélaient autant d'affection que d'ironie, comment avais-je pu ne pas m'en rendre compte ?

Jones était en grande partie absent du cinquième cahier, lui aussi, du moins physiquement puisque Adorno l'avait renvoyé depuis longtemps dans l'immeuble aux hortensias. Les fêtes se faisaient rares, les voyages aussi, ils ne se voyaient que lorsque Adorno se sentait suffisamment bien, lorsqu'un verre de vin et de longues minutes passées devant la glace avec ses poudres et ses fards lui donnaient la force d'affronter le regard du gigolo. Mais il continuait de l'évoquer, il en parlait sans cesse, il mentionnait la somme d'argent qu'il prévoyait de lui laisser et combien il espérait qu'elle lui permettrait de commencer une nouvelle vie, « Tu pourrais t'acheter un petit appartement sur la côte, au bord de la mer, écrivait-il, tu pourrais reprendre un commerce, tu pourrais placer l'argent, tu pourrais faire mille choses, mais non, je suis sûr que tu partiras dans ce pays lointain dont tu me parles toujours et que tu reviendras aussi pauvre que tu l'étais quand je t'ai rencontré, je suis sûr que tu le jetteras par les fenêtres car tu es comme moi, l'argent te brûle les doigts, tu sais qu'il est fait pour être claqué ou qu'il t'empoisonne, t'intoxique peu à peu, et pourtant, mon amour, comme j'aimerais savoir qu'aucune autre main que celles que tu désireras ne se posera sur toi ».

Cette allusion à l'argent, à l'héritage, c'était la seule chose qui me gênait, non parce que j'avais toujours su qu'Adorno – et Jones, forcément Jones – méprisait les économies de fourmi auxquelles je me livrais, cette façon laborieuse et terne de mener ma vie qui était tout le contraire de la leur, mais surtout parce qu'elle risquait d'intriguer Jones. Que s'était-il passé entre ces dernières pages et le moment où il s'était aperçu que l'argent avait disparu, croirait-il qu'Adorno lui avait menti, avait rêvé ces millions, comprendrait-il que quelqu'un d'autre était passé avant lui ?

Alors j'ai modifié le texte, une fois encore. Je ne voyais pas comment faire autrement. Adorno imaginait le gigolo dans ce petit appartement donnant sur la mer, sur les plages désertes de ce pays d'Amérique du Sud, plus âgé, toujours plus âgé, amoureux peut-être, père peut-être, mais jamais il ne faisait mention de l'enveloppe pleine de billets rangée dans le premier tiroir de la table de chevet.

J'ai terminé le dernier cahier en fin de matinée. J'avais le dos trempé sous mon chemisier et les lèvres sèches, Adorno était allongé sur son lit et venait de mettre un point final à sa lettre – à vrai dire ce n'était pas vraiment un point, c'était une sorte d'aile, la pointe du stylo qui dérape et trace un signe confus et mystérieux, étrangement émouvant –, et personne d'autre que moi ne savait ce qui s'était passé ensuite. Personne ne savait le jour déjà levé, les dernières heures de sommeil, la porte qui s'ouvre et nos paroles, personne ne savait les indications données à mi-voix et le silence que j'avais gardé tandis que j'obéissais avec soin et rigueur, comme j'accomplissais toujours mon travail, puis les derniers mots, tous ces *derniers* au travers desquels j'avais accompagné Adorno comme un vieux lion de cirque saute à travers quelques cerceaux ; personne ne savait, et personne ne saurait jamais.

J'ai lancé l'impression. J'avais choisi le papier crème que nous utilisions pour les lettres importantes et non celui dont nous nous servions pour le courrier ordinaire, et j'avais sélectionné une police élégante, maquetté avec soin la page de titre, *Lettre à Jones*, y était-il écrit, Adorno ne m'avait jamais indiqué qu'il souhaitait l'appeler ainsi, mais j'avais jugé que c'était un bon titre. Je brûlais d'envie d'appeler Jones pour lui présenter mon œuvre, oui, c'est le mot qui m'est venu à l'esprit, mon œuvre – et dire qu'on aurait pu imaginer qu'il s'agissait d'une simple dactylographie. C'était bien davantage, c'était même mon chef-d'œuvre, ai-je pensé avec une sorte d'exaltation, Jones ne s'était pas trompé en jugeant que je serais, mieux que quiconque, à même de compléter les cahiers. J'aurais voulu le remercier et remercier Adorno de m'avoir permis de réinventer l'histoire telle qu'elle aurait dû être.

J'ai glissé les feuilles dans une chemise cartonnée et rangé les cahiers dans le coffre de l'agence. Je ne savais pas encore ce que j'allais en faire ; j'éprouvais un sentiment de légèreté tel que j'envisageais non de les détruire, mais de les rendre à Jones : il était si peu probable qu'il tente de comparer les deux versions, me disais-je, et surtout, l'histoire que j'avais réécrite était si parfaite que Jones n'avait aucune raison de chercher plus loin, aucun intérêt à se demander ce qui s'était réellement passé, voilà combien j'étais devenue vaniteuse, voilà à quel point j'avais perdu tout sens de la vérité et du mensonge.

En début d'après-midi, j'ai sorti le dossier de Jones et j'ai fait courir mon doigt sur la feuille jusqu'à la case réservée au numéro de téléphone. Je l'ai composé et une voix enregistrée m'a indiqué qu'il n'était pas attribué, mais cela ne m'a pas découragée, au contraire; c'était le genre de jeu de piste dont j'avais l'habitude, et j'ai appelé les renseignements et discuté interminablement avec une opératrice réticente avant d'obtenir, grâce à l'adresse, un autre numéro.

Il s'appelait, en réalité, Jonathan B. J'ai été émue par ce petit mensonge, ce petit arrangement avec l'état civil qui transformait un nom banal en mystérieux patronyme. Le numéro de téléphone était proche de celui qu'il m'avait donné et je me suis demandé s'il s'était trompé en le dictant, délibérément ou non, ou si j'avais fait une erreur en le copiant tant j'étais troublée ce jour-là. Je suis tombée sur un répondeur, mais je n'ai pas raccroché; j'ai écouté son message et j'ai rappelé deux fois, laissant chaque fois le message se dérouler jusqu'au dernier mot et ne raccrochant qu'après le bip final. La quatrième fois, avant le laconique « Jones, laissez votre nom et votre numéro... », il a décroché et je suis restée muette, le souffle court. Combien sont-ils, me disais-je, combien m'en faudra-t-il apprivoiser, le Jones du cahier, celui du répondeur, dont je connais désormais les intonations par cœur – la voix qui s'enroue au moment de prononcer *Jones* –, et celui-là, qui répète ses « Allô » impatients. J'ai deviné qu'il s'apprêtait à raccrocher et je me suis forcée à rompre le silence.

« Delphine M. à l'appareil, ai-je dit. De l'agence *Pour Vous*. Vous m'avez donné des cahiers à dactylographier la semaine dernière. »

Il y a eu un silence, de son côté cette fois-ci ; sans doute se demandait-il pourquoi j'appelais un dimanche, pourquoi j'avais raccroché trois fois sans laisser de message.

« Delphine M. », ai-je répété un peu sottement, comme si j'espérais le convaincre du caractère inoffensif de mon appel.

Et il a enfin répondu :

« Je sais qui vous êtes. Pour tout vous dire, je n'étais pas sûr que vous alliez appeler.

— J'ai fini de dactylographier les cahiers », ai-je déclaré.

Je l'ai entendu prendre une respiration brève et violente, comme si quelqu'un venait brusquement de pincer la chair tendre à l'intérieur de son bras.

« Cela avait l'air urgent, ai-je repris. Je me suis dit que vous n'auriez pas envie d'attendre jusqu'à lundi. J'ai fini il y a deux heures à peine. Ils sont à vous, si vous voulez. »

J'ai patienté encore quelques secondes puis, au moment où je m'apprêtais à dire : « Jones, est-ce que vous êtes toujours là ? », il a demandé à voix basse :

« Où êtes-vous ?

— À mon bureau », ai-je répondu, puis je me suis troublée et j'ai corrigé en hâte : « Non, retrouvez-moi plutôt au parc des Grands Platanes. J'ai quelque chose à y faire. Vous savez où il se trouve, n'est-ce pas ?

— Oui. Dans une heure ? »

J'ai consulté l'horloge de l'agence, j'avais besoin

d'un peu de temps pour me préparer à le revoir, et j'ai répliqué :

« Plutôt deux heures.

— Deux heures », a-t-il répété comme un écho, et, sans me dire au revoir ni préciser davantage le lieu du rendez-vous, il a raccroché.

Je me suis demandé ce qu'il faisait au moment où le téléphone avait sonné, s'il était seul ou non, à quoi il était occupé, s'il était simplement bouleversé à l'idée que les cahiers étaient enfin prêts à être lus.

Je suis restée assise presque une heure devant l'ordinateur éteint. Je me sentais tour à tour effrayée, confiante et étrangement calme, je crois même que je me suis endormie quelques minutes, le coude sur le dossier du fauteuil. Puis je suis retournée à l'appartement et je me suis changée. J'avais choisi un chemisier vert et une jupe à taille élastique, mais je me suis aperçue que je ne rentrais ni dans l'un ni dans l'autre, comme si j'avais grossi depuis la veille ou pendant l'heure que je venais de passer à attendre que vienne le moment d'aller à la rencontre de Jones.

31

La journée était curieusement fraîche, le ciel voilé de nuages presque jaunes, et des gouttes tombaient à intervalles réguliers. J'aurais dû téléphoner à Mlle Coindreau pour m'assurer qu'elle souhaitait que j'aille promener son grand-père – pour tout dire, j'étais presque sûre qu'elle préférait annuler la promenade –, mais je ne l'ai pas fait. J'ai enfilé un imperméable et je suis partie très en avance. À deux heures et demie, j'ai frappé à la porte du pavillon et Agathe Coindreau m'a ouvert, vêtue d'une robe d'intérieur et de pantoufles. Elle a eu l'air surpris de me voir.

« Je ne pensais pas que vous viendriez, a-t-elle dit. Il fait si frais d'un seul coup, on dirait qu'il va faire de l'orage. J'aurais dû vous appeler. Je me demande s'il est raisonnable de laisser sortir mon grand-père, j'ai peur qu'il attrape un mauvais rhume.

— Il ne fait pas si mauvais que ça, ai-je dit. Il fait meilleur dehors qu'à l'intérieur, d'ailleurs. Il suffit de lui mettre un chandail. Je suis sûre qu'il sera content de prendre l'air. »

En réalité, je n'en pensais pas un mot, je savais que le vieil homme n'était pas plus content d'être ici que là, enfermé dans sa chambre ou sous les arbres du parc, endormi ou éveillé, vivant ou bientôt mort. Sa petite-fille a hésité, puis elle a haussé les épaules.

« Eh bien, puisque vous êtes là, a-t-elle dit. Entrez, je vais l'habiller. »

Je me suis exécutée et j'ai refermé doucement la porte derrière moi. J'ai patienté, immobile dans l'entrée. Je me voyais dans une petite glace ronde entourée de piques accrochée au-dessus du porte-clefs et, peut-être à cause de l'angle selon lequel la lumière pénétrait par le carreau de la porte, mon visage me semblait porter un masque de taches brunâtres. J'ai entendu des voix étouffées à l'extrémité du couloir, une exclamation impatiente, puis le ronronnement du fauteuil électrique, et le vieillard est apparu. Il portait une chemise en velours côtelé à manches longues et un bonnet en laine. Agathe Coindreau le suivait, tenant à la main une pochette qu'elle m'a tendue par-dessus l'épaule de son grand-père.

« Comme d'habitude, trois cigarettes et deux bonbons, a-t-elle dit. Et bien sûr, ramenez-le s'il commence à pleuvoir. »

Elle s'est penchée à l'oreille du vieillard et, me désignant de la main, elle a crié :

« Voilà Agathe, monsieur Coindreau, elle est venue pour vous emmener promener au parc. »

Le vieillard m'a adressé un sourire incertain, les yeux clairs et larmoyants, mais je savais qu'avant que nous soyons arrivés à la grille il chercherait mon bras d'une main tâtonnante et répéterait « Agathe,

Agathe ». Les autres dimanches, je répondais machinalement « Oui, papy, oui, papy », mais ce jour-là j'étais si nerveuse que je me suis surprise à lui raconter pourquoi j'étais venue le chercher et pourquoi nous allions au parc, non pour qu'il prenne l'air sous les platanes malgré la fraîcheur de la journée, mais parce que j'allais voir un ami – un ami, ai-je songé, que dirait Jones s'il savait que je l'appelais ainsi, serait-il étonné ou penserait-il après un temps de réflexion qu'en effet il existait d'indicibles affinités entre nous ? Avais-je parcouru seule le chemin menant de l'hostilité au désir ou était-il possible qu'il ait fait de même – mais sur quoi se serait-il appuyé, ses rondes autour de l'agence, mon visage entrevu derrière la vitre ?

Il s'est écoulé encore presque une heure avant qu'il n'entre dans le parc par le portail côté nord, et j'ai sursauté en le voyant.

« Ne va pas cueillir ces fleurs, tu sais bien que c'est défendu, papy, ai-je dit précipitamment. Reste assis. Reste assis, s'il te plaît. »

Le vieil homme a hésité. Il s'était levé en s'aidant du fauteuil roulant et se tenait en équilibre, les jambes écartées, un doux sourire d'incompréhension aux lèvres – je lui permettais souvent de faire quelques pas dans l'allée avant de revenir s'asseoir près de moi. Qui aurait cru que j'aurais besoin d'être chaperonnée par un vieillard sénile, ai-je songé, pourtant il m'était impossible de me raisonner, et j'ai fouillé hâtivement dans mon sac avant d'en sortir le paquet de cigarettes.

« Si tu te rassois, je t'en donnerai une de plus que d'habitude », ai-je murmuré.

Il s'est rassis aussi lentement qu'il s'était levé, le visage crispé par l'effort, et a tendu le bras vers moi. J'ai tiré une cigarette du paquet et je l'ai glissée entre ses lèvres. Je m'apprêtais à l'allumer quand Jones a fait jaillir la flamme d'un briquet.

« Tiens, ai-je dit d'un ton faussement léger. Dimanche dernier vous n'aviez pas de feu, mais aujourd'hui vous avez pensé à en prendre ? »

Il a enfoui le briquet dans sa poche et a haussé les épaules. Il s'était coupé les cheveux très court, il paraissait plus jeune ainsi et j'ai pris conscience qu'il avait peut-être dix ans de moins que moi, pourquoi serait-ce un problème, nous avions franchi tant d'autres obstacles, ai-je pensé. Une barbe de plusieurs jours couvrait ses joues, mais ces changements – les cheveux très courts, le visage bleui de barbe – n'ont pas altéré le sentiment de familiarité que j'éprouvais en le voyant. J'ai vu qu'il s'efforçait de déchiffrer mon sourire, Faisons la paix, Jones, disaient mes lèvres, et je ne pouvais pas imaginer qu'il ne sente pas ma peur et mon désir. À côté de moi, M. Coindreau fumait, perdu dans son monde et indifférent à ce qui se jouait à côté de lui.

« Asseyez-vous, ai-je dit. Asseyez-vous, s'il vous plaît. »

Je l'ai vu jeter un regard au vieil homme, et je me suis hâtée de dire :

« Il ne va pas nous écouter, ne vous en faites pas. C'est un… c'est le grand-père d'une amie. »

Je n'ai pas osé avouer qu'on me payait pour

l'emmener au parc. J'ai pris ma sacoche et je l'ai posée sur mes genoux, et Jones s'est assis pendant que je sortais la liasse de feuilles imprimées.

« Voilà », ai-je commencé, et je me suis surprise soudain à m'étourdir de paroles : « Vous pouvez choisir une autre police si vous le souhaitez, bien sûr, j'aurais pu vous consulter au préalable, mais j'ai pensé que cela vous permettrait d'avoir un premier aperçu du travail fini. C'est une police classique, assez élégante. La couverture peut être différente aussi, nous pouvons par exemple envisager d'y intégrer une photographie du disparu… »

Je me suis tue, le souffle court. Je me suis aperçue que mes mains tremblaient et j'ai posé le manuscrit entre nous. Il l'a pris, mais ne l'a pas ouvert. Il m'observait avec une esquisse de sourire qui n'était peut-être qu'une crispation des lèvres, peut-être se moquait-il de mon trouble, et peut-être était-il embarrassé lui aussi, au contraire, puisqu'il a dit :

« Ne soyez pas gênée. Je savais ce que je faisais en vous donnant ces cahiers. Il ne doit plus y avoir grand-chose de mon intimité qui vous soit étranger aujourd'hui. Ni dehors ni dedans. Mais ça ne me dérange pas. J'ai l'habitude. »

J'ai eu un rire forcé.

« Oh, je ne suis pas gênée, ai-je répliqué. J'ai l'habitude, moi aussi. J'en vois beaucoup dans le cadre de ce métier. La vie des gens n'a pour ainsi dire plus de secrets pour moi. »

Il a hoché la tête d'un air entendu mais j'aurais été incapable de dire s'il jugeait qu'il s'agissait là d'une bonne ou d'une mauvaise chose, d'une chance ou d'une malédiction, et à cet instant-là, j'aurais été moi-même incapable de le dire.

« Mais », ai-je repris maladroitement – combien il me coûtait d'avouer cela, j'avais l'impression de briser d'un seul geste ce qui avait maintenu *Pour Vous* et moi-même debout depuis des années, la colonne vertébrale dont parlait Marja, j'avais l'impression de la démolir d'un revers de main tel un jeu d'osselets, ses pièces répandues ici et là, si nombreuses et dispersées qu'il était inutile d'espérer les assembler à nouveau –, « toutes les vies sont différentes. D'une manière générale, je ne les vois pas. J'entends par là que je ne les regarde pas. Je n'en suis pas fière, mais pour vous dire le fond de ma pensée, elles ne m'intéressent pas. Les gens ne m'intéressent pas. Sauf vous, Jones. »

Je n'osais pas le regarder. Il m'aurait suffi d'un coup d'œil pour déchiffrer sur son visage le trouble ou l'indifférence, le désir ou le mépris, et pour la première fois j'ai regretté de posséder cette intuition-là et de l'avoir perfectionnée au point qu'elle devienne infaillible ; j'aurais voulu rester dans l'incertitude jusqu'à ce qu'un mot de Jones brise tout espoir, oui, j'aurais accepté sans marchander quelques minutes de faux bonheur. J'ai gardé les yeux fixés sur le manuscrit, la reliure en plastique mise en place avec tant de soin, la couverture en papier peau de pêche violet assortie aux cahiers, d'une teinte à peine plus soutenue, à peine plus acide ; et au-dessous, invisibles, les mots d'Adorno et les miens, indissociablement mêlés désormais. J'ai songé à une greffe dont on ne sait si elle va prendre ou non, une peau et des organes qui ne sont pas la peau et les organes d'origine et dont seul le temps dira s'ils sauront remplir leur rôle, si le patient s'en trouvera bien, ni rejet ni empoisonnement, oui, c'était cela, une greffe d'histoire – j'avais greffé ma vie à la leur.

« Je n'arrête pas de penser à vous depuis que j'ai lu ces cahiers, me suis-je forcée à dire. Ce n'est pas très professionnel, mais je veux que vous le sachiez. »

J'ai enfin levé les yeux. À présent, c'est lui qui regardait la couverture du livre, nous semblions contempler à tour de rôle le damier d'un jeu dont seul l'un de nous sortirait vainqueur, et j'aurais voulu dire : Ne jouons plus.

« Vous aviez l'air tellement décidée à ne pas accepter ce travail, pourtant », a-t-il enfin dit d'une voix neutre, et j'ai eu un pincement au cœur en entendant le mot *travail* et en devinant qu'il avait contourné la question que je lui posais à mots couverts, Et vous, Jones ?

« Je vous ai expliqué pourquoi, ai-je répondu. Notre principe de confidentialité, les règles destinées à protéger la vie privée du client. Mais vous aviez raison. Tout était clair dès les premières pages. C'est pour vous qu'Adorno a écrit ces cahiers. »

Puis, comme une ultime garantie avant de lâcher prise, une dernière tentative pour tenter de lui faire montrer patte blanche, j'ai ajouté :

« J'aimerais vous demander une chose. Qui vous a donné ces cahiers ? »

Il a gardé le silence. J'ai pensé qu'il n'avait pas confiance, c'était la moins douloureuse des éventualités ; l'autre était qu'il n'ait simplement pas envie de me révéler quoi que ce soit, qu'il veuille se cantonner à nos rôles respectifs de client et de prestataire de services – et en tant que telle, bien sûr, je n'avais pas à lui poser de questions. J'ai pris une grande inspiration, puis j'ai insisté d'une voix teintée de prière :

« J'ai déchiffré les cahiers comme vous me l'avez demandé, Jones. Je vous en ai dit plus que je n'aurais dû raisonnablement vous en dire. Je crois que vous pouvez me répondre. »

Il a promené les doigts le long de la tranche du manuscrit comme s'il regrettait les irrégularités des cahiers, les pliures des feuilles agrafées les unes aux autres, les aspérités des agrafes métalliques, puis il a répondu avec réticence :

« Personne. C'est moi qui les ai trouvés. Chez Adorno.

— Vous êtes allé chez Adorno ? ai-je répété, alarmée. Quand ? »

Nous aurions pu nous croiser, au seuil de la chambre, au seuil de l'appartement, au seuil de l'immeuble, qu'aurait-il éprouvé en me découvrant la seringue à la main comme un ange de la mort, ou encore portant le petit sac plastique blanc que j'avais baptisé les *affaires* d'Adorno, aurions-nous été liés à jamais par le mystère de la mort, aurait-il au contraire été perdu pour moi, serais-je restée dans son esprit la femme qui avait tué Adorno ?

« Adorno m'appelait tous les soirs, a-t-il repris. Après deux jours sans nouvelles, j'ai compris qu'il s'était passé quelque chose. Je suis allé chez lui, j'ai sonné mais il n'a pas ouvert, alors je suis entré avec le double de la clef que j'avais fait sans le lui dire. Je suis allé dans la chambre et je l'ai vu là, dans son lit. J'ai compris aussitôt qu'il était mort. J'aurais voulu m'approcher, mais je n'ai pas réussi. Je n'avais jamais vu de mort avant. Ça doit vous sembler bizarre, non ? Dieu sait que j'avais vu beaucoup de choses, mais pas ça. »

Je ne suis donc pas la seule à avoir vu Adorno mort, ai-je pensé avec un sentiment de vertige, je ne suis pas seule gardienne de cette chose indicible et secrète qui a dû disparaître quand le concierge ou les pompiers ont fait irruption dans l'appartement, quand ces mains et ces regards étrangers se sont posés sur lui. J'en ai été si soulagée qu'il m'a été difficile de ne pas confier à Jones : *J'étais là aussi*. Je n'avais jamais réalisé combien il m'avait été difficile de porter ce fardeau, et j'aurais voulu lui dire : Je sais ce que vous ressentez, mais vous n'êtes pas seul, laissez-moi vous aider.

Sans doute l'attention que je lui portais l'a-t-elle encouragé – je pratiquais souvent cette qualité d'écoute, ni trop insistante ni trop détachée –, car il a poursuivi :

« Adorno m'avait souvent parlé de ces cahiers. Ça m'a surpris qu'il n'ait pas pensé à les laisser en évidence. J'ai regardé sur la table, dans le guéridon de l'entrée, j'ai cherché sous l'évier, j'ai vidé les placards et les commodes, et j'ai fini par les trouver au fond d'un tiroir qu'Adorno n'utilisait jamais. Je n'ai jamais compris pourquoi il les avait mis là. Il ne savait peut-être plus ce qu'il faisait. Ou alors, il ne voulait pas qu'ils tombent entre les mains du premier venu. Qu'est-ce que vous en pensez, Delphine ? a-t-il demandé brusquement.

— Oui, ai-je dit. C'est certainement ça. »

J'avais la tête légère comme un ballon. Je n'avais rien à craindre, Jones ne soupçonnait rien, ne soupçonnerait jamais rien, *Pour Vous* n'était pas menacé et il n'avait aucune raison de ne pas apprendre à m'aimer puisqu'il ne saurait jamais que j'étais coupable – et à cet instant-là, je peux le dire, j'ai vraiment cru qu'était possible l'amour improbable dont je m'efforçais de trouver la formule comme un laborantin. Jones semblait triste et sombre, il n'était pas sur ce banc de square mais dans l'appartement silencieux où la mort venait de poser ses valises, et j'aurais tout donné pour être capable de le consoler. J'ai distingué sur son visage la cicatrice que son amant aimait tant, et comme il l'avait fait au lendemain de leur rencontre, j'y ai appliqué les doigts en tentant de suivre ses contours. Nous sommes faits l'un pour l'autre comme la main et le gant, avait écrit Adorno, mais la peau grêlée n'accueillait pas la forme de ma main, elle semblait fuir sous mes doigts et ma main donnait seulement l'impression d'être ce qu'elle était, posée sur un visage étranger où sa place n'était pas. C'est normal, elle est plus petite que celle d'Adorno, ai-je pensé, malgré tout j'en ai éprouvé un mauvais pressentiment – Suis-je trop petite pour Jones, me suis-je demandé, et je ne pensais pas seulement à la découpe de ma main sur sa cicatrice.

Mon geste l'a surpris. Il ne m'a pas repoussée – comme moi, il devait trop avoir l'habitude d'être touché, et par trop de mains, pour céder à ses réflexes

–, mais il a adopté une telle immobilité que je n'ai pu que laisser retomber mon bras. J'avais envie de lui en dire davantage, de lui parler de moi, j'avais envie qu'il comprenne et apprenne à son tour à se frayer un chemin dans le dédale qu'était ma vie, qui n'était pas moins complexe que la sienne. J'oubliais la pluie qui menaçait, le vieil homme qui avait fini sa cigarette et laissait échapper une plainte monocorde et constante, mais à l'instant où j'ai cessé de toucher Jones, il a essuyé les gouttes tombées sur la couverture du manuscrit et s'est levé.

« Je vais le lire, a-t-il dit. Je vous appellerai quand j'aurai terminé. »

Je l'ai regardé avec stupeur. Comment pouvait-il s'en aller déjà, nous venions juste de nous retrouver, et j'ai attrapé sa manche en prenant soin de ne pas toucher sa main, comment avais-je pu oublier une règle aussi élémentaire.

« Attendez », ai-je dit, et j'ai à peine eu honte de l'intonation implorante de ma voix. « Ne partez pas déjà. J'ai tellement attendu, Jones », et devant son regard étonné, j'ai ajouté plus bas : « Vraiment, il faut que je vous parle. »

Son bras est resté un instant tendu entre nous, sa manche prisonnière de ma main, puis je l'ai lâchée à contrecœur.

« Je vous appellerai, a-t-il répété. Je ne peux pas rester plus longtemps. On m'attend. »

Les gouttes s'étaient mises à tomber lourdes et nombreuses, et il a remonté le col de sa chemise. Qui vous attend, ai-je pensé, saisie d'un sentiment que je n'ai pas immédiatement reconnu, de la jalousie, une jalousie féroce, et j'ai répliqué d'une voix tremblante :

« Vous devez me payer. Je ne peux pas vous laisser partir comme ça. Restez, il ne me faudra qu'une minute pour préparer la facture. »

Alors son visage s'est transformé sous mes yeux. Un sourire a traversé ses lèvres, comme s'il se retrouvait en terrain familier, et il a secoué la tête.

« Je vous paierai, n'ayez pas peur, a-t-il dit. Mais je dois d'abord lire le cahier, vous comprenez ? Je ne vous donnerai pas un centime avant. »

Puis il s'est détourné et s'est dirigé vers la grille du parc. La couverture du livre était une éclaboussure de couleur dans la grisaille et j'ai eu l'impression d'avoir laissé échapper la seule chose susceptible d'attacher Jones à moi, j'en aurais pleuré, puis j'ai pensé : Ne sois pas bête, il faut qu'il lise ces pages pour comprendre, il faut qu'il lise ces mots pour que la suite soit possible, mais quelle suite ?

Les gouttes tombaient dru à présent ; dans quelques minutes, le ciel jaune allait s'ouvrir et j'ai voulu dire à Edgar Coindreau qu'il fallait rentrer, mais il n'était plus assis à côté de moi. J'en ai été déconcertée avant de l'apercevoir plus loin, dans le parterre de fleurs. Je me suis levée, je me suis hâtée jusqu'à lui et je l'ai forcé à ouvrir les mains comme un enfant pour lui faire lâcher les roses qu'il avait cueillies. Une fois assis dans son fauteuil, il a continué à regarder avec émerveillement les égratignures qui lacéraient ses paumes ; il ne semblait pas comprendre qu'il ne s'agissait pas des pétales arrachés aux rosiers.

32

Je supposais que Jones mettrait au moins deux jours, peut-être trois, à lire le livre et pourtant, dès le lendemain matin, l'attente m'a semblé insoutenable. J'avais perdu mes certitudes, l'assurance qu'il ne pourrait qu'aimer l'histoire que j'avais réécrite et la femme que j'avais imaginée ; je craignais qu'il n'en sache, finalement, beaucoup plus qu'il ne me l'avait dit, j'en revenais à mes anciennes peurs, et chaque heure qui passait renforçait mes doutes. À neuf heures, je suis allée ouvrir l'agence, j'ai sorti les cahiers du coffre et j'ai commencé à relire le document informatique *Lettre à Jones.* Je me suis mise à comparer l'ancienne version à la nouvelle, et d'autres souvenirs me sont venus à l'esprit, j'ai inventé des modifications subtiles, et j'ai intégré les corrections au texte en me disant qu'il était sans doute trop tard – mais peut-être pourrais-je donner un nouvel exemplaire à Jones, et quoi qu'il en soit j'aurais recours à ces éléments-là quand nous parlerions ensemble d'Adorno. J'étais devant l'ordinateur quand Marja est arrivée, à dix heures, et il m'a suffi de croiser son regard pour comprendre que je n'aurais pas dû être là, que j'avais oublié un rendez-vous extérieur.

« Est-ce que M. W. a annulé, mademoiselle ? a-t-elle demandé avec maladresse.

— Non, c'est moi qui ai préféré ne pas y aller, Marja, ai-je répondu. Je dois me consacrer entièrement à ce document. »

Elle a posé les yeux sur les cahiers éparpillés sur la table, a laissé glisser sa veste de ses épaules et a passé la langue sur ses lèvres.

« Vous l'avez prévenu, bien sûr, a-t-elle dit prudemment.

— Je n'ai pas eu une minute pour le faire, ai-je répliqué avec sécheresse. Et d'ailleurs, j'ai pensé que vous pourriez vous occuper de Mme J. à ma place tout à l'heure. Il est temps que vous preniez plus d'initiatives, vous l'avez bien mérité. Vous trouverez toutes les instructions dans son dossier. Quoi qu'il en soit, je ne peux pas tout faire et je dois déjeuner avec Mme M. à midi – en ce qui concerne cette cliente-là, comme vous le savez, vous ne pouvez pas me remplacer. J'ai noté son numéro sur votre agenda. Vous voudrez bien la rappeler pour confirmer le rendez-vous. »

Marja a acquiescé d'un hochement de tête. Son visage s'était éclairé. Je savais qu'elle avait depuis longtemps envie d'avoir de l'avancement, selon ses termes, envie que je lui confie d'autres clients, car sous sa douceur apparente, son regard somnolent et ses larmes faciles, Marja avait l'âme d'une prétendante au trône. Pourtant elle semblait préoccupée et elle s'est raclé la gorge à plusieurs reprises tandis qu'elle cherchait le dossier de Mme J., puis s'asseyait sur une chaise dans la partie de la pièce qui faisait office de salle d'attente – elle n'osait pas utiliser mon bureau sans que je lui en donne la permission. Je ne l'ai pas entendue se relever, mais tout à coup je l'ai vue approcher d'une démarche déterminée et se planter devant le bureau.

« Je vous connais depuis deux ans, mademoiselle, a-t-elle déclaré. Ce n'est pas beaucoup, mais ça suffit. Je ne vous ai jamais vue comme ça. Je voulais vous dire que je suis là, si vous avez envie de me parler. Je sais bien que vous n'aimez pas ça, parler, mais si vous voulez… »

Je n'ai pas répondu. Elle s'est essuyé les paumes sur sa jupe, a rassemblé son courage et a poursuivi :

« Et si je peux me permettre, mademoiselle, il vaudrait peut-être mieux que je m'occupe de ces cahiers. Je crois que les clients ne vont pas apprécier de ne plus vous voir. Je ne sais pas ce que ces papiers racontent, mais ils ne vous font pas du bien, j'en suis sûre. Est-ce que vous voulez bien me dire au moins cela… qu'est-ce qu'il y a d'écrit là-dedans ? »

Il faut que je pense à installer un mot de passe sur l'ordinateur, ai-je songé, et que je change la combinaison du coffre, je le ferai tout à l'heure, pendant qu'elle sera en rendez-vous. J'ai affronté son regard et j'ai répliqué :

« Je croyais que vous seriez contente d'avoir plus de responsabilités, Marja. Dites-moi si je me suis trompée. Vous n'avez pas besoin de chercher de prétexte. »

Elle a secoué vivement la tête.

« Non, mademoiselle. Ce n'est pas ce que je voulais dire. Je… je m'inquiétais, voilà tout.

— Ce n'est pas la peine de vous inquiéter. Dépêchez-vous plutôt de partir, Mme J. va vous attendre.

— Bien, mademoiselle, a-t-elle murmuré. Mais les clients…

— Taisez-vous, Marja, l'ai-je interrompue. Je ne vous ai jamais donné le droit de me dire ce que je devais ou ne devais pas faire. »

Elle s'est détournée comme si je l'avais giflée et est retournée s'asseoir pour finir de lire son dossier. Quelques minutes plus tard, je lui ai lancé un coup d'œil et je lui ai vu un air d'importance, de fierté, malgré la colère et l'humiliation, à l'idée de s'occuper de nouveaux clients, et j'ai songé : Mais de quelles pauvres petites affaires allez-vous vous occuper, Marja ? Alors je me suis souvenue qu'à peine quelques jours plus tôt j'aurais été comme elle, j'aurais pensé que ces douleurs et ces misères étaient essentielles et j'aurais été fière de savoir les soulager, puis je me suis dit : Je peux vivre sans elles, je peux vivre sans elles désormais.

Enfin, Marja s'est levée, a enfilé sa veste et est partie, le dossier dépassant de son sac en faux cuir bleu marine. J'étais trop contrariée pour lui dire au revoir, mais je l'aurais fait, je me serais même levée pour lui serrer la main et lui dire combien j'avais été satisfaite de ses services, si j'avais su que c'était la dernière fois qu'elle franchissait la porte de l'agence.

33

La mère de Yarol est entrée à onze heures. J'ai été surprise de la voir ; elle n'avait pas pour habitude de passer à l'agence sans prévenir, elle ne venait d'ailleurs que quand elle y était obligée, par exemple lorsqu'il m'était impossible de reconduire son fils chez elle. Elle m'a adressé un sourire de pure forme et s'est avancée jusqu'à la chaise réservée aux clients, de l'autre côté du bureau, mais elle ne s'est pas assise, elle s'est contentée de s'appuyer des deux mains comme pour ne pas tomber.

« Je fais des rondes dans le quartier en voiture, et plutôt que vous appeler, j'ai pensé qu'il serait plus simple de passer », a-t-elle dit.

À travers la porte vitrée j'ai vu sa voiture, une petite décapotable noire et luxueuse mal garée sur le trottoir. Mme de Brettes avait l'air las et soucieux et, quand elle a enlevé ses lunettes, j'ai vu que ses yeux étaient enflammés. Sa bouche semblait pâle et pincée entre les rides qui couraient de son nez à ses lèvres.

« Asseyez-vous, ai-je dit. Je vous sers un café ? »

Elle a fait non de la tête, et elle ne s'est pas assise non plus.

« Yarol a eu une sorte de crise il y a trois jours, a-t-elle dit. Ce n'est pas la première, mais ça faisait longtemps qu'il n'en avait pas eu d'aussi violente. Il n'a pas voulu dîner, il n'a pas voulu aller dormir, et surtout il a refusé d'éteindre son ordinateur. Il y a un canapé dans le hall devant sa chambre et, à deux heures du matin, je m'y suis allongée pour essayer de le surveiller un peu. Ce n'était pas la première fois non plus. J'entendais ses doigts sur le clavier et il parlait tout seul, mais je n'entendais pas ce qu'il disait. J'étais fatiguée et je n'ai pas pu m'empêcher de m'endormir, ça n'a duré que quelques minutes mais quand je me suis réveillée, la porte de la chambre était grande ouverte et il n'était plus là. L'ordinateur était encore allumé avec le personnage qu'il a créé, Dinelph, en fond d'écran. »

Elle a haussé les épaules et je me suis demandé ce qu'elle savait de ce personnage, mais j'ai gardé le silence.

« Il n'a rien emporté, a-t-elle poursuivi, à part son blouson. Quand je suis descendue au garage, j'ai vu qu'il avait pris son scooter. J'ai passé la journée du samedi et du dimanche à faire le tour des endroits où il aime traîner, les salles d'attente, les squares, les bâtiments désaffectés, puis je me suis dit qu'il attendrait sûrement l'ouverture de l'agence, ce matin, pour venir vous voir. Je sais qu'il vous aime beaucoup. »

Au contraire de Yarol, Mme de Brettes ignorait que mon appartement se trouvait derrière l'agence et que des arrière-cours et des couloirs secrets permettaient d'y accéder.

« Non, ai-je dit. Je suis désolée, madame de Brettes, mais je n'ai vu Yarol ni dimanche ni aujourd'hui. »

Je ne mentais pas, mais je savais que c'était tout comme : j'aurais dû lui téléphoner pour la prévenir dès l'après-midi du samedi, après avoir enfermé Yarol dans sa cachette. Je l'aurais certainement fait si je n'avais pas eu l'esprit aussi préoccupé par mes propres histoires, si je ne m'étais pas dit que la joie peinte sur le visage de Yarol était inoffensive ; c'était pour le moins un aveu de faiblesse, au pire une erreur professionnelle.

Mme de Brettes a baissé la tête. Elle a étendu la main en feignant d'examiner ses ongles peints en rose que ses dents avaient rayés, écaillés, mais ses doigts tremblaient et elle a replié sa main avant de l'enfouir au fond de sa poche.

« Ce n'est pas la première fois que Yarol disparaît, ai-je repris. Il est toujours rentré au bout d'un ou deux jours. Je suis sûre qu'il reviendra ce soir, ou alors il vous téléphonera. Je vous appellerai si j'ai des nouvelles, et prévenez-moi si vous en avez. J'irai le chercher aussitôt. »

Elle a hoché la tête, mais elle ne paraissait pas rassurée pour autant. La résignation qu'elle avait développée vis-à-vis de la maladie de Yarol semblait s'être fissurée et je me suis demandé s'il existait vraiment un instinct maternel, s'il était possible que son fils soit en danger.

« Il s'est éloigné ces derniers temps, je trouve,

a-t-elle murmuré. Il me semblait de plus en plus distant. Ça ne vous a pas frappée ?

— C'est peut-être bon signe, au contraire, ai-je dit d'un ton encourageant, c'est peut-être le signe qu'il devient autonome et qu'il ressent le besoin de s'éloigner. C'est fréquent chez les adolescents. Ce serait une réaction tout à fait normale.

— Vous croyez », a-t-elle dit d'un ton sans conviction.

J'ai hoché la tête en souriant, mais je savais qu'en réalité je prêtais moins attention à Yarol depuis que je connaissais Jones – tout m'indifférait, j'aurais vendu père et mère pour que le monde continue à tourner sans moi.

« Quand est-ce que vous avez vu mon fils pour la dernière fois ? » a-t-elle demandé.

J'ai hésité.

« Samedi, ai-je dit enfin. J'étais à l'agence pour terminer un dossier et il est passé me voir. Il n'est pas resté très longtemps.

— Après son départ de la maison, donc, s'est-elle exclamée. Et qu'est-ce qu'il vous a dit ?

— Rien, vraiment, madame de Brettes. Rien qui sorte de l'ordinaire. Toujours ses jeux de rôle, toujours son imagination débordante.

— Où est-il allé en partant d'ici ?

— Il m'a dit qu'il rentrait chez vous », ai-je répondu, et, une fois encore, j'ai eu le sentiment de ne mentir qu'à moitié. « Je n'avais aucune raison de croire qu'il ne le ferait pas. »

Elle a ôté ses lunettes, a plongé son visage dans ses

mains et s'est frotté longuement les paupières avec les pouces.

« Et vous ne l'avez pas revu dimanche, a-t-elle dit d'une voix lasse en remettant ses lunettes.

— Non, en effet. » Et pour tenter de me rassurer autant que pour la rassurer, j'ai ajouté : « S'il s'était trouvé dans le quartier, il serait sûrement venu me voir. Il s'est peut-être fait des amis sans nous en parler, il est peut-être allé dormir chez eux. C'est ce que nous voulions, après tout, n'est-ce pas ? Qu'il vive comme un adolescent de son âge. »

Elle a eu un vague murmure d'acquiescement.

« Appelez-moi si vous avez des nouvelles, a-t-elle lancé en se dirigeant vers la porte.

— Bien sûr, ai-je dit. Mais ne vous faites pas trop de souci. »

Après son départ, je suis restée immobile devant l'ordinateur. Je pensais à l'arrière-cour derrière l'immeuble. J'y pensais avec une telle force que j'avais l'impression de sentir l'odeur de ciment humide qui s'en dégageait, l'odeur d'un lieu à l'abri des regards, triste et solitaire, que des rideaux opaques pareils aux miens séparaient de la vie se déroulant dans les appartements pourtant tout proches. J'ai regardé le trousseau de clefs posé dans le vide-poche de la table basse. Je me suis demandé si j'avais appelé assez fort. Je ne pouvais pas imaginer que Yarol n'ait pas voulu me répondre, mais peut-être était-il endormi, enroulé dans le duvet, recroquevillé sur lui-même, la nuque et les genoux appuyés aux murs du cagibi. J'ai failli me lever et retourner là-bas, mais je me suis souvenue des mots de Yarol – *Demain je chercherai une autre cachette*. Il ne pouvait pas être resté dans l'appentis. Il est inutile de s'inquiéter, ai-je pensé, tout à l'heure le téléphone va sonner, ou encore je trouverai un papier enroulé autour des barreaux de ma fenêtre. Et je le croyais vraiment, mais surtout j'étais incapable de m'avouer que l'arrière-cour me faisait peur, l'arrière-cour et son abri gris, froid et silencieux comme un cœur qui a cessé de battre.

34

Quand je suis entrée dans la crêperie, Mme M. était déjà là. Elle était assise à sa table favorite devant un verre de vin, au fond de la salle, et elle essuyait de l'index le rouge qui avait débordé au coin de ses lèvres. Elle se regardait dans la glace qui couvrait ce pan de mur et c'est dans la glace qu'elle m'a vue arriver, à l'arrière-plan, loin derrière elle. Ses yeux ne se sont pas détournés aussitôt, comme si elle répugnait à rompre ce tête-à-tête silencieux, et j'ai pensé : *Vous, vous, vous*, c'est toute votre histoire.

Mme M. avait les cheveux teints en blond très clair, tirés en arrière et attachés en hauteur, formant une queue-de-cheval qui se balançait gaiement de droite à gauche. Elle avait au moins soixante ans et pourtant son visage était juvénile, rond et joyeux ; elle était presque toujours traversée de rires insouciants, de bouts d'histoires décousues, mais je l'avais vue aussi secouée de sanglots, tassée sur la banquette – et son âge dans ces moments-là la rattrapait, creusait des rides amères autour de ses yeux et de sa bouche. Parfois, il m'était impossible d'avaler une bouchée parce que je devais lui essuyer les joues et murmurer d'un ton apaisant que rien n'était fini, cette histoire d'amour n'était certainement pas finie, et si elle l'était, il y en aurait d'autres, jusqu'à ce qu'elle cesse de pleurer, s'essuie le nez du revers du poignet et murmure : « Tu crois, Delphine ? Tu le crois vraiment ? »

C'était une amoureuse professionnelle, et par là je n'entends pas qu'elle avait fait, comme moi ou Jones, son métier de manipuler les cœurs ou les corps d'autrui, mais qu'elle avait brûlé sa vie à aller d'une passion à l'autre. Elle réapparaissait entre deux amours ou plutôt à la naissance d'un nouveau, et elle était radieuse, alors, sa peau avait beau se flétrir, ses cheveux blanchir, elle avait le regard plus vif que la plus jeune des fiancées à avoir franchi le seuil de l'agence. J'ignore de quoi elle vivait, elle avait été couturière et gagnait sans doute encore un peu d'argent ainsi, et je me doutais qu'elle vivait en grande partie aux crochets de ses amants.

Je suis arrivée près de la table, j'ai dénoué ma ceinture et ôté mon imperméable, et son sourire s'est figé à l'instant où son regard s'est posé sur mon ventre.

« Bonjour, Delphine, a-t-elle dit après un silence. Eh bien, tu aurais quand même pu m'en parler.

— Vous parler de quoi ? » ai-je dit avec mauvaise grâce.

Elle a eu un geste en direction de mon ventre. Elle semblait dégrisée soudain, elle ne souriait plus, deux rides s'étaient creusées de chaque côté de sa bouche.

« Il n'y a pas grand-chose à dire », ai-je répliqué.

Je me suis assise sur la banquette à quelque distance d'elle. Elle s'est rapprochée en renversant son verre, un peu de vin a coulé sur sa robe et elle a juré tout bas en l'essuyant avec sa manche.

« Comment ça, il n'y a pas grand-chose à dire ? Qui est le père ? a-t-elle demandé. Est-ce que c'est quelqu'un que je connais ? Est-ce que tu m'en as parlé la dernière fois ? Je ne m'en souviens pas.

— Il n'y a personne dont je pourrais vous parler », au moment où je prononçais ces mots j'ai songé que ce n'était pas vrai, bien sûr, mais sur le père d'Anne-Lise, je n'avais rien à dire.

Elle a secoué la tête, a levé le bras pour demander un autre verre de vin.

« Oh, Delphine, a-t-elle murmuré. Je te croyais trop maligne pour faire un enfant sans père. Qu'est-ce qui t'est passé par la tête ? »

Je n'ai pas eu à répondre, car la serveuse s'est avancée pour prendre notre commande. Mme M. a pris la même chose que d'habitude, une crêpe savoyarde au fromage et aux champignons. Je n'avais pas faim mais j'ai commandé une crêpe au jambon en me disant que je ne mangerais que le jambon, pas la pâte, et j'ai refusé le cidre et le vin que me proposait la serveuse. Quand celle-ci s'est éloignée, Mme M. a repris d'une voix hâtive :

« Écoute-moi, Delphine. Je ne te dis pas ça pour te blesser, mais c'est difficile d'avoir un enfant sans père. J'en sais quelque chose, crois-moi. Tu ne t'en rends pas compte, tu n'as sans doute pas encore mesuré la charge de travail qui t'attend. Je ne dis pas que c'est une mauvaise chose, je dis juste…

— J'ai bien réfléchi, ai-je dit calmement. J'ai pris chaque chose en considération. Vous n'avez pas besoin de vous inquiéter.

— Tu ne pourras pas compter sur moi, a-t-elle repris très vite. Je suis toujours en voyage. Je ne pourrai pas m'en occuper. Ni le garder. Ni même te donner de l'argent. Pas plus, en tout cas, que ce que je te donne pour nos petites », elle a eu un geste impuissant, « nos petites séances. Nos petits repas. C'est déjà une somme importante pour moi, tu n'en es sans doute pas consciente.

— Mais je n'attends rien de vous. Mangez, ça va être froid », ai-je poursuivi. La serveuse venait de poser les assiettes devant nous. « J'ai pensé à tout. Inutile de vous faire du souci. »

Elle a soupiré d'un air sceptique.

« Si tu le dis. Et puis, Delphine... si tu pouvais arrêter de me vouvoyer ? Je te l'ai demandé cent fois. C'est ridicule.

— Oui, ai-je dit, bien sûr. Excuse-moi. J'ai la tête ailleurs. »

Elle avait raison, je manquais souvent de professionnalisme face à elle, je ne sais pas pourquoi, cela ne se produisait jamais avec mes autres clients ; il n'y a qu'à cette femme que j'avais du mal à dire *tu*, il n'y a qu'avec elle que j'avais du mal à simuler un quelconque lien de parenté.

« Ne t'en fais pas, ai-je conclu d'un ton léger. Je t'assure. Et si on mangeait ? Je n'ai pas beaucoup de temps. »

Elle a parlé pendant tout le déjeuner, comme d'habitude, du nouvel homme qui partageait sa vie et qu'elle appelait *mon fiancé* – elle les appelait tous *mon fiancé* même si, à ma connaissance, elle ne s'était jamais mariée. Il habitait une villa toute blanche dans le Sud et elle l'avait convaincu de construire une piscine, la vue était magnifique et c'était un homme extraordinaire, il faudrait que je vienne les voir – quand j'en aurais fini avec tout ça, naturellement, a-t-elle ajouté en désignant mon ventre d'un geste vague. Elle a sorti de son sac une petite photo et me l'a tendue. Ils étaient enlacés devant une étendue d'eau, la mer ou un lac ; je n'ai eu qu'un bref regard pour l'homme, des tempes grises et une chemise blanche, et en ce qui la concernait je l'avais vue dix fois ainsi sur dix autres photos avec dix hommes différents, minaudant, la tête posée sur leur épaule. Elle m'a parlé du voyage qu'ils venaient de faire dans je ne sais plus quel pays étranger ; la veille de leur retour, il avait caché un écrin sous sa serviette de table, et dans cet écrin se trouvait une bague de fiançailles. Elle avait pleuré comme une jeune fille, m'a-t-elle dit fièrement, et il avait pleuré aussi. Elle m'a parlé interminablement de lui et, pour la première fois, je l'ai écoutée. Je l'ai écoutée car je voulais savoir ce qui l'avait amenée à vivre en attachant ses pas à ceux d'un homme, puis d'un autre, et d'un autre encore, qu'elle avait tous aimés avec la même passion – de cela, je n'avais jamais douté. Je voulais savoir si je pouvais tirer un quelconque enseignement de ses liaisons, de sa vie de courtisane coquette et égoïste. Je n'avais jamais éprouvé autre chose qu'une indifférence teintée de mépris pour ce qu'elle appelait ses amours et que j'aurais appelé au mieux des coucheries, des illusions, mais ce jour-là, pour la première fois, je lui ai prêté attention, je lui ai même posé quelques questions, et peut-être en a-t-elle été surprise car elle s'est troublée plusieurs fois et s'est interrompue en rougissant. Ses passions étaient peut-être vulgaires mais son cœur était franc, et si, comme l'avait dit Mme Derovitski, toutes les histoires d'amour se ressemblent, alors j'aurais pu serrer la main de cette femme et lui dire : Je vous comprends. J'aurais pu lui dire aussi : Dites-moi ce qui arrive après, dites-moi comment faire après cette brûlure, cette révélation. Elle en aurait été surprise, elle avait arrêté depuis bien longtemps de m'interroger sur d'éventuels petits amis – une jolie fille comme toi, Delphine, ne me raconte pas qu'il n'y a personne dans ta vie, et je répondais avec un sourire froid, pour la dissuader d'insister : C'est pourtant vrai.

Au dessert, elle a demandé :

« Et toi, Delphine, que fais-tu ces temps-ci ? »

Je n'avais jamais grand-chose à lui dire, puisque j'avais pour règle de ne jamais parler de mes autres clients.

« Rien de bien nouveau, ai-je répondu, le travail, la routine. Je vais sûrement prendre quelques jours de congé à la fin du mois pour me reposer. J'irai peut-être chez une amie, à la campagne. » Puis j'ai consulté ma montre et j'ai repris : « Je suis désolée, il faut que je retourne travailler. Il est déjà trois heures.

— Tu n'as pas envie d'un dessert ?

— Non, ai-je dit. Je te remercie. Mais prends-en un, toi. Tu n'es pas obligée de partir tout de suite. »

Elle a secoué la tête en portant son verre de vin à

ses lèvres, et a parcouru le restaurant des yeux. Une ombre a traversé son visage et je me suis demandé si elle voyait enfin la poussière dans les mailles du faux filet de pêcheur, les craquelures sur les carapaces des crabes qui décoraient les étagères, mais elle n'a rien dit. Elle a fait signe à la serveuse pour l'addition, puis elle a pris son sac et l'a posé sur ses genoux. Elle y a fouillé avec la nervosité qu'elle manifestait toujours à ce moment-là et, bien qu'elle l'ait manifestement préparé à l'avance, il lui a fallu chercher parmi des papiers froissés, un gant, des affaires de maquillage et des trousseaux de clefs, avant de retrouver le chèque. Elle l'a déplié ostensiblement pour me montrer le montant qu'elle y avait inscrit.

« Que tu me réclames de l'argent, Delphine, a-t-elle dit avec humeur, que tu me fasses payer pour un déjeuner, c'est une chose que je ne comprendrai jamais. »

Je n'ai pas répondu. J'ai pris le chèque et je l'ai glissé dans la poche de mon sac, puis je me suis levée.

« Ça m'a fait plaisir de te revoir, ai-je dit. N'oublie pas de me donner votre adresse dans le Sud. Je descendrai vous voir cet été. Ou l'été prochain.

— Bien sûr », a-t-elle murmuré.

Elle m'a tendu la joue sans conviction. Elle sentait le vin, le rouge à lèvres et les fleurs fanées. J'ai enfilé mon imperméable et j'ai quitté la crêperie.

Le bus tournait à l'angle de la rue et j'ai marché aussi vite que j'ai pu vers l'arrêt. J'attendais que les portes s'ouvrent quand j'ai entendu crier mon nom ; je me suis retournée et je l'ai vue approcher d'un pas rapide, courant presque tout en essayant d'enfiler sa veste.

« Delphine, a-t-elle appelé d'une voix haletante. Attends un peu, attends.

— Je dois retourner travailler, ai-je dit. Je ne peux pas prendre le prochain bus. Qu'est-ce que tu veux ? »

Les portes du bus se sont ouvertes et elle s'est agrippée à la barre du véhicule en essayant de retrouver son souffle. Sa queue-de-cheval était en désordre, des mèches s'étaient détachées et pendaient autour de son visage, et, à la lumière du jour, j'ai vu les raccords de teinture dans ses cheveux à l'endroit où le gris se muait en blond.

« Écoute, Delphine, a-t-elle murmuré d'un ton pressant. Je sais que tu m'en veux. Je sais que tu ne m'as jamais pardonné de t'avoir un peu négligée quand tu étais petite. Mais pour lui », à nouveau elle a désigné mon ventre, à hauteur de ses yeux puisque je m'étais hissée sur les marches du bus, « nous pourrions faire la paix, tu ne crois pas ?

— *Elle*, ai-je corrigé d'un ton neutre. C'est une fille.

— Elle, a-t-elle répété en haussant les épaules. J'aimerais la voir grandir un peu. Je serais peut-être meilleure grand-mère que mère. Tu ne crois pas que tout le monde a droit à une deuxième chance, Delphine ? Tu ne crois pas ? »

Une étrange douceur m'a envahie tandis que je la regardais, une main pressée sur la poitrine, toujours suspendue à la barre métallique comme si elle espérait empêcher le bus de m'emporter.

Je savais qu'elle oublierait dès le lendemain, qu'elle disparaîtrait à nouveau des semaines, des mois ou des années, qu'elle ne pouvait tout simplement pas s'en empêcher, qu'il n'était rien qu'un homme ne puisse lui faire abandonner ; pourtant, elle était sincère à cet instant-là, et j'ai répondu à voix basse : « Oui, tout le monde a droit à une deuxième chance. » Mais ce n'est pas à elle que je pensais, c'était à moi. Elle n'a pas compris, comment aurait-elle pu, et des larmes d'émotion lui sont montées aux yeux tandis qu'elle lâchait enfin prise et reculait d'un pas. Je me suis forcée à lui sourire. Pour la première fois, je n'étais pas amère de la voir heureuse, mais je n'ai pas eu le courage de lui dire qu'il ne s'agissait pas de sa petite-fille, qu'elle ne la verrait pas grandir, qu'elle ne la verrait jamais, et qu'il ne resterait pas une photo ni même une échographie pour lui rappeler l'existence de celle qu'elle imaginait être mon enfant.

35

Cela n'a d'abord été qu'une rumeur, des voix indistinctes où perçait une note alarmée. J'ai levé plusieurs fois la tête mais, derrière les voilages, la rue était déserte, et je me suis plongée à nouveau dans les comptes rendus des rendez-vous clients de la semaine précédente. Marja avait raison, j'avais négligé l'agence, mais cet après-midi-là je m'acquittais à contrecœur d'une paperasserie que j'aimais pourtant en temps ordinaire car elle faisait appel à toutes les qualités que requérait notre métier, une mémoire infaillible, l'intuition et le sens de la synthèse. Ce jour-là, je m'apercevais que les entrevues avec les clients s'étaient effacées de mon esprit, j'avais oublié tous les détails, et j'ai dû consulter les notes que je prenais par mesure de précaution. Mais même ainsi, mes comptes rendus étaient imparfaits, incomplets, ils manquaient de conviction et de rigueur, on aurait pu croire que la rédaction de la *Lettre à Jones* avait épuisé mes ressources de mémoire et d'imagination.

Je venais de terminer quand j'ai entendu les sirènes

s'élever dans la rue. Les voitures ont dépassé l'immeuble, ont fait demi-tour et sont revenues se garer le long du trottoir, devant la fenêtre, et un dernier hululement strident a retenti avant que des portières ne claquent. Sur l'une des voitures, un gyrophare est resté allumé et des reflets bleutés sont venus baigner ma vitre à intervalles réguliers ; le jour en a semblé plus sombre soudain, comme si le temps avait viré à l'orage en quelques instants, et je n'aurais pas été étonnée de voir les insectes et les oiseaux voler bas.

Je ne suis pas allée aussitôt à la fenêtre. Je suis restée immobile à mon bureau, essayant de voir au-delà des véhicules, deux voitures de police et une camionnette du SAMU. Peut-être un piéton ou un vélo avait-il été renversé au carrefour voisin, ai-je pensé, ou peut-être étaient-ils venus chercher quelqu'un de l'immeuble, une vieille personne, un invalide, et j'ai essayé de me souvenir de mes voisins, mais aucun visage ne m'est venu à l'esprit ; je n'aurais même pas su dire quand j'avais croisé l'un d'eux pour la dernière fois. Puis j'ai entendu un cri et j'ai su immédiatement qui criait ainsi. Je ne sais pas pourquoi, je n'avais jamais entendu cette personne crier, quand elle s'adressait à moi elle n'était qu'irritée ou lasse, peut-être alors attendais-je que ce cri retentisse, peut-être l'avais-je attendu trois jours sans me l'avouer.

J'ai couru vers la porte d'entrée. Mes gestes étaient mal assurés et il m'a fallu du temps pour parvenir à tourner la clef dans la serrure. La rue et le trottoir étaient déserts, les voitures semblaient abandonnées, la portière de l'une d'elles était encore ouverte du côté passager, c'était étrange, cette atmosphère de drame et puis ce silence à peine troublé par le chant d'un oiseau sur un toit voisin, la voix de la mort, je le savais depuis la disparition d'Adorno.

Je me suis approchée des voitures d'un pas rapide, mais elles étaient toutes vides et j'ai regardé autour de moi sans comprendre ; puis le cri a retenti de nouveau et j'ai su où ils étaient.

Je suis rentrée dans l'agence et j'ai couru vers la porte de séparation menant à l'appartement, et dans l'appartement j'ai couru vers la porte de service. Au moment même où je suis passée de l'agence au salon les voix sont devenues distinctes, des pleurs inconsolables et des voix graves qui lançaient des ordres. Par la fenêtre de ma chambre j'ai vu les silhouettes qui s'agitaient dans l'arrière-cour, je les ai regardées un instant en espérant encore qu'il s'agisse d'autre chose, d'une fuite d'eau, d'une invasion de rongeurs ou d'insectes, puis je suis allée jusqu'à la porte de service du couloir, près de la cuisine, j'ai tiré le verrou et je l'ai ouverte.

La porte de l'appentis était ouverte, elle aussi. Le cadenas était brisé, sectionné avec des tenailles qu'un policier tenait encore à la main, et la mère de Yarol était agenouillée sur le ciment. Cette vision-là aussi était incongrue, elle portait des collants noirs déchirés des genoux aux chevilles, des escarpins à talons hauts dont un gisait à quelques mètres, entre l'allée et l'endroit où elle s'était laissée tomber à terre, un tailleur de soie élégant, et pourtant elle était prostrée sur le sol de ciment comme une petite fille capricieuse qui refuse de se lever, le visage souillé de larmes. Un corps était étendu devant elle, je dis un corps mais ce n'était pas vraiment un corps, c'était quelque chose d'aussi mince et grand que Yarol, enveloppé dans une housse de plastique gris dont un homme en uniforme venait de faire coulisser la fermeture éclair. J'ai fait quelques pas hésitants dans l'arrière-cour, Un instant, avais-je envie de dire, un instant, je dois le voir, comment pourrais-je autrement croire qu'il s'agit bien de lui, comment pourrais-je ne pas le guetter chaque jour ? J'aurais voulu l'appeler pour le tirer de ce qui n'était peut-être qu'un sommeil aussi artificiel et profond que celui des princesses endormies, mais j'ignorais de quel nom il s'était baptisé dans son monde virtuel, Pourquoi n'ai-je jamais eu l'idée de vous demander votre nom, ai-je pensé désespérément, oh comment ai-je pu ne jamais vous demander votre nom ?

Un policier m'a barré la route, les bras écartés, et m'a demandé si j'étais de la famille. « Non », ai-je répondu, mais je n'ai pas su préciser ce que j'étais et je me suis contentée de murmurer en indiquant d'un geste la fenêtre de ma chambre : « J'habite là. » « Rentrez chez vous, madame, a-t-il dit, dans votre état, vous n'avez rien à faire ici. C'est un accident. Rentrez chez vous. »

Je ne suis pas rentrée aussitôt. Je me suis contentée de reculer de quelques pas mais il n'a pas insisté davantage, comme si j'avais franchi une limite qui rendait ma présence tolérable. Un peu plus loin, interrogé par deux hommes en civil, j'ai aperçu le concierge. Il était pâle et agité, « Oui, je l'ai laissé s'amuser dans le coin, disait-il, c'était un pauvre gosse, il traînait toujours dans les parages, dites-moi comment j'aurais pu me douter que les tuyaux de gaz fuyaient ? »

La forme grise et indistincte que l'on prétendait être Yarol a été hissée sur un brancard, et on l'a emportée. L'homme qui m'avait empêchée d'approcher a aidé Mme de Brettes à se relever et elle s'est dirigée vers l'allée d'une démarche mal assurée, ramassant son escarpin au passage.

Au moment où elle passait devant moi, j'ai eu un geste pour attirer son attention et j'ai murmuré :

« Je suis désolée, madame de Brettes, s'il y a quoi que ce soit que je puisse faire… »

Je n'aurais pas été surprise qu'elle m'injurie, qu'elle se mette à crier et m'accuse d'avoir tué son fils – n'était-il pas après tout venu mourir dans mon arrière-cour –, je n'aurais pas été surprise qu'elle me crache au visage, mais je ne m'attendais pas à ce qu'elle m'ignore comme elle l'a fait. Son regard s'est posé sur moi sans qu'elle semble me voir et elle a continué son chemin en boitillant, le bras du policier glissé sous son coude. Je suis restée immobile, le cœur au bord des lèvres ; j'aurais préféré qu'elle me frappe, j'aurais préféré qu'elle m'accuse plutôt que m'ignorer comme si je n'existais pas, mais sans doute, après tout, avait-elle raison, je n'existais pas puisque je n'avais pas réussi à sauver son fils.

36

Un peu plus tard, un policier a frappé à la porte de service et a demandé la permission d'entrer pour me poser quelques questions. Il m'a observée d'un œil soupçonneux en prenant des notes, et j'ai compris que Mme de Brettes avait parlé. Oui, je connaissais Yarol, ai-je dit, j'étais une sorte d'accompagnatrice, non, pas une tutrice, pas davantage un professeur privé, c'était difficile à expliquer. Oui, je savais que Yarol aimait traîner dans le voisinage de l'agence, mais je n'aurais jamais imaginé qu'un accident pareil puisse se produire, et il a eu un murmure sceptique avant de refermer son carnet.

« Il faut que vous restiez à la disposition des enquêteurs, a-t-il déclaré. Je n'arrive pas à bien comprendre en quoi consistent vos activités. Nous allons devoir éclaircir ça. Vous serez convoquée dans le courant de la semaine au commissariat. »

J'ai haussé les épaules ; je savais déjà que tout était fini. Sur le pas de la porte, il s'est retourné.

« On a trouvé un mot dans les poches du gamin, et ça s'est avéré être le mot de passe de son ordinateur.

Sa mère nous a dit que c'est à ça qu'il passait tout son temps libre. On espère trouver plus d'informations dans son disque dur. Apparemment, il s'amusait à créer des sites ou à les pirater. Dites-moi, votre nom était écrit à l'envers en bas du papier. Je me suis demandé si vous pourriez m'éclairer là-dessus. »

Il a feuilleté son carnet et, sur la dernière page, il a lu ce qu'il avait recopié d'après le papier de Yarol : *L'homme qui songe est un dieu, l'homme qui pense un mendiant.*

« Est-ce que ça vous dit quoi que ce soit ? » a-t-il interrogé.

J'ai eu un signe de dénégation, mais je n'ai pas pu articuler un mot. Une fois de plus, je me suis demandé comment Yarol avait pu si bien comprendre le principe de fonctionnement de l'agence. Je me souvenais du jour où il m'avait dit : « C'est votre métier, Delphine, non ? D'aller dans le jeu des autres. De bouger les pions. De déplacer les personnages. Vous voulez savoir comment j'ai appelé ce jeu ? Je l'ai appelé *Yours*. »

Le policer a refermé le carnet. Il l'a glissé dans sa poche en concluant :

« Un de nos experts a verrouillé ses sites. On devrait empêcher tous ces gosses de passer autant de temps devant leur ordinateur. Ça ne leur vaut rien. »

J'ai hoché la tête, non, ça ne leur valait rien, et je me suis forcée à lui sourire avant de refermer la porte. Je suis allée m'allonger sur mon lit, et j'y suis restée des heures, les mains plaquées sur les oreilles pour ne pas entendre les voix des enquêteurs qui résonnaient dans l'arrière-cour. J'ai failli ne pas entendre le téléphone. Je l'ai laissé sonner interminablement, puis je me suis souvenue que je n'avais pas mis le répondeur en marche et je me suis approchée péniblement du bord du lit pour saisir l'appareil posé sur la table de chevet.

C'était Jones. D'une voix hésitante, il m'a demandé si j'étais bien Mme M. – j'avais oublié de me présenter –, puis il a voulu savoir s'il pouvait passer à l'agence. Il était tard, bien sûr, a-t-il ajouté, mais il craignait de n'avoir pas d'autre possibilité avant longtemps. « Oui, ai-je répondu, passez, nous sommes fermés mais je serai là, vous n'aurez qu'à taper à la porte d'entrée. »

Je me suis assise sur le lit. L'intonation de Jones n'était ni méfiante ni irritée, je n'avais aucune raison de ne pas croire que ma ruse avait fonctionné, et je m'étonnais de n'être pas plus heureuse. J'ai pensé aux mouches bleues que j'avais cru apercevoir deux fois autour de lui ; je m'étais dit, alors, que la mort rôdait mais j'étais persuadée qu'elle viserait Jones ou moi, je n'avais jamais imaginé qu'elle s'en prendrait à Yarol, Yarol qui dansait sans méfiance à la frontière de la réalité.

Le soir était tombé et les policiers étaient partis à l'exception d'un seul, resté en faction dans la cour. Je me suis levée et je me suis approchée de la fenêtre dans l'espoir absurde qu'un papier ait échappé à mon attention et à la vigilance des enquêteurs, un mot griffonné tels ceux que Yarol avait l'habitude d'attacher à l'aide d'une ficelle autour des barreaux, mais il n'y avait rien – et qu'aurait-il pu me dire, puisque son code avait été éventé. En levant les yeux, j'ai vu des ombres aux fenêtres de l'immeuble, les voisins qui avaient entendu parler du mort et espéraient que le spectacle ne soit pas tout à fait fini. Le policier en faction a sorti une petite lampe torche de sa poche et a fait courir le faisceau à ses pieds, puis l'a dirigé vers la porte de l'appentis. Elle avait été condamnée, des scellés en interdisaient l'accès, une chaîne plus solide que celle de Yarol était enroulée autour de la poignée et sécurisée par un cadenas.

J'ai tendu la main et j'ai allumé la lampe de chevet ; quand la lumière a envahi la chambre, je me suis rendu compte que j'étais devenue aussi visible que mes voisins inconnus aux étages supérieurs. Quelqu'un a toussé au premier, comme pour attirer mon attention, mais je me suis contentée de tirer les rideaux.

Je suis allée chercher les vieux messages que Yarol m'avait donnés et que j'avais rangés au fur et à mesure sous un presse-papiers. Je les ai posés sur le bureau, les uns à la suite des autres : il était là, le code que Yarol avait tenté de me transmettre ; il ne manquait qu'un mot. Je n'avais jamais eu la curiosité de tenter de les assembler. Je les ai remis dans l'ordre, puis j'ai pris un feutre, j'ai déchiré le coin d'une enveloppe et j'ai écrit en lettres majuscules de la même taille que les inscriptions de Yarol : EST. J'ai mis ce mot-là à sa place, entre les autres, j'ai pris un rouleau de scotch et je les ai soigneusement collés bout à bout, une bande de papier qui détenait le secret de la vie et de la mort de Yarol, et peut-être des miennes.

37

J'ai rangé l'appartement en désordre, lavé des assiettes et des couverts sales dans l'évier. J'avais l'impression que le salon sentait le renfermé et j'ai allumé des bâtons d'encens à la cannelle, puis j'ai éteint le plafonnier et sorti les bougies que je gardais en prévision d'une panne d'électricité. J'ai fait tout cela mécaniquement, comme une montre continue de tictaquer malgré sa chute. J'avais l'impression que je ne m'arrêterais qu'au moment où je tomberais de fatigue. J'ai fait les cent pas dans l'appartement jusqu'à ce que Jones frappe à la porte de l'agence.

Il paraissait fatigué et soucieux mais, dès l'instant où il a franchi le seuil, j'ai compris qu'il avait cru ce qu'il avait lu dans le texte d'Adorno. Son hostilité avait disparu et surtout sa méfiance, comme s'il savait enfin à quoi s'en tenir sur mon compte ; j'avais réussi à le duper, à lui montrer patte blanche – ma main trempée dans du plâtre ou de la farine –, oui, ce texte était un chef-d'œuvre, le sommet de mon art, mais même cela n'a pu faire disparaître mon sentiment de tristesse. Jones portait un pull marin, un pantalon de toile et des sandales, ainsi qu'une drôle de broche, une breloque accrochée à une épingle, à l'emplacement du cœur. Ses affaires paraissaient n'avoir jamais été portées ; quand je me suis penchée pour fermer la porte à clef derrière lui, j'ai senti une odeur de textile et de cuir neufs.

« Allons chez moi, ai-je dit. C'est par là. J'habite juste derrière l'agence. Je n'aime pas rester ici après les heures de fermeture. »

Je l'ai précédé vers la porte de séparation. J'avais le cœur qui battait, c'était la première fois que je faisais entrer qui que ce soit dans l'appartement, à l'exception de Marja, de la femme de ménage et de Mme Soignes ; en quinze ans, je n'y avais pas invité de client, pas d'ami, pas d'amant. J'ai essayé de voir l'appartement avec un regard neutre afin d'imaginer ce que Jones en penserait – qu'il était impersonnel, me suis-je dit, j'avais à peine changé la décoration, son précédent propriétaire aurait pu revenir sans même avoir l'impression d'être parti. Les bougies et les bâtons d'encens étaient la seule touche féminine, mais le parfum de cannelle m'a semblé soudain trop suave, presque écœurant, et je suis allée éteindre l'encens en le pinçant entre deux doigts.

« Asseyez-vous, ai-je dit. Je vous sers quelque chose ? »

Il a hésité, puis a répondu :

« Juste un fond de n'importe quoi. Merci. »

Je suis allée chercher une bouteille dans le minibar réservé aux clients et j'ai versé de l'alcool dans un verre. Je m'en suis servi aussi une gorgée, ça ne peut pas faire de mal à Anne-Lise, ai-je pensé, et j'en ai tellement besoin. Je suis revenue près du canapé, je me suis assise à côté de Jones et j'ai fait tinter mon verre contre le sien avant de le porter à mes lèvres.

« Vous avez lu le texte d'Adorno », ai-je dit d'un ton interrogatif.

Il a eu un geste de dénégation et d'acquiescement mêlés.

« Oui et non. Je n'ai pas encore terminé, c'est très long, a-t-il répondu comme s'il s'en excusait, mais j'ai lu une cinquantaine de pages. Et puis la fin, parce que je ne pouvais pas attendre plus longtemps. »

J'étais si confiante que j'ai oublié de me méfier, de guetter son expression afin d'y déceler le moindre changement d'humeur ; j'avais cessé d'être sur le pied de guerre, je me suis contentée de porter le verre à mes lèvres et de dire :

« C'est un beau texte. Il aurait été dommage que vous ne puissiez pas le lire. J'avais tort, vous avez bien fait de venir me voir. D'ailleurs, je regrette de vous avoir causé tant de difficultés. J'ai pris une décision, Jones. Je vous offre la dactylographie. Vous ne me devez rien. »

Il m'a jeté un coup d'œil surpris, et j'ai haussé les épaules en souriant.

« Ça ne m'a pas pris beaucoup de temps, ai-je menti. J'ai l'habitude de ce genre de travail. Une fois la retranscription commencée, les souvenirs me sont revenus rapidement. Il ne m'a pas été difficile de remplir les blancs. »

Il a fait tourner l'alcool dans son verre, et il m'a dit ce que je redoutais d'entendre depuis notre rencontre.

« Vraiment ? Pourtant, vous avez oublié des détails. En fait, vous avez oublié toute la fin. Vous n'avez rien écrit concernant la mort d'Adorno. »

La tête m'a tourné brusquement et j'ai pensé que je n'aurais pas dû boire, non pour Anne-Lise, mais pour garder l'esprit clair ; qu'il avait été naïf d'imaginer que j'aurais davantage besoin d'audace que de lucidité.

« Je ne vois pas de quoi vous parlez, ai-je répliqué mécaniquement. Je vous ai déjà dit que je n'étais plus l'employée d'Adorno depuis plusieurs mois quand il est mort.

— Vous me l'avez dit, en effet. Mais nous savons tous les deux que c'est faux. »

Il y avait un tel aplomb dans sa voix que je suis restée muette. Après quelques instants, Jones a posé les yeux sur moi. Sans doute a-t-il compris à quel point j'avais peur – mon verre m'avait glissé des doigts, l'alcool s'écoulait goutte à goutte sur ma jambe –, car il a poursuivi :

« J'ai toujours su que vous aviez aidé Adorno à mourir. Ça vous étonne ? Vous pensiez qu'il ne m'en avait pas parlé ? J'ai su qu'il vous le demanderait bien avant vous. Quand je dis *vous*, je veux parler de la dame de compagnie, naturellement. »

Il a fouillé dans la poche de son jean, en a sorti un paquet de cigarettes et en a allumé une à la bougie posée sur la table.

« Il ne m'a jamais donné votre nom. Il ne lui est pas venu à l'esprit que je vous chercherais, que j'aurais à ce point besoin de savoir. Je ne le savais pas non plus. Mais vous n'avez rien à craindre de moi, Delphine.

— Je ne comprends pas, ai-je dit d'une voix sourde.

— Il n'y a rien à comprendre. Adorno n'a rien écrit concernant son geste parce qu'il voulait être discret. Quand je vous ai rencontrée, je ne vous en ai pas parlé pour les mêmes raisons. Je ne pensais pas que vous pourriez imaginer autre chose. Je croyais que nous jouions le même jeu, vous et moi. »

Il a tiré sur sa cigarette et m'a soufflé la fumée au visage avant de la chasser d'un geste paresseux.

« C'est seulement pour savoir comment… comment cela s'est passé que je vous ai demandé de réécrire les cahiers. Je ne pensais pas une seconde que vous pourriez croire autre chose.

— Mais vous avez cherché les cahiers, vous me l'avez dit, ai-je balbutié. Si Adorno vous avait parlé de moi, il aurait dû vous dire qu'il… »

J'allais achever : Qu'il me chargerait de vous les apporter. Je me suis arrêtée juste à temps, mais Jones a souri.

« Je savais qu'il y avait un risque que vous ne le fassiez pas. Et je savais aussi pourquoi.

— Alors vous devez savoir également, ai-je repris avec peine. Pour l'argent. » J'ai inspiré profondément et j'ai repris en hâte : « Je peux vous rembourser. Aujourd'hui, si vous voulez. L'argent est toujours sur mon compte. Je ne l'ai pas dépensé. »

Il a cherché du regard un cendrier, n'en a pas trouvé et a fait tomber la cendre dans sa main. Puis il a haussé les épaules.

« Gardez-le, a-t-il répliqué. Je me doutais qu'Adorno vous le donnerait si ça lui semblait nécessaire. Que voulez-vous que je vous dise ? Vous l'avez gagné. Mais », et il s'est penché vers moi, « je veux que vous me racontiez ce que je veux savoir. Considérez que ça fait partie du travail que vous a demandé Adorno. Et nous serons quittes. »

38

Alors je lui ai tout raconté, ou presque tout. Je n'ai gardé que deux choses secrètes : la fausse dame de compagnie des cahiers et le baiser qu'Adorno m'avait donné au moment où il commençait à perdre conscience, quand il s'imaginait que c'était lui, Jones, qui était allongé près de lui.

Il m'a écoutée sans mot dire, les yeux rivés sur moi, allumant une cigarette après l'autre. Une épaisse fumée a envahi l'appartement et j'ai pensé que Mme Soignes serait contrariée si elle venait à passer, mais je n'ai rien dit, sans doute à cause de la façon dont Jones serrait sa cigarette entre trois doigts et qui me donnait envie de lui tendre ma main pour qu'il la tienne à la place. Mon histoire a duré longtemps. Durant tout ce temps, il n'a pas eu un geste autre qu'allumer des cigarettes et les serrer très fort ; son visage est demeuré indéchiffrable et seuls mes yeux larmoyaient dans la fumée qui troublait l'air. Où est-il, ai-je songé, y a-t-il moyen de revenir quand on est parti si loin ? Enfin, je me suis tue. Il a baissé les yeux. Il est resté quelques minutes ainsi, silencieux, et je n'ai pas osé faire un geste ni dire un mot. Je scrutais son visage et j'ai vu ses cils gris cendré, les cils que j'avais remarqués le jour de notre rencontre, l'âge et les chagrins les avaient vieillis, avais-je pensé alors, et je n'avais pas tort, c'était sa seule marque de faiblesse. Enfin, il a relevé la tête.

« Merci », a-t-il dit, et sa voix était douce. « C'est un peu comme je l'avais imaginé. Je n'aurais pas aimé qu'il s'en aille seul. Je vous remercie d'avoir fait cela pour lui. »

J'ai haussé les épaules, gênée, même si j'étais heureuse qu'il semble oublier pourquoi je l'avais fait, les deux enveloppes, l'espoir d'une autre agence. Il a écrasé sa cigarette, a pris son verre et bu d'un trait ce qui restait d'alcool.

« Eh bien, c'est fini, n'est-ce pas, a-t-il repris avec lassitude. Je vais m'en aller. Il est tard, mais je devais vous voir ce soir. Je pars demain.

— Vous partez ?

— J'emménage chez une amie qui habite en Amérique du Sud. »

Il m'a suffi de le regarder pour deviner de quel genre d'amie il s'agissait. Il a dû suivre mes pensées, car il a eu un sourire entendu.

« La vie continue, et il faut bien la gagner, n'est-ce pas ? J'ai toujours voulu aller là-bas. Je n'aurai peut-être pas d'autre occasion. Elle est gentille et elle a de l'argent. Vous savez comment ça se passe. Vous et moi, nous avons la chance d'avoir la peau dure, une peau de crocodile. »

Il s'est pincé le poignet entre le pouce et l'index,

mais je n'ai vu qu'une peau fine et blanche qui rougissait sous le pinçon.

« Non, Jones, ai-je dit d'une voix altérée. N'y allez pas. Vous ne pouvez pas faire ça. Vous ne pouvez pas aller faire la pute à l'autre bout du monde. »

J'ai été surprise par la violence de mes paroles, et il l'a été aussi. Il m'a regardée par-dessus le verre qu'il n'avait pas encore reposé et il a failli s'emporter, puis il a haussé les épaules et j'ai compris que ce n'était pas à moi qu'il répondait en se refrénant ainsi, par gentillesse, mais à l'autre femme, celle du cahier.

« Je fais ce qu'il faut pour gagner ma vie. Même Adorno l'aurait compris. C'est bizarre, vous savez. Avant de lire les cahiers, je n'étais pas sûr d'accepter cette offre. Depuis la mort d'Adorno, j'étais au bout du rouleau. Mais ça m'a donné du courage. Ce qu'il a écrit sur moi… comment se sentir seul après ça, pas vrai ? »

Il a souri en détournant les yeux et a joué avec la breloque de sa broche. Son regard a parcouru les murs tapissés d'un papier à fleurs beige, les étagères où n'étaient rangés que quelques manuels pratiques, aucun bibelot, et il a remarqué :

« Ça n'est pas gai chez vous, hein ? Avec tout l'argent que vous gagnez, pourquoi est-ce que vous n'arrangez pas un peu mieux votre maison ?

— Je vous paierai, moi, ai-je dit brusquement. Dites-moi combien vous voulez. Donnez-moi un chiffre. »

Il m'a regardée avec stupeur et j'ai poursuivi :

« Combien vous a proposé cette femme ? Combien vous payait Adorno ? J'ai sûrement assez. »

Je me sentais fiévreuse soudain, j'ai posé mon verre sur la table basse pour me rapprocher de lui, j'ai même osé tendre la main et la poser sur la sienne.

« Je vous paierai, Jones. Vous n'avez pas besoin de m'aimer, pas tout de suite, ai-je dit d'une voix pressante. Vous m'aimerez peut-être un jour, je peux attendre, j'attends depuis longtemps. De toute façon, qu'est-ce que l'amour ? Je l'ai entendu chanter sur tous les airs, mis à toutes les sauces. C'est le sentiment le plus trafiqué qui soit. Je connais toutes ses formes. Je vous donnerai celui dont vous avez besoin. »

Nous y voilà, ai-je songé dans un vertige, la leçon qu'enseignaient les mauvais romans roses – toutes les amours se ressemblent. Jones n'a pas répondu. Il semblait mal à l'aise soudain dans ses vêtements trop neufs, peut-être avait-il le sentiment d'être à vendre, déguisé en marin avec son pull et ses sandales, disponible au plus offrant.

« Je vous achèterai un petit appartement près d'ici », ai-je poursuivi, et le souvenir de l'agence dont je rêvais m'a traversé l'esprit, mais je n'en avais plus besoin désormais. « Vous pouvez même garder l'autre si vous voulez. Je veux juste que vous soyez près de moi, Jones. Ne partez pas. »

Il a essayé de rire de ma proposition, comme s'il s'agissait d'une plaisanterie que nous partagions, puis m'a regardée plus attentivement et s'est tu. Il a eu la gentillesse de garder un instant ma main dans la sienne après l'avoir ôtée de son poignet.

« Jones, ai-je murmuré.

— C'est impossible, Delphine. Vous et moi, nous sommes au service des autres. Nous sommes des manipulateurs. Nous sommes pareils. Vous voulez m'aimer ? Mais qu'est-ce que vous racontez ?

— Et pourquoi pas, ai-je répliqué avec désespoir. J'ai rendu beaucoup de gens heureux, Jones, ou disons moins malheureux qu'ils ne l'étaient. Je pourrais faire la même chose pour vous. Vous ne comprenez pas ? Je n'ai jamais aimé de cette façon-là. Ne m'enlevez pas ça. Je ne peux pas le perdre. »

Il a souri, alors, et ses traits ont reflété un sentiment qui était presque de la douceur, et une curieuse sagesse aussi ; de nous deux, à cet instant, il semblait être l'aîné.

« Oh, Delphine. Vous ne le perdrez pas. Vous m'oublierez, mais vous ne le perdrez pas. Vous n'avez donc pas compris ça, malgré tous vos clients ? »

Il s'est levé en lissant le tissu de son pantalon neuf sur ses cuisses. Il a jeté un coup d'œil vers les épais rideaux qui cachaient la fenêtre, peut-être se demandait-il sur quel puits de lumière malodorant, quelle courette obscure donnait mon appartement.

« Je m'en vais. Prenez soin de vous. Et ne restez pas là, a-t-il ajouté. C'est triste, c'est vieux. Vous allez mourir étouffée. Partez, vous aussi. »

Il a contourné la table basse et s'est dirigé vers la porte de séparation. Il a disparu dans l'agence, l'appartement était à nouveau silencieux et désert, et j'ai crié :

« Jones, attendez ! »

J'ai mis quelques secondes à me hisser sur mes pieds, et quand je suis arrivée près de Jones sa main était déjà posée sur la poignée de la porte d'entrée. Il m'a regardée d'un air interrogateur et un peu impatient, ai-je deviné avec un coup au cœur, il avait hâte de commencer sa nouvelle vie, à l'instant où il quitterait l'agence il se débarrasserait d'une ancienne peau comme un serpent qui mue.

« Il y a une chose dont je ne vous ai pas parlé, ai-je dit. Adorno m'a embrassée avant de mourir. C'est la dernière chose qu'il a faite. Il avait perdu conscience et c'est vous qu'il imaginait être près de lui. Je peux vous montrer comment il a fait, si vous voulez. »

J'ai vu le sang se retirer de son visage. Il n'a pas trouvé le courage de prononcer un mot ; même un homme aussi expérimenté que Jones perdait la voix devant cette proposition, un baiser revenu du royaume des morts, et j'ai lu dans son regard un mélange de crainte et de désir. J'ai franchi les quelques pas qui nous séparaient. Mon ventre m'a empêchée de me serrer contre lui et j'ai dû me glisser de côté, appuyant ma hanche contre la sienne. J'ai pris son visage dans mes mains et je me suis hissée sur la pointe des pieds pour appuyer ma bouche contre la sienne. Je l'ai embrassé exactement comme Adorno l'avait fait, plongeant ma langue entre ses lèvres et le mordant jusqu'à ce que le sang soit près de perler sous mes dents. J'ai senti un goût de cigarette, d'alcool et autre chose, qui était sans doute la véritable saveur de son souffle. Puis je me suis écartée et je l'ai regardé.

Il avait ressenti du plaisir, je le sais. Si Adorno avait été encore vivant, si nous avions embrassé le gigolo l'un après l'autre, Jones n'aurait pas pu dire lequel de nous deux posait ses lèvres sur les siennes – c'était ainsi, c'étaient le don et la malédiction que j'avais reçus et cultivés depuis que j'étais en âge de m'en servir. Je suis presque sûre qu'il a failli me demander de l'embrasser à nouveau. Il a peut-être même considéré ma proposition d'un regard neuf – l'appartement que j'avais parlé de lui acheter, la nouvelle vie que j'avais évoquée, ma promesse de l'aimer sans rien demander en retour ; peut-être s'est-il senti fatigué de courir, peut-être s'est-il dit qu'il n'y aurait pas de mal finalement à recourir aux ficelles et aux mécanismes destinés à tromper la solitude. J'aurais dû l'embrasser une deuxième fois sans attendre, mais je ne l'ai pas fait, j'étais trop prise par l'émotion que je lisais dans ses yeux, et le moment est passé. Il a saisi mes mains et les a éloignées de son visage.

«Adorno avait raison de dire que vous étiez gentille, a-t-il murmuré d'une voix pensive. Plus gentille que vous n'en avez l'air. Je dois avouer que je ne l'aurais pas imaginé la première fois que je vous ai vue. Ce vieux type, dans le fauteuil roulant ? Je n'aurais jamais gobé qu'il faisait partie de votre famille. Pendant tout le temps que j'ai passé à vous regarder, vous ne lui avez pas adressé une seule fois la parole. Mais vous avez peut-être bon fond, après tout. En tout cas, c'est ce que pensait Adorno.

— Mais je ne suis pas la femme du cahier, ai-je chuchoté. Les petites attentions, les cadeaux… Tout est faux, vous ne l'avez pas compris ?

— La femme du cahier ? Je sais bien que vous l'avez imaginée. Ce n'est pas à elle que je pensais. Adorno parlait de vous parfois. “La pauvre petite”, c'est comme ça qu'il vous appelait. Parfois aussi, il vous appelait “la pauvre petite douce”. »

J'ai pleuré alors, sans savoir sur qui, sur quoi,

j'ai simplement senti les larmes couler jusqu'à ma bouche. Jones a tendu la main, a passé le pouce sous mes yeux, puis s'est retourné et est sorti de l'agence.

Je suis restée longtemps immobile devant la porte vitrée. Je n'avais distingué Jones que quelques secondes, le temps qu'il referme la porte et s'éloigne dans la nuit ; à présent le monde semblait avoir disparu et je voyais seulement le reflet des tables et des chaises, et une femme désabusée qui s'essuyait la figure avec lassitude.

Pourtant je n'ai pas bougé. Je ne saurais dire si j'espérais que Jones revienne, si j'espérais voir sa silhouette surgir de l'obscurité et sa main se tendre vers la poignée de porte comme s'il était un client à consoler, à aimer, à chérir, ou si je m'étais perdue dans mon propre reflet parvenu au bout du chemin, face à lui-même. J'ai pensé à ma mère qui se contemplait ainsi dans chaque miroir.

Après cela, les gestes sont venus naturellement, même mon ventre me semblait plus facile à manœuvrer, et pour la première fois peut-être je ne me suis pas cognée dans les meubles. À l'intérieur du placard à fournitures, j'ai pris une feuille de papier A3 et, au gros feutre noir, j'ai inscrit : *Pour Vous*, *fermeture définitive*. Je suis allée fixer la feuille avec du scotch sur la porte vitrée. J'ai pris soin de mettre la clef dans la serrure afin que Marja ne puisse pas ouvrir de l'extérieur le lendemain matin.

Je suis revenue sur mes pas et je me suis assise devant l'ordinateur. Il était encore allumé, et j'ai entrepris de vider méthodiquement le disque dur. J'ai vu défiler des dossiers récents, puis de plus anciens, et tous m'évoquaient quelque chose, j'aurais pu mettre une voix et un visage sur chaque nom. J'ai à peine hésité avant de supprimer la *Lettre à Jones*. Il n'a pas fallu longtemps pour que l'ordinateur soit entièrement vierge. Puis j'ai tapé une lettre à l'intention de Marja, accompagnée d'un chèque, et une autre à destination du notaire, en lui donnant pour instructions de détruire tous les documents archivés dans son cabinet.

Une dernière lettre, ai-je pensé, et tout sera fini.

Anne-Lise (puisque tu t'appelles ainsi et qu'il ne m'est même pas venu à l'esprit d'imaginer quel prénom j'aurais choisi si tu avais été mon enfant),

Je voudrais avoir la force de mettre quelques vêtements dans une valise, d'abandonner les robes de grossesse et les livres de comptines qu'ont achetés tes parents, de prendre un train et de tout recommencer ailleurs, dans un petit deux-pièces sous les toits ou un pavillon entouré d'un jardin où vivraient des poules et une tortue qui seraient les gardiennes de notre tranquillité. Je voudrais accoucher sous mon vrai nom dans un petit hôpital de province où les infirmières auraient l'air de grands-mères et me serviraient du sirop de grenadine qu'elles prendraient dans leur réserve personnelle pour me consoler de n'avoir aucune visite. Je voudrais te guetter à la fenêtre quand tu rentrerais de l'école ; j'aurais si peur que tu aies faim que j'aurais étalé depuis le début de l'après-midi de la confiture de mûres sur des tartines, et quand tu franchirais enfin la porte de la maison, je me serais épuisée pendant des heures à en chasser les mouches et les guêpes. Je voudrais te dire, le jour où tu commenceras à t'intéresser aux portées de chatons et au sexe de tes poupées, que je t'ai aimée dès l'instant où tu as été conçue, quand je suis rentrée chez moi humide de sperme, et que je n'ai pas cessé de t'aimer depuis ce jour, mais ce serait faux ; je ne t'ai jamais aimée quand tu étais dans mon ventre, ou si tard. Oui, je t'ai aimée trop tard. Tes parents ne t'auront probablement rien dit, pourquoi risquer de rompre le secret, d'ailleurs tout paraît si simple, si évident, tu es sans doute rousse comme ta mère, tu as les traits aigus comme les siens, et il faudra peut-être le hasard d'une maladie et de quelques gouttes de sang sur une lamelle de laboratoire pour qu'enfin tu découvres la vérité. Pour l'instant, tu es avec moi, la séparation reste à venir, dans le sang et la douleur, et le soulagement peut-être de ne plus avoir à t'emporter partout, je ne sais pas encore. Peut-être me manqueras-tu, peut-être mon corps te cherchera-t-il, et je me mettrai à pleurer sans raison, les mains dans l'eau de vaisselle, mais pour me consoler je me dirai que ce ne sont que les hormones. Tu ne liras sans doute jamais ces mots, ils resteront dans un tiroir ou un coffre et c'est probablement le lieu où ils seront le plus en sécurité ; je suis sûre que tes parents les déchireraient s'ils parvenaient jusqu'à eux, et comment puis-je leur jeter la pierre ?

Mais si tu les lisais un jour malgré tout, Anne-Lise, je veux te dire comment tout cela a commencé, et je peux seulement espérer que tu comprendras comment j'ai pu choisir de vivre sans toi.

DU MÊME AUTEUR

Aux Éditions Joëlle Losfeld

LA MAISON DES FATIGUÉS, 1999

LE GRAND FAKIR, 2001

LEUR HISTOIRE, 2002. Nouvelle édition en 2006. Prix Fnac, prix Alain-Fournier

LES ORANGERS suivi de LA BOÎTE À SECRETS, nouvelles extraites du recueil *Le grenadier*, 2004

LE CIEL DES CHEVAUX, 2004 (Folio n° 4734)

JE VOUDRAIS TANT QUE TU TE SOUVIENNES, 2006

POUR VOUS, 2008 (Folio n° 5054)

Aux Éditions La Différence

LE SECOND ENFANT, 1994

Aux Éditions Gallimard

LE GRENADIER, 1997

COLLECTION FOLIO

Dernières parutions

4691. Thierry Taittinger	*Un enfant du rock.*
4692. Anton Tchékhov	*Récit d'un inconnu* et autres nouvelles.
4693. Marc Dugain	*Une exécution ordinaire.*
4694. Antoine Audouard	*Un pont d'oiseaux.*
4695. Gérard de Cortanze	*Laura.*
4696. Philippe Delerm	*Dickens, barbe à papa.*
4697. Anonyme	*Le Coran.*
4698. Marguerite Duras	*Cahiers de la guerre* et autres textes.
4699. Nicole Krauss	*L'histoire de l'amour.*
4700. Richard Millet	*Dévorations.*
4701. Amos Oz	*Soudain dans la forêt profonde.*
4702. Boualem Sansal	*Poste restante : Alger.*
4703. Bernhard Schlink	*Le retour.*
4704. Christine Angot	*Rendez-vous.*
4705. Éric Faye	*Le syndicat des pauvres types.*
4706. Jérôme Garcin	*Les sœurs de Prague.*
4707. Denis Diderot	*Salons.*
4708. Isabelle de Charrière	*Sir Walter Finch et son fils William.*
4709. Madame d'Aulnoy	*La Princesse Belle Étoile et le prince Chéri.*
4710. Isabelle Eberhardt	*Amours nomades.*
4711. Flora Tristan	*Promenades dans Londres.*
4712. Mario Vargas Llosa	*Tours et détours de la vilaine fille.*
4713. Camille Laurens	*Philippe.*
4714. John Cheever	*The Wapshot.*
4715. Paule Constant	*La bête à chagrin.*
4716. Erri De Luca	*Pas ici, pas maintenant.*
4717. Éric Fottorino	*Nordeste.*
4718. Pierre Guyotat	*Ashby* suivi de *Sur un cheval.*
4719. Régis Jauffret	*Microfictions.*
4720. Javier Marías	*Un cœur si blanc.*

4721. Irène Némirovsky	*Chaleur du sang.*
4722. Anne Wiazemsky	*Jeune fille.*
4723. Julie Wolkenstein	*Happy End.*
4724. Lian Hearn	*Le vol du héron. Le Clan des Otori, IV.*
4725. Madame d'Aulnoy	*Contes de fées.*
4726. Collectif	*Mai 68, Le Débat.*
4727. Antoine Bello	*Les falsificateurs.*
4728. Jeanne Benameur	*Présent ?*
4729. Olivier Cadiot	*Retour définitif et durable de l'être aimé.*
4730. Arnaud Cathrine	*La disparition de Richard Taylor.*
4731. Maryse Condé	*Victoire, les saveurs et les mots.*
4732. Penelope Fitzgerald	*L'affaire Lolita.*
4733. Jean-Paul Kauffmann	*La maison du retour.*
4734. Dominique Mainard	*Le ciel des chevaux.*
4735. Marie Ndiaye	*Mon cœur à l'étroit.*
4736. Jean-Christophe Rufin	*Le parfum d'Adam.*
4737. Joseph Conrad	*Le retour.*
4738. Roald Dahl	*Le chien de Claude.*
4739. Fédor Dostoïevski	*La femme d'un autre et le mari sous le lit.*
4740. Ernest Hemingway	*La capitale du monde* suivi de *L'heure triomphale de Francis Macomber.*
4741. H. P. Lovecraft	*Celui qui chuchotait dans les ténèbres.*
4742. Gérard de Nerval	*Pandora* et autres nouvelles.
4743. Juan Carlos Onetti	*À une tombe anonyme.*
4744. R. L. Stevenson	*La Chaussée des Merry Men.*
4745. H. D. Thoreau	*« Je vivais seul, dans les bois ».*
4746. Michel Tournier	*L'aire du Muguet* précédé de *La jeune fille et la mort.*
4747. Léon Tolstoï	*La Tempête de neige* et autres récits.
4748. Tonino Benacquista	*Le serrurier volant.*
4749. Bernard du Boucheron	*Chien des os.*
4750. William S. Burroughs	*Junky.*
4751. Françoise Chandernagor	*La voyageuse de nuit.*
4752. Philippe Delerm	*La tranchée d'Arenberg et autres voluptés sportives.*
4753. Franz-Olivier Giesbert	*L'affreux.*

4754. Andrea Levy	*Hortense et Queenie.*
4755. Héléna Marienské	*Rhésus.*
4756. Per Petterson	*Pas facile de voler des chevaux.*
4757. Zeruya Shalev	*Thèra.*
4758. Philippe Djian	*Mise en bouche.*
4759. Diane de Margerie	*L'Étranglée.*
4760. Joseph Conrad	*Le Miroir de la mer.*
4761. Saint Augustin	*Confessions. Livre X.*
4762. René Belletto	*Ville de la peur.*
4763. Bernard Chapuis	*Vieux garçon.*
4764. Charles Julliet	*Au pays du long nuage blanc.*
4765. Patrick Lapeyre	*La lenteur de l'avenir.*
4766. Richard Millet	*Le chant des adolescentes.*
4767. Richard Millet	*Cœur blanc.*
4768. Martin Amis	*Chien Jaune.*
4769. Antoine Bello	*Éloge de la pièce manquante.*
4770. Emmanuel Carrère	*Bravoure.*
4771. Emmanuel Carrère	*Un roman russe.*
4772. Tracy Chevalier	*L'innocence.*
4773. Sous la direction d'Alain Finkielkraut	*Qu'est-ce que la France?*
4774. Benoît Duteurtre	*Chemins de fer.*
4775. Philippe Forest	*Tous les enfants sauf un.*
4776. Valentine Goby	*L'échappée.*
4777. Régis Jauffret	*L'enfance est un rêve d'enfant.*
4778. David McNeil	*Angie ou les douze mesures d'un blues.*
4779. Grégoire Polet	*Excusez les fautes du copiste.*
4780. Zoé Valdés	*L'éternité de l'instant.*
4781. Collectif	*Sur le zinc. Au café avec les écrivains.*
4782. Francis Scott Fitzgerald	*L'étrange histoire de Benjamin Button* suivi de *La lie du bonheur.*
4783. Lao She	*Le nouvel inspecteur* suivi de *Le croissant de lune.*
4784. Guy de Maupassant	*Apparition et autres contes de l'étrange.*
4785. D. A. F. de Sade	*Eugénie de Franval.*
4786. Patrick Amine	*Petit éloge de la colère.*
4787. Élisabeth Barillé	*Petit éloge du sensible.*
4788. Didier Daeninckx	*Petit éloge des faits divers.*
4789. Nathalie Kuperman	*Petit éloge de la haine.*
4790. Marcel Proust	*La fin de la jalousie.*

4791. Friedrich Nietzsche	*Lettres choisies.*
4792. Alexandre Dumas	*La Dame de Monsoreau.*
4793. Julian Barnes	*Arthur & George.*
4794. François Bégaudeau	*Jouer juste.*
4795. Olivier Bleys	*Semper Augustus.*
4796. Éric Fottorino	*Baisers de cinéma.*
4797. Jens Christian Grøndahl	*Piazza Bucarest.*
4798. Orhan Pamuk	*Istanbul.*
4799. J.-B. Pontalis	*Elles.*
4800. Jean Rolin	*L'explosion de la durite.*
4801. Willy Ronis	*Ce jour-là.*
4802. Ludovic Roubaudi	*Les chiens écrasés.*
4803. Gilbert Sinoué	*Le colonel et l'enfant-roi.*
4804. Philippe Sollers	*L'évangile de Nietzsche.*
4805. François Sureau	*L'obéissance.*
4806. Montesquieu	*Considérations sur les causes de la grandeur des Romains et de leur décadence.*
4807. Collectif	*Des nouvelles de McSweeney's.*
4808. J. G. Ballard	*Que notre règne arrive.*
4809. Erri De Luca	*Sur la trace de Nives.*
4810. René Frégni	*Maudit le jour.*
4811. François Gantheret	*Les corps perdus.*
4812. Nikos Kavvadias	*Le quart.*
4813. Claudio Magris	*À l'aveugle.*
4814. Ludmila Oulitskaïa	*Mensonges de femmes.*
4815. Arto Paasilinna	*Le bestial serviteur du pasteur Huuskonen.*
4816. Alix de Saint-André	*Il n'y a pas de grandes personnes.*
4817. Dai Sijie	*Par une nuit où la lune ne s'est pas levée.*
4818. Antonio Tabucchi	*Piazza d'Italia.*
4819. Collectif	*Les guerres puniques.*
4820. Patrick Declerck	*Garanti sans moraline.*
4821. Isabelle Jarry	*Millefeuille de onze ans.*
4822. Joseph Kessel	*Ami, entends-tu…*
4823. Clara Sánchez	*Un million de lumières.*
4824. Denis Tillinac	*Je nous revois...*
4825. George Sand	*Elle et Lui.*
4826. Nina Bouraoui	*Avant les hommes.*
4827. John Cheever	*Les lumières de Bullet Park.*

4828. Didier Daeninckx — *La mort en dédicace.*
4829. Philippe Forest — *Le nouvel amour.*
4830. André Gorz — *Lettre à D.*
4831. Shirley Hazzard — *Le passage de Vénus.*
4832. Vénus Khoury-Ghata — *Sept pierres pour la femme adultère.*
4833. Danielle Mitterrand — *Le livre de ma mémoire.*
4834. Patrick Modiano — *Dans le café de la jeunesse perdue.*
4835. Marisha Pessl — *La physique des catastrophes.*
4837. Joy Sorman — *Du bruit.*
4838. Brina Svit — *Coco Dias ou La Porte Dorée.*
4839. Julian Barnes — *À jamais* et autres nouvelles.
4840. John Cheever — *Une Américaine instruite* suivi d'*Adieu, mon frère.*
4841. Collectif — *«Que je vous aime, que je t'aime!»*
4842. André Gide — *Souvenirs de la cour d'assises.*
4843. Jean Giono — *Notes sur l'affaire Dominici.*
4844. Jean de La Fontaine — *Comment l'esprit vient aux filles.*
4845. Yukio Mishima — *Papillon* suivi de *La lionne.*
4846. John Steinbeck — *Le meurtre* et autres nouvelles
4847. Anton Tchékhov — *Un royaume de femmes* suivi de *De l'amour.*
4848. Voltaire — *L'Affaire du chevalier de La Barre* précédé de *L'Affaire Lally.*
4849. Victor Hugo — *Notre-Dame de Paris.*
4850. Françoise Chandernagor — *La première épouse.*
4851. Collectif — *L'œil de La NRF.*
4852. Marie Darrieussecq — *Tom est mort.*
4853. Vincent Delecroix — *La chaussure sur le toit.*
4854. Ananda Devi — *Indian Tango.*
4855. Hans Fallada — *Quoi de neuf, petit homme?*
4856. Éric Fottorino — *Un territoire fragile.*
4857. Yannick Haenel — *Cercle.*
4858. Pierre Péju — *Cœur de pierre.*
4859. Knud Romer — *Cochon d'Allemand.*
4860. Philip Roth — *Un homme.*
4861. François Taillandier — *Il n'y a personne dans les tombes.*
4862. Kazuo Ishiguro — *Un artiste du monde flottant.*

4863. Christian Bobin	*La dame blanche.*
4864. Sous la direction d'Alain Finkielkraut	*La querelle de l'école.*
4865. Chahdortt Djavann	*Autoportrait de l'autre.*
4866. Laura Esquivel	*Chocolat amer.*
4867. Gilles Leroy	*Alabama Song.*
4868. Gilles Leroy	*Les jardins publics.*
4869. Michèle Lesbre	*Le canapé rouge.*
4870. Carole Martinez	*Le cœur cousu.*
4871. Sergio Pitol	*La vie conjugale.*
4872. Juan Rulfo	*Pedro Páramo.*
4873. Zadie Smith	*De la beauté.*
4874. Philippe Sollers	*Un vrai roman. Mémoires.*
4875. Marie d'Agoult	*Premières années.*
4876. Madame de Lafayette	*Histoire de la princesse de Montpensier* et autres nouvelles.
4877. Madame Riccoboni	*Histoire de M. le marquis de Cressy.*
4878. Madame de Sévigné	*« Je vous écris tous les jours… »*
4879. Madame de Staël	*Trois nouvelles.*
4880. Sophie Chauveau	*L'obsession Vinci.*
4881. Harriet Scott Chessman	*Lydia Cassatt lisant le journal du matin.*
4882. Raphaël Confiant	*Case à Chine.*
4883. Benedetta Craveri	*Reines et favorites.*
4884. Erri De Luca	*Au nom de la mère.*
4885. Pierre Dubois	*Les contes de crimes.*
4886. Paula Fox	*Côte ouest.*
4887. Amir Gutfreund	*Les gens indispensables ne meurent jamais.*
4888. Pierre Guyotat	*Formation.*
4889. Marie-Dominique Lelièvre	*Sagan à toute allure.*
4890. Olivia Rosenthal	*On n'est pas là pour disparaître.*
4891. Laurence Schifano	*Visconti.*
4892. Daniel Pennac	*Chagrin d'école.*
4893. Michel de Montaigne	*Essais I.*
4894. Michel de Montaigne	*Essais II.*
4895. Michel de Montaigne	*Essais III.*

4896. Paul Morand — *L'allure de Chanel.*
4897. Pierre Assouline — *Le portrait.*
4898. Nicolas Bouvier — *Le vide et le plein.*
4899. Patrick Chamoiseau — *Un dimanche au cachot.*
4900. David Fauquemberg — *Nullarbor.*
4901. Olivier Germain-Thomas — *Le Bénarès-Kyôto.*
4902. Dominique Mainard — *Je voudrais tant que tu te souviennes.*
4903. Dan O'Brien — *Les bisons de Broken Heart.*
4904. Grégoire Polet — *Leurs vies éclatantes.*
4905. Jean-Christophe Rufin — *Un léopard sur le garrot.*
4906. Gilbert Sinoué — *La Dame à la lampe.*
4907. Nathacha Appanah — *La noce d'Anna.*
4908. Joyce Carol Oates — *Sexy.*
4909. Nicolas Fargues — *Beau rôle.*
4910. Jane Austen — *Le Cœur et la Raison.*
4911. Karen Blixen — *Saison à Copenhague.*
4912. Julio Cortázar — *La porte condamnée* et autres nouvelles fantastiques.
4913. Mircea Eliade — *Incognito à Buchenwald...* précédé d'*Adieu !...*
4914. Romain Gary — *Les trésors de la mer Rouge.*
4915. Aldous Huxley — *Le jeune Archimède* précédé de *Les Claxton.*
4916. Régis Jauffret — *Ce que c'est que l'amour* et autres microfictions.
4917. Joseph Kessel — *Une balle perdue.*
4918. Lie-tseu — *Sur le destin* et autres textes.
4919. Junichirô Tanizaki — *Le pont flottant des songes.*
4920. Oscar Wilde — *Le portrait de Mr. W.H.*
4921. Vassilis Alexakis — *Ap. J.-C.*
4922. Alessandro Baricco — *Cette histoire-là.*
4923. Tahar Ben Jelloun — *Sur ma mère.*
4924. Antoni Casas Ros — *Le théorème d'Almodóvar.*
4925. Guy Goffette — *L'autre Verlaine.*
4926. Céline Minard — *Le dernier monde.*
4927. Kate O'Riordan — *Le garçon dans la lune.*
4928. Yves Pagès — *Le soi-disant.*
4929. Judith Perrignon — *C'était mon frère...*
4930. Danièle Sallenave — *Castor de guerre*
4931. Kazuo Ishiguro — *La lumière pâle sur les collines.*
4932. Lian Hearn — *Le Fil du destin. Le Clan des Otori.*

4933. Martin Amis — *London Fields.*
4934. Jules Verne — *Le Tour du monde en quatre-vingts jours.*
4935. Harry Crews — *Des mules et des hommes.*
4936. René Belletto — *Créature.*
4937. Benoît Duteurtre — *Les malentendus.*
4938. Patrick Lapeyre — *Ludo et compagnie.*
4939. Muriel Barbery — *L'élégance du hérisson.*
4940. Melvin Burgess — *Junk.*
4941. Vincent Delecroix — *Ce qui est perdu.*
4942. Philippe Delerm — *Maintenant, foutez-moi la paix !*
4943. Alain-Fournier — *Le grand Meaulnes.*
4944. Jerôme Garcin — *Son excellence, monsieur mon ami.*
4945. Marie-Hélène Lafon — *Les derniers Indiens.*
4946. Claire Messud — *Les enfants de l'empereur*
4947. Amos Oz — *Vie et mort en quatre rimes*
4948. Daniel Rondeau — *Carthage*
4949. Salman Rushdie — *Le dernier soupir du Maure*
4950. Boualem Sansal — *Le village de l'Allemand*
4951. Lee Seung-U — *La vie rêvée des plantes*
4952. Alexandre Dumas — *La Reine Margot*
4953. Eva Almassy — *Petit éloge des petites filles*
4954. Franz Bartelt — *Petit éloge de la vie de tous les jours*
4955. Roger Caillois — *Noé* et autres textes
4956. Casanova — *Madame F.* suivi d'*Henriette*
4957. Henry James — *De Grey, histoire romantique*
4958. Patrick Kéchichian — *Petit éloge du catholicisme*
4959. Michel Lermontov — *La Princesse Ligovskoï*
4960. Pierre Péju — *L'idiot de Shangai* et autres nouvelles
4961. Brina Svit — *Petit éloge de la rupture*
4962. John Updike — *Publicité*
4963. Noëlle Revaz — *Rapport aux bêtes*
4964. Dominique Barbéris — *Quelque chose à cacher*
4965. Tonino Benacquista — *Malavita encore*
4966. John Cheever — *Falconer*
4967. Gérard de Cortanze — *Cyclone*
4968. Régis Debray — *Un candide en Terre sainte*
4969. Penelope Fitzgerald — *Début de printemps*

Composition Entrelignes
Impression Maury-Imprimeur
45330 Malesherbes
le 22 mars 2010.
Dépôt légal : mars 2010.
Numéro d'imprimeur : 154281.

ISBN 978-2-07-041728-5. / Imprimé en France.

171923